新装版

疑　　装

刑事・鳴沢了

堂 場 瞬 一

中央公論新社

目次

登場人物紹介

鳴沢了（なるさわりょう）……………………警視庁西八王子署刑事課所属

カズキ・イシグロ………八王子市内で保護された少年
ミナコ・イシグロ………カズキの妹
マサユキ・イシグロ……カズキの父
サトル・イワモト………マサユキの親戚。兄妹の面倒をみる
アキコ・イワモト………サトルの妻
島袋光一（しまぶくろこういち）………………ブラジル学校経営者
藍田尚幸（あいだなおゆき）…………………マサユキの職場の友人
藍田俊（しゅん）…………………尚幸の息子。故人
菊池久美子（きくちくみこ）…………………尚幸の元妻
宇田川（うだがわ）……………………弁護士

藤田心（ふじたしん）……………………西八王子署刑事課所属
山口美鈴（やまぐちみすず）…………………西八王子署生活安全課所属
仲村（なかむら）……………………群馬県警小曽根署交通課所属
小野寺冴（おのでらさえ）…………………探偵
内藤優美（ないとうゆみ）…………………鳴沢の恋人
内藤勇樹（ゆうき）…………………優美の息子
内藤七海（ななみ）…………………優美の兄。鳴沢の親友

刑事・鳴沢了

第一部　沈黙

1

「暇だ」藤田心が欠伸を嚙み殺す。私は反応せず、書類を読んでいるふりをした。読むべきものなど何もないのに。藤田が目の前のコーヒーカップを押しのけ、身を乗り出す。中肉中背、表情に乏しい顔。しかしその目には、露骨に退屈さを厭う色が浮かんでいる。

「なあ、鳴沢了さんよ。あんた、こんなところにいてよく腐らないな」

「どうかな」書類から顔を上げ、向かいのデスクについた藤田の顔をじっと見詰める。

「もう腐ってるかもしれない。傍からはそう見えないだけで」

「腐ってるのを気づかせてないとしたら、それはそれで大したもんだぜ。特技だな」

「冗談言ってる場合かよ」

「まったくだ。そろそろ引き上げるか」藤田が頭の後ろで手を組み、背中を思い切り反らす。「仕事がないのにいつまでも残ってるなんて、寂しい限りだからな」

仕事がない。それは事実だ。先般、警視庁の各警察署における人口当たりの犯罪発生率が発表されたのだが、私たちの所属する西八王子署は下から六番目だった。その下に位置するのは全て、島嶼部の小さな警察署ばかりである。八王子市の西半分を守備範囲とする西八王子署の管内はほとんどが住宅街で、大きな繁華街がないから、酔っ払いの喧嘩騒ぎすら滅多にない。多忙を極める本庁の捜査一課から転勤してきた藤田が暇を持て余すのも、当然と言えば当然だ。それでなくてもこの男は、四六時中仕事に没頭していたいタイプなのだから——離婚で崩壊した家庭という現実から目を背けるために。

「毎日定時に人がいなくなるなんて職場、俺は初めてだよ。交番勤務の時は別にして」

藤田が刑事課の室内を見回して、軽い嘆息をついた。残っているのは私たちだけ。当直の人間はいるが、一階の警務課に下りてしまっている。

「今夜はどうするんだ」藤田が訊ねる。

「正しい食事とトレーニング」

「またそれか？」藤田の眉が吊り上がる。「いい年して、他にやることはないのかね」

「一緒にどうだ？　こっちに来てから、少し腹が出てきたんじゃないか」

「冗談じゃない」藤田が音を立てて腹を叩いた。「これは貫禄っていうんだよ。だいたいトレーニングで痩せようなんていうのは、刑事としては邪道じゃないのか？　仕事で忙しくて太る暇がないのが、刑事の理想だろうが」

「あんたは古いタイプの最後の生き残りだからな」私は音を立てて書類をデスクに打ちつけ、端を揃えた。「今時、自分がなくなるまで仕事をする刑事なんて、いない」

「じゃあ、あんたも最後の生き残りの一人じゃないか」藤田がにやりと笑ったが、その笑みが一瞬後には渋い表情に変わった。「しかしこれじゃ、俺がこの署に来た意味がない。暴走する鳴沢を止めるのが特命だったんだけど、あんたは走り出そうともしないし」

「暴走？　誤解だよ。俺は一所懸命やってるだけだ」

「認識の違いってやつだな。あんたはやっぱり、自分のことが分かっていない」もう一度長い溜息を漏らし、藤田が窓に目をやった。ブラインドは下りているが、外がもう完全に暗くなっていることは分かっている。二月十日、午後六時半。悪党どもも、この時期は冬眠に入っているのか。

　電話が鳴った。私が手を伸ばすよりも一瞬先に、藤田が受話器を奪う。にやりと笑ってから、人差し指を鉤形に曲げて、空いた方の耳の上を叩いた。

「はい、刑事課。はい？　何でしょう。いいですよ、回して下さい……子ども？　はいはい、どういう……行き倒れ？　そうじゃない？　どういうことですか。はっきりしませんね」腰を浮かせ、受話器を肩と耳で挟んだまま、椅子の背にかけてあった背広に腕を通し始める。既に背広を着ていた私は、入り口近くの壁際にあるロッカーに走って、自分の分と藤田の分、二着のコートを取り出した。電話を終えた藤田に放ってやると、代わりに彼は一枚のメモを差し出した。のたくった字は崩れたヒエログリフという感じで、書いた本人でさえ読めるとは思えない。

「子どもが倒れてた……っていう話だよな」メモを睨んだが、そう書いてあるかどうかすら判然としない。わずかに「子」の字だけが読み取れた。「る」かもしれないが。

「そういうこと」コートに袖を通しながら藤田が答える。「ただし、状況がはっきりしないんだ」

「一一〇番か？」

「いや、近所の人が見つけて、近くの交番に直接届けたらしい。そこからこっちに連絡が回ってきた」

「この住所は……」私はわざとらしく腕を伸ばしてメモを遠ざけ、目を眇めた。

「うるさいな。字が下手なのは自分でも分かってるよ」藤田がメモを引ったくり、一瞥して唇を歪めゆがめる。「何て書いたんだ、俺？」

「俺に聴くな」

「とにかく、交番に行ってみよう。めじろ台南交番。子どもはそこへ運ばれたらしい」

大股で歩き始めてすぐに、藤田が歩みを止めた。不安そうに私に訊ねる。「交番の場所は分かるよな？」

「この辺は、どこもかしこも似たような感じだな」覆面パトカーの助手席で、藤田が感想を漏らした。「同じような家ばかりでさ」

「そうか？」

「あんたはもう慣れたんだろうな」

「慣れの問題じゃないと思うぞ。あんたも覚えるようにしなくちゃ。交番勤めの新米じゃないんだから」

「大きなお世話だ」

藤田には致命的な欠陥がある——方向音痴。警察官になると、最初は必ず交番勤務をやらされるが、その時に管内の道路を徹底的に記憶するように教育を受ける。彼はその時に居眠りしていたのかもしれない。二人で街に出る時には、私がハンドルを握るのが暗黙の了解になっていた。

「しかし、何で刑事課に回ってきたのかね」藤田が首を傾げる。

「俺たちしかいなかったからだろう」

「ふむ……当直の連中はやる気がないのか」藤田が指先で腿を叩いた。「いずれにせよ、交通事故じゃないだろうな。それならすぐ分かるし、交通課が出張っていく。子ども相手の事件なら、普通は生活安全課なんだろうが……」

当直時間帯の電話は全て、警務課で受けることになっている。藤田の言う通り、本来なら生活安全課が担当するような案件のようだが、担当者が誰もいなくてこちらに電話が回されたのだろう。

「まあ、交番の若い奴が、自分ではどうしようもなくなって電話してきたってところかな」

藤田の予感はあっさりと外れた。めじろ台南交番は、京王線の駅のすぐ近くにあるのだが、私たちを待っていたのは交番の責任者、ベテランの警部補である旗本だったのだ。

「しまった」外から見て気づいたのか、車を下りる直前に藤田が舌を鳴らす。「ハコ長か。こりゃ、下手なことはできないぜ」

「それは相手が若い奴でも同じだろう」

「お、調子が出てきたな」にやりと笑い、藤田がドアに手をかけた。「原理原則。鳴沢はそれでなくちゃいかんよ」

　私たちを見て、旗本が軽く敬礼をする。制帽の耳の辺(あた)りから、半白になった髪がわずかにはみ出していた。頭を下げて交番に入った瞬間、子どもの気配がしないことに気づき、私は挨拶(あいさつ)するより先に訊ねた。

「保護した子どもはどうしました？」

「病院だよ」よく通る低い声で旗本が答える。

「怪我(けが)ですか」

「目だつ外傷はないんだが、衰弱してる感じでね。それより、どうして刑事課のあんたらが来てくれたんだ」

「そちらから連絡を受けたからですよ」

「はて」旗本が首を捻(ひね)る。「うちの若い奴には、本署に連絡しておけって言っただけなんだが」

「暇だったんで、防犯の連中を殴(なぐ)り倒して仕事を分捕ってきました」藤田がにやにやしながら言ったが、旗本はこの冗談に笑っていいかどうか、決めかねているようだった。口元をかすかに引き攣(つ)らせたまま、小さくうなずくにとどめる。私は助け舟を出した。

「どこが担当するかはどうでもいいことです。こっちとしては乗りかかった船ということもありますから。発見した時の状況を教えて下さい」

「ちょっと見てくれ」旗本が受付のデスクの上に管内の地図を広げた。交番の場所は赤い油性ペンで囲んである。京王線と北野街道はすぐに分かった。旗本が鉛筆を手に取り、一筆書きのように道路が複雑に入り組んだ箇所を大きく囲む。山を削って造成された新興住宅地のようだ。私の家がある辺りも、地図で見るとこのように道路が渦を巻くような構造になっている。

「ここは団地なんだけどな」旗本の握る鉛筆の先が、道路をなぞった。肋骨のようになった所を外れ、公園との境に鉛筆で丸印をつけた。

「公園の中ですか」藤田が訊ねる。

「ちょうど際の所みたいだね。公園からふらふら歩いてきて、団地との境の路上でうずくまっちまったそうだ。車が多いところだから、近くを通りかかった人が慌てて声をかけたんだけど、動かなかったらしい。トラックにはねられそうになって、通報してくれた人が慌てて道路に飛び出して車を止めたんだよ」

「通報者は近くの人ですか」私は確認し、手帳を広げた。

「ここの団地に住んでる人だ。萩原美都子、三十五歳。主婦だね」

「で、交番に連絡があって」

「そういうこと」

「一一〇番じゃなかったんですね」

「この人は、『見守り隊』で熱心に活躍してくれてる人で、俺たちもよく知ってるんだ。自分の子ども二人も小学生だから、いろいろ気になるんだろう」

見守り隊。子どもが犠牲になる犯罪を防ごうと、警察や地元の自治会が数年前に作った組織だ。そこで活動しているような人なら、直接交番に駆けこむのも理解できる。

「その人が交番まで連れてきたんですか」

「そう。自分の車に乗せてね」

「どうして警察に届けようと思ったんですかね」

「様子がおかしかったからね、実際」

「衰弱してるっていう話でしたけど、他には？」

「何も喋（しゃべ）らないんだ」旗本が地図を閉じる。「妙なんだよ。ここにも三十分ぐらいいたんだけど、とうとう口を開かなかった」

「身元は？」

「それも分からん」旗本が肩をすくめる。「背中に小さなバッグを背負ってたんだが、それに触ろうとするとえらく怒って、暴れてね」

「迷子ですかね」

「俺の印象では、そういう感じでもないんだな」

「だったら家出？」

「いやいや」旗本が喉の奥で笑った。「十歳ぐらいなんだよ？　それぐらいの子が、家出なんかするかな」

「あり得ない話じゃないと思いますけど」

「まあな」旗本が顎を一撫でし、真顔に戻って続けた。「いずれにせよ、喋らないとなると厄介だ。身元が分からないと、親にも連絡しようがないし」

「そうですね……」私は、萩原美都子の名前しか書いていない手帳のページをボールペンの先で突いた。小さな点が発見者の名前の下に汚れをつける。「当たってみます」

「いいのか？」旗本が目を見開いた。「こんなの、刑事課の仕事じゃないだろう」

「いいんですよ」藤田が軽い調子で言って手帳を閉じた。私と同じように、萩原美都子の名前しか書いていないであろうことは容易に想像できる。それで十分。地図は覚えられなくとも、その他のことについては記憶力抜群なのだ。人間の脳の不思議さを具現化したような男である。「身元が分からなければ児童相談所ですか」

「そうなるだろうね」

「それは可哀相だな」ぼそりと漏らした一言に、藤田の本音が透けて見えた。離婚した彼は、今でも一人娘の写真を携帯電話の待ち受け画面に設定している。確か、今年五歳になるはずだ。子どもがいる人間しか持ち得ないであろう「可哀相」という感覚を、私は密かに羨ましく思う。愛する女の息子はアメリカにいて、もう一年近く会っていない。全てが上手く転がっていれば、今ごろは私の本当の息子になっていたかもしれないのに。

「ちょっと病院に行ってみます」私が宣告すると、旗本が疑わしげな視線を向けた。

「やっぱり、生活安全課の連中に頼んだ方がいいんじゃないか？　可愛い娘が一人いただろう。美鈴ちゃんって言ったかな」

「ああ、彼女は可愛いですね。新宿から西の所轄じゃ一番かもしれない」藤田の顔がやに下がった。

「あんたらみたいに顔の怖い男が二人揃って押しかけたら、その子はかえって何も喋らなくなるかもしれないぞ」

「美鈴ちゃんみたいな娘が相手してくれたら、俺だったらぺらぺら喋っちまうでしょうねえ」

「そうだよ、その方がいいんじゃないか」

「二人ともいい加減にして下さい」私はぴしりと言葉を叩きつけた。「今は、そんなことを言ってるだけでセクハラになりますよ」

途端に二人が黙りこんだ。依然として男社会の警察では、女性警察官は好奇の目で見られることも多い。女性の方で反駁しにくい空気があるのも事実だが、永遠にそれが通用するはずもない。眉をひそめる旗本を残し、私たちは交番を後にした。

急停止、方向転換、急発進。

「荒尾先生」声をかけると足が止まる。だが、振り向いていいのか判断できない様子で、固まったまま反応はない。追い越して面と向かい、軽く頭を下げてやる。

「やっぱりあなたですか」荒尾の声は強張っていた。「私のことなんか忘れてると思ってましたけどね。しばらく会ってなかったし」

「忘れるわけがない。逃げなくてもいいでしょう」

荒尾が力なく首を振る。迫力ある揉み上げが嫌でも目立つ顔立ちなのだが、案外気が弱いことを私は知っていた。

「逃げてるわけじゃありませんよ。あなたが来ると、実際、ろくなことがないんだから」彼がそう思うのも当然である。去年の夏、私は重傷を負ってここに運びこまれた女性から無理に長時間事情聴取をして、病院側を困らせた。その時の担当医師が、まさに彼だったのだ。

「それは言いがかりじゃないですか」

「実際そうなんだから……」頰に手をやって揉み上げの端を指で擦る。「患者さんに迷惑をかけないで下さいよ。それとも今日は、あなたが治療を受けるんですか」

「患者さんに会いに来たんです」

「私は夜勤で忙しいんでね。ナースセンターで話をして下さい」早くも逃げ腰になっていた。

「それは構いませんけど、その患者さんが話ができるかどうか、教えてもらわないと」

「誰なんですか」

「分かりません」

荒尾が巨大な目をさらに大きく見開いた。溜息にはタマネギの臭いが濃く漂っている。

「あなたは冗談を言うような人じゃないと思ってたけど」

「いや、本当なんです。今日の夕方、十歳ぐらいの男の子がここに運びこまれてきたはずなんですが……」

「ああ」ようやく合点がいったようで、荒尾が素早くうなずいた。「何なんですかね、あの子は。ここに来てから一言も喋らない。口がきけないわけじゃないだろうけど」

「体調は？」

「ざっと見た限りでは、怪我はないみたいだね。ただ、体を触られるのを嫌がるんだ。かなり弱ってるけど、それはたぶん、しばらく飯を食ってないだけじゃないかな」荒尾が私たちを先導する形で歩き出した。「食事を出したら三分で平らげましたからね……病室はここですけど、どうしますか」

「先生が立ち会う必要はありますか？」

「ない、かな」荒尾がちらりと腕時計に目を落とした。「いや、一応部屋にいましょうか。何かあったらまずいし」

「先生、あまり気にし過ぎると揉み上げが白くなりますよ」

藤田がからかうと、荒尾が首を捻った。

「あなたも去年の騒ぎの時、ここに来ましたよね。確か、西八王子署の人じゃなかったですよね」

「本庁からこっちに異動になりましてね」

「それで鳴沢さんと組んでる？」

「そういうことです」

「いやはや、ご愁傷様ですね」荒尾が力なく首を振り、病室の引き戸を開けた。四人部屋だが、少年一人しかいないようだった。軽いいびきの音が耳に飛びこんでくる。荒尾が「気楽なもんだ」とつぶやいた。先に病室に入った藤田が照明のスイッチに手を伸ばす。ぱちんと音がして室内が白い光に包まれると、寝ていた少年が顔をしかめ、布団を頭から被った。

「おいおい、こんな時間に寝てると、夜になってから眠れなくなるぞ」からかうような口調で言って、藤田がベッドに近づく。布団を剝ぎ取ろうと手をかけると、少年の足が伸びて藤田の膝の辺りを蹴りつけた。

「痛えな、何するんだ」一歩下がり、藤田が膝を撫でる。「何も取って食おうってわけじゃないぜ」

　こちらを向いた藤田を目で制し、私は窓際に回りこんで椅子を引いた。個室のようなものなので、誰かに遠慮する必要はない。布団の下で少年がもぞもぞと動いた。攻撃のチャンスを窺っているのかもしれないが、こちらが手出ししない限り、得意の足技を使わないだけの分別はありそうである。私は身を屈め、少年がこちらの話を聞いているという前提で語りかけた。

「どうした。どこか痛いところはないか」

布団の下の動きが止まる。言葉が分からないわけではないようだった。手を伸ばしかけ、思いとどまって引っこめた。しばらくは静かに話しかけて安心させてやらなくては。

「皆心配してるんだ。お父さんやお母さんも今ごろ君を捜してるぞ。家はどこなんだ？　俺たちがちゃんと送ってやるから、教えてくれないか」

そろそろと布団が下がり、顔の上半分だけが覗いた。冗談のように大きな目に長い睫。耳が隠れるほどの癖っ毛はくしゃくしゃで、しばらくシャンプーを使っていないようだった。かすかに汗の臭いが漂っている。

「とりあえず、名前を教えてくれないかな。それと、どこに住んでるかも。歩けるようになったら、すぐに家まで送るよ。何も心配しないでいい」

さらに布団がずり下がり、顔全体が露になった。旗本の言っていた通り、十歳ぐらいだろう。ふいに、アメリカに住む勇樹の顔を思い出した。無条件に私を信頼してくれて、母親の優美との絆を強くするのに一役買ってくれた勇樹の顔を。今ごろどうしているだろう。彼が出演している人気の家族向けドラマ「ファミリー・アフェア」は、新しいシーズンの最中だ。間もなく日本でも放送が始まるらしいが、私は勇樹との間の距離が次第に広がるのを意識せざるを得なくなっている。

「さ、名前ぐらいは教えてくれよ」精一杯穏やかな笑みを浮かべて声をかけた。「あの辺に住んでるのか？　どこか遠くから来たのか？　一人で？　それともどこかではぐれたのかな」

ふいに、全ての言葉が少年の耳を素通りしているかもしれない、という疑念に駆られた。声をかけ、それで顔を見せたからといって、こちらの言うことを理解しているとは限らない。もしかしたら耳が不自由なのではないか、と訝った。布団の端にかけた指先をぎゅっと曲げると、細い顎に皺が寄る。

「おい」不意に大声を出すと、びくりと体を震わせて布団を口元まで引き上げる。一応、音は聞こえているようだ。それでこれだけ反応がないとすると……外国人。

「藤田、中国語は？」

「まさか」藤田が大慌てで顔の前で手を振った。「日本人じゃないのか？」

「こっちの言ってることが分からないんじゃないかな。荒尾先生、何か喋れないような症状でもあるんでしょうか」

「それはもう少し詳しく調べてみないと分からないけど、今の時点では特に異常はないと思いますよ」

「そうですか……なあ、どうして喋らないんだ？」

少年が眉をひそめた。分厚い唇が薄く開く。かすかに吐息が喉を擦る音がしたが、言葉が漏れ出る気配はなかった。一つだけはっきりしているのは、彼が今安心しきっているということである。目を瞬かせると、濡れた瞳がきらりと輝いた。話し出せば、人懐っこい笑顔を浮かべるであろうことは容易に想像できる。

「明日、また来るよ。その時に喋ってくれればいい。今夜はゆっくり休めよ」

　立ち上がる。病室内をさっと見回し、微妙な違和感を感じた。何がおかしい？　そうか、荷物はどこだ？　発見された時、少年は背中にバッグを背負っていたという。それはどこにいったのだろう。下に視線を落とすと、ベッドの腰の辺りが不自然に膨れ上がっているのが見えた。見られるとまずいものでも入っているのか？　それもこれも、少年が口を開こうとしない状況では、何とも判断しようがなかった。

　トラブルを起こさなかった褒美のつもりか、荒尾がコーヒーを奢ってくれた。自動販売機の百円のコーヒーは空っぽの胃を痛めつけ、底に溜まって穴を開けようとチャンスを狙っているようだった。どうやったらこんなに苦いコーヒーが作れるのか、想像もつかない。既に灯りの落ちたロビーの片隅に腰を下ろし、三人ともしばらく無言でコーヒーを飲んだ。暖房も既に止まっており、冷気が遠慮なく足元から這い上がってくる。

「いいんですか、こんなところにいて」荒尾の顔を見て訊ねる。

「どこにいたって縛りつけられてますよ」荒尾が白衣のポケットからＰＨＳの端末を取り出した。「だけどこっちの方がましかな。ちょっと前まではポケットベルだったんだけど、あの音は本当に嫌でね。心臓に悪い」

「あの少年なんですけど、どうして喋らないんでしょう」

「さあ、どうかな」荒尾が首を捻る。「明日、もう少し詳しく検査してみますよ」

「頭ですかね」藤田が自分の耳の上を人差し指で叩いた。「交通事故にでも遭って、頭を打って記憶喪失になってるとか」

「事故はないんじゃないかな」荒尾がやんわりと否定した。「交通事故だったら、あちこちに怪我をしますよ。すぐに分かる」

「事故はともかく、記憶喪失の可能性は？」藤田がなおも食い下がる。

「どうかな。少なくとも外傷性のものじゃなさそうですよね。頭をぶつけてれば、必ずどこかに痕が残る。水頭症なんかでも記憶喪失になることはあるけど、今回はそうでもないみたいですしね。あとはストレス性っていうこともあるけど、結局……」

「何だか分からない、と」藤田が合の手を打つと、荒尾が唇をへの字に捻じ曲げた。

「とにかく、これからどうするかですね……」私は顎に手をやった。一日分伸びた髭が鬱陶しい。

「異常がなくて、このまま名前も分からないようだったら、児童相談所ですね」荒尾が淡々とした口調で言った。

「それはそうなんでしょうけど……」

「何か引っかかるんですか？　事件の臭いでもする？」

「そういうわけじゃないんですが」

事件ならば、ある種の勘が働くものだ。しかし今回は、きな臭さを感じない。ただ戸惑いがあるだけだ。なのに何故（なぜ）、こんなに気になるのだろう。不幸な子どもはたくさんいるし、刑事をやっていると、そういう子どもを見る機会は少なくない。その一人一人に我が子のような同情を覚えていたら、時間は幾らあっても足りないのだ。その辺は割り切っているつもりだったのだが……今回ばかりは何かが違う。見過ごせない何かがあり、私はそれに絡め取られつつあった。

「とにかく、明日もう一度来ますよ。検査はどうするんですか」

「時間を見て、だね」荒尾がコーヒーを飲み干し、紙コップを握り潰（つぶ）しながら立ち上がった。「この状態だと、緊急とは言えませんからね。私は明日の朝までですけど、申し送りはしておきます。検査機械の空きを見てやることになるでしょう。朝のうちなら会えると思いますよ」

「じゃあ、朝一番でもう一度来ます」

「あまり怖がらせないようにね」

皮肉を置いて、荒尾は去って行った。藤田がだらしなく両足を伸ばし、硬いソファの上で尻をずり落ちさせる。腹の上で慎重に紙コップを安定させた。

「あんた、今回の件にはずいぶん入れこんでないか？」

「そうかもしれない」

「どうしてまた。正直言って、俺はもう腰が引けてるけどな。後は生活安全課の連中に任せようぜ」

「それでもいいんだけど、何か気になるんだよ」

「おいおい、ガキ一人に、そんなに時間は割けないぜ」

「分かってるよ」コーヒーを飲み干し、立ち上がる。自動販売機の横にあるゴミ箱に放りこみ、藤田の方に振り返った。相変わらずだらしなく腰かけたまま、ぼんやりと中空を眺めている。泳いでいた視線が私の顔を捉えた。

「あんたには子どもがいるだろう。ああいう子を見て、何とも思わないか」

「どうかな」藤田が肩をすくめる。「うちは女の子だし、年も違うからな。感情移入する相手としてはちょっと違う」

「そうか」

「あれか」藤田の顔が急に輝いた。体を起こし、前屈みになって首だけを上げ、言葉を継ぐ。「あんた、女関係はいろいろあったって言ってたよな。そっちの方の話か」

「まあな」

反射的に言葉を濁した。アメリカでテレビの仕事をしている勇樹に付き添ったまま、優美はここ二年以上、ずっとニューヨークで暮らしている。そのうち数か月は私も研修で一緒だったのだが、勇樹が思いもかけない事件に巻きこまれた結果、彼女は私と一緒に暮らすという選択肢を封じこめている。強引にその封印を引きちぎり、彼女が周囲に築いた壁を崩そうとしない自分が嫌になることもあった。

「彼女の息子が、あの子と同じぐらいの年なんだ」

「なるほど」

「何となく、雰囲気も似てる」

「だけど、それだけで——」

「二人とも今、アメリカなんだ」私は藤田の言葉を途中で遮った。「会えないでいると、その分気にかかる。たまたま似た雰囲気の子が近くにいて、厄介ごとに巻きこまれてるとしたら、さ」

「個人的な気持ちを動機にして動くと、ろくなことがないぞ。俺は生活安全課に任せるべきだと思うけどな」

「この件で喜んで飛び出してきたのはあんただろう」

「今夜は暇だったからさ」藤田が肩をすぼめる。「夜になったって何もすることがないなんて、悲しいからな」

「そこまで言うなら、もうちょっとつき合ってもらおうか」

「仕方ないな」大儀そうに膝を叩いて藤田が立ち上がる。「萩原美都子、な？」

「まだ八時半だ」祖父の形見のオメガに目をやった。「訪ねるのに遅過ぎることはない」

「ま、取り敢えず今夜はつき合うよ。ただし、明日は明日の風が吹く、だぜ。とにかくあまり深入りし過ぎないようにな」

彼の忠告の重みを私が嚙み締めるのは、ずっと後になってからだった。

2

先に飯にしようという藤田の提案を却下して、私は少年が保護された現場に覆面パトカーを走らせた。藤田は不機嫌に黙りこんでしまった。何事にもあまり拘泥(こうでい)しない男だが、「何はあっても飯は食べる」というポリシーだけは絶対に崩さない。私も体調管理のために食事を抜くことはしないが、彼の場合は単に空腹に耐えられないだけ、というのが実情のようだ。

旗本は「団地」と言っていたが、実際には集合住宅と一戸建ての家が入り混じった一角だった。萩原美都子は古い集合住宅の方に住んでいたが、事前に電話を入れていたので、建物の入り口まで出て待っていてくれた。膝まで届くダウンジャケットに、毛糸の手袋、首に二重に巻いた長いマフラー。さらに足元をロングブーツで固めているのに、なお寒さに震えていた。忙しなく足踏みをしながら両手を擦り合わせている。どれだけ長く待っていたのだろうと訝りながら車を下り、声をかけた。

「西八王子署の鳴沢です。お待たせしました」

「いいえ」ひょこりと頭を下げると、彼女の後ろから女の子が顔を出した。小学校の高学年ぐらいで、腰までの短いダウンジャケットで上半身が膨らんでいるせいか、ジーンズを穿いた足の長さと細さが際立つ。遠慮がちに頭を下げると、ポニーテールがふわりと揺れた。美都子が腕を引いて自分の横に立たせ、「長女の明日香です」と紹介する。

「こんばんは」明日香がはにかんだ笑みを浮かべて一礼する。真冬だというのによく日焼けしていた。挨拶を返しておいてから、美都子に視線を据える。

「さっそくですけど、現場まで案内していただけますか」

「あの子、どうしました？」歩き出した途端に、美都子が逆に質問をぶつけてきた。

「元気ですよ。特に怪我もないようです。相変わらず何も喋らないんですけどね」

「そうですか……現場はすぐそこなんですけど」

団地の敷地から歩道に出ると、美都子が前方を指差した。狭い道路は緩く左にカーブしており、その向こうに公園がある。道路側に大きなケヤキの木が何本も植えてあるので、中の様子はほとんど窺えない。

「道路にいるところを見つけたんですね」

「そうです」美都子が数歩進み出て、カーブの入り口辺りを指差す。振り返って「あの辺です。危ないですよね、車が入ってきたらちょうど死角になるところだし」

「そうですね」美都子の横に並んで現場を見渡した。「道路のどの辺りにいました？」

「向こう側の車線の真ん中でうずくまってましたから、ここから十メートルぐらいの所かしら。そうよね、明日香？」振り返って確認すると、娘が素早くうなずいた。

「一緒だったんですか」

「ええ。塾に送って行こうと思って、家を出てすぐに気づいたんです」

「ええとな、明日香ちゃん」突然藤田が声を上げた。明日香が素直に彼の方を向く。怖がっている様子はない。私の場合、元々体が大きいのをトレーニングでさらに膨らませているので、子どもには怖がられることがある。中肉中背の藤田は、それがない。しかも常に変わらない気楽な調子が相手をリラックスさせる。「その子なんだけど、この辺で見たことないかな」

「ないです」即座に明日香が返事した。

「君と同じ学年ぐらいだと思うんだ。今、何年生？」

「五年です」

「そうか。あの子もそれぐらいに見えるんだけどさ」

「そう、ですね」妙に大人びた口調だった。口元は綻んでいる。一人前に扱われたのが嬉しい様子だった。「でも、うちの学校の子じゃないと思います。見れば、絶対に分かるから」

「そうか」藤田が私を見やってうなずいた。自分の分は終了、の合図だ。

「道路でうずくまっているところを見つけたんですよね」

「その前に、公園から出て来るところも見てます。随分遅くまで遊んでるんだなって心配になって、声をかけたんですよ……六時ぐらいで、もう真っ暗でしたから。それにあの公園で、二年ぐらい前に痴漢が出たんです。それは捕まってないし、男の子だからって危ないでしょう？」

「ええ」

「見守り隊でも、子どもを見たら積極的に声をかけようってことになってるんです」

「それで、何と言ったんですか」

「早く帰りなさいって」

「反応は？」

「何も」美都子が首を振る。「聞こえなかったのかもしれませんけど」

「それから？」

「道路にふらふら出てきたから、横断歩道を渡りなさいって声をかけたんです」

左右を見回す。左側、二十メートルほど先で、横断歩道が闇の中にかすかに白く浮き上がっていた。

「どんな様子でした？　慌てて公園から出て来たか、それとも普通に歩いていたのか」

「そうですねえ……ただふらふらという感じだったと思います。酔っ払いか、夢遊病者みたいな。夢遊病者は見たことがないですけど」ささやかな冗談がその場の凍てついた空気を少しだけ溶かした。

「それで、あなたの言うことを聞かなかったんですね」

「どうなんでしょう。聞かなかったんじゃなくて、聞こえてなかったのかもしれないし……とにかく歩道の植えこみをかきわけるみたいに出て来て、車道に下りたんです。それでちょっと歩いたら、その場にへたりこんじゃって」

「倒れたわけじゃないんですね」

「そこまで大袈裟(おおげさ)な感じじゃなかったですよ」突然、美都子がその場にしゃがみこむ。だらしなく膝を折り、尻がアスファルトに着くすれすれだった。私を見上げながら「こんな感じでした。座りこんじゃったっていうか」と説明する。

「それを見て、どう思いました？」

「疲れてるみたいだなって」

本当に疲れていたのだろうか。病室で対面した少年には、そんな様子はなかった。自分の周囲にバリアを張り巡らせ、誰かが立ち入るのを必死に防ごうとしてはいたが、疲労困憊(こんぱい)という感じではなかった。藤田を蹴飛ばした時など、エネルギーが有り余っているように見えたものである。

「声をかけたけど反応がなかった。それでどうしました？」

「仕方ないから、そこまで行って連れて来たんです。車に轢(ひ)かれそうだったし」

「抵抗しましたか」

「いえ、特には」淡々としていた表情が急に渋くなる。「でも、一言も喋らなくて……何を聞いても反応がないんです」

「それで警察に連絡したんですね」

「はい。まずかったですか？」探りを入れるように、上目遣いに私を見た。

「いや、とんでもない。正しい判断ですよ。でも、名前も分からないんじゃ、困りましたね。病院でも、荷物を見せてくれないんですよ。そのことについて、何か気づきましたか？　どんなバッグを持ってたんですか」

「青いデイバッグですね。子どもが持つようなやつじゃなくて、本格的なアウトドア用のものみたいだったけど。随分大きいんで、荷物に背負われてるみたいでしたよ」その様子を思い出したのか、美都子の顔に小さな笑みが戻る。

「中は一杯に詰まっている感じでしたか」

「そうですね。でも、服とかじゃないかしら。大きいけど、そんなに重そうじゃなかったから」

「そうですか」質問の材料が尽き、一瞬沈黙が下りる。一台の車が近づいてきたので、それが去るのを待つ間に次の質問を考えた。だが私が口を開くより先に、明日香が声を上げる。

「あの」

「どうした?」隣にいた藤田が訊ねる。

「あの子、公園にいたかもしれない」

「見たのか?」藤田が腰を屈め、目の高さを明日香に合わせた。

「私は見てないけど、美咲ちゃんが」

助けを求めるように、藤田が美都子に視線を投げた。美都子が手袋をはめた両手を揉みしだきながらうなずく。時折風が吹き抜けると、頰を切られるような寒さを感じる夜なのだ。

「この子の同級生です。同じ団地に住んでるんですけど……あんた、そんなこと全然言ってなかったじゃない」かすかに咎めるような口調だった。

「後で聞いたの」明日香が頰を膨らませる。藤田が私の顔を見た。うなずき、美都子に頼みこむ。

「美咲ちゃんという子にも話を聴きたいんですけど、紹介してもらえますか?」

「いいですよ」気楽な調子で言って、美都子が携帯電話を取り出した。話している間、藤田が私に近づいて来てぼそりと囁く。

「家出っぽくないか」

「そうかもしれない」

「十歳で家出か」藤田が溜息をつく。「そういうの、ありかね？」

「ないとは言えないんじゃないか」

「やだね、子どもを育てるのは。親であるのも大変なことだよ」

　その件では、私は同意も否定もできない。

「今、下りて来ますから」電話を終えた美都子が報告した。礼を言うと顔を曇らせ、小さな溜息を零す。「何か、変ですよね。親はどうしてるんでしょう」

「今のところ、何の届出もないようですね」答えながら、もしも家出だったらかなり広い範囲を対象にしなければならないだろう、と思った。ここは最寄り駅から一キロほど離れているが、交通の便自体は悪くない。八王子は東京西部の交通の拠点でもあるのだ。どこから来てここまで流れ着いたのか、今の段階では想像もつかない。

「こんな時間になっても子どもが帰って来なければ、心配してすぐに警察に届けるのが普通じゃないですか。ひどい親ですよね」

「いや」そうとは言い切れない、と言いかけてやめにした。外見だけでは分からないが、もしも虐待されていたとしたらどうだろう。暴力から逃げるために家を飛び出したのだとしたら、親は積極的に警察に届け出るだろうか。ちらりと藤田の顔を見やる。同じことを考えているようで、悲しげな目をしたまま首を振った。彼には親の気持ちを、子どものことを語る資格がある。私にはない。それが少しだけ悲しかった。

美咲が問題の少年を見かけたのは午後四時頃だった。美都子が言っていた二年前の痴漢の一件以来、子どもたちはあまり公園に寄りつかなくなっていたというが、小学校から団地に帰る時に突っ切ると早道になるせいか、時々利用している子どももいたという。美咲もその一人だった。

そこのベンチに腰かけてたんだけど、その後で水を飲んでました。ものすごい勢いで。寒いのに、冷たくないのかな、と変な感じだった。水を飲み終えると、バッグを枕にしてベンチに横になりました。何だか、随分疲れてたみたい――美咲の証言からは、へとへとになった少年の姿が浮かび上がる。私と藤田は、三人を帰してから夜の公園に残った。藤田が水飲み場の蛇口を捻って手を濡らし、すぐに短い悲鳴を上げる。

「このクソ寒いのに、よくこんな冷たい水を飲めたな」

「要するに……」

「ただ腹が減ってただけなんだよ」藤田が私の言葉を引き取り、即座に断言した。「病院でも、出された食事をあっという間に平らげたって言ってただろう？　腹が減って力が出なかっただけさ。それで、道路の真ん中でしゃがみこんじまったわけだ」

「そういうことなんだろうな」公園の中を見渡す。土と緑の香りが私の体を包みこんだ。一つだけ灯った街灯は頼りなげで、これでは確かに痴漢も跋扈する気になるだろう。

「それにしても、四時頃からずっとこの公園にいたとしたら、何をやってたんだろうな」

「知らんよ」つまらなそうに言って、藤田が腐りかけた木のベンチに腰を下ろした。ポケットに両手を入れたまま、コートの前をかき合わせる。背中は丸まり、肩に力が入っていた。足元の土を蹴飛ばすと、かすかに白い埃が舞う。そういえば長いこと雨が降っていない。

「とにかく明日、もう一度あの子に会ってみる」

「やめておけって」伸びをしながら藤田が立ち上がった。「これはやっぱり、俺たちの仕事じゃない。専門家に任せようぜ」

「そうも言えないだろう。そもそも何の事件か分からないんだから――」

「プロにはプロのやり方がある」藤田の言い方はひどく素っ気なかった。「こういうことは、生活安全課の連中の方が慣れてるんだ。俺もあんたも、子どもの扱いが上手いとは言えないしな。連中に引き渡そう。それで、何かあったら俺たちも手伝えばいい」

「しかし」

「よそうや」藤田が小さく溜息をついた。「子ども絡みの事件は苦手なんだよ、俺は」

そう言う彼の瞳はかすかに潤んでいるようだった。これが私と藤田の決定的な違いかもしれない。血を分けた子どもがいる男と、そうでない男。その差は決して埋まることはない。


「おはよう」翌朝、署に出勤する前に私は病院に立ち寄った。少年は既に目覚めて、ベッドの上で半身を起こしていたが、私を認めるとそっぽを向いた。ドアは開けたままなので、朝の喧騒が間断なく入りこんでくる。

「朝飯は終わったんだよな。まだ食べられるか?」相変わらず答えはない。しかし、こちらの言っていることを理解しているだろうという前提で、鞄の中からビニール袋に入れたリンゴを取り出した。途端に少年の目が輝く。

「しまった、ナイフを忘れたな」手に取り、皮を剝く真似をしたが、少年は気にならないようだった。渡したリンゴにすぐにかぶりつく。硬い音をたてて一かけらを齧り取ると、頰を膨らませて嚙み始めた。軽快な音が病室に静かに響く。いつまでも左側だけで嚙んでいるので、自分の右頰を指差して「両方で嚙めよ。歯のバランスがおかしくなっちまうぞ」と忠告してやった。その意味は理解できたようで、今度は右の頰が膨らむ。

そのまま集中力を発揮し、あっという間に一個を食べ終えてしまった。物欲しそうに私のリンゴを見つめたので、袋ごと渡してやると、すぐに取り出して齧りつく。

「そんなに慌てて食べるなって。また持ってきてやるから」口を動かしながら、少年が私をじっと見る。彫りの深い顔立ちだが、それは少し痩せているせいだと気づいた。

「鳴沢さん」開いたドアの隙間(すきま)から荒尾がひょいと顔を出した。しかめっ面を浮かべているというより疲労の色が濃い。医師の泊まり勤務はハードだと聞いたことがあるが、彼の顔を見るとそれが実感できた。病室に入ってきた瞬間、私は洗濯機の中でもみくちゃにされ、皺が伸びないまま乾燥機にかけられた服を想像した。

「差し入れですか」

「ええ。病院の朝飯じゃ足りないらしい」

「そうみたいだね。やあ、元気か？」少年がちらりと荒尾の顔を見たが、何を言うでもなく、集中力をリンゴに対してだけ発揮し続けた。二つ目もあっという間に、それも芯(しん)が指のように細くなるまで食べ尽くす。

「躾(しつけ)がいいみたいだね」荒尾がぼそりと感想を漏らした。

「そうですか？」

「最近、リンゴをきちんと食べられない子も多いみたいだよ。たぶん、魚を食べたら骨まで綺麗にするんじゃないかな」

「私には、ただ腹が減ってるだけにしか見えませんけどね」

荒尾に目で合図する。少年を残したまま、私たちは病室を出た。廊下の壁に背中を預けると、荒尾が一つ溜息をついて脂ぎった顔を両手で擦る。猫のような身づくろいが一段落するのを待って、私は昨夜の聞き込みの結果を報告した。

「そんなこと、私に言われても困ります。私は医者なんですから」荒尾が顔をしかめた。

「あの子の身元を調べるのは警察の仕事でしょう」

「発見された時も、だいぶ腹が減ってた様子なんですよね」

「じゃあ、そういうことなんでしょう」

「先生はどう思います？」

「分かりませんよ、私には」荒尾がまた顔を擦る。疲労は一向に抜けず、目は今にも閉じてしまいそうだった。「警察にも届出はないんでしょう？」

「今のところは」

「昨日も言ったけど、後で正式な検査をします。それで異常がなければ、病院としてはこれ以上面倒はみられないね」じっと私の顔を見詰めてから「あなたは冷たいと言うかもしれないけど」とつけ加えた。

「そんなことはありませんよ」

「まあ、うちとしてはできるだけのことはしましたから」言い訳めいた口調だったが、私には荒尾を追及する資格も材料もなかった。病室を覗きこむ。少年はぼんやりと爪先をいじりながら、リンゴの入ったビニール袋に視線を落としていた。再び病室に入り、尻ポケットから財布を引き抜いて、ロビーで手に入れておいたテレビカードを手渡してやった。事情が分からないようで、目を丸くして私の顔とカードを交互に見る。

「暇だろう？　テレビでも見てるといい」カードをテレビに挿しこみ、電源を入れる。朝のワイドショーの時間で、急に大きな音で音楽が流れ始め、病室の静けさを打ち破った。ボリュームを絞り、少年の頭に手を伸ばす。さっと避けるようにしたが、最後は髪を撫でられるままになった。ちらりとベッドに視線を落とすと、昨夜はそこにあった膨らみが消えている。

「先生、この子の荷物はどうしました？」

「さあ、テレビの下の物入れじゃないかな」

　屈みこんで手を伸ばすと、少年がいきなりベッドから飛び降りた。しゃがみこんで私と物入れの間に体をねじ入れ、威嚇するように睨みつける。衰弱していたという昨日の話とは打って変わって、俊敏さが目を引いた。

「分かった、分かった」苦笑しながら腰を伸ばした。「嫌なんだな？　分かったよ。触らないからベッドに戻ってろ」

私がその場を離れても、少年は右手を横に伸ばして物入れを庇うようにしていた。そんなに見られたくないものとは何だろう？　いずれにせよ、この少年から言葉を引き出すことは、私にはできそうもない。溜息をついて部屋を後にし、荒尾と並んで歩き出した。

「さすがの鳴沢さんでも、あの子は手に負えないみたいだね」荒尾が嬉しそうに言った。

「どういうことなんでしょうね」腕組みをしながら歩調を緩める。「あそこまで喋らないのは変じゃないですか」

「外国人じゃないかと思うんだけど。中国人か、韓国人か。昨日、あなたもそんなことを言ってたでしょう」

「観光客ですかね」

「あるいは出稼ぎかな。観光客の子にしては、服が綺麗じゃないからね。普段着っていうか……ちょっと汚いよね」

確かに。紺色と赤のボーダーの長袖Tシャツは襟ぐりが大きく広がっていたし、ジーンズにも汚れが目立った。ベッドの脇に置いたスニーカーからは、元々の白い色がほとんど消え、磨り減った爪先部分には穴が開きそうだった。確かに観光客だったら、もう少し小綺麗な格好をしているだろう。

「とにかく、もう少し詳しく調べてみますよ」荒尾が素っ気なく言った。「何か知りたいことがあったら連絡して下さい。他の人間でも答えられるようにしておきますから」

「お手数をおかけします」

荒尾と別れ、私は寒風の中に歩き出した。二月の八王子は寒い。都心よりは数度、気温が低いはずだ。あの子はいったいどこから来たのだろう。このまま身元につながる手がかりが摑めなかったら——もちろん、親と別れて暮らさざるを得ない子どもはたくさんいる。彼だけが非常に特殊なケースということにはならないだろう。しかし、十歳ほどの子どもが親なしで育つのは……私はまたも、勇樹の穏やかな、少しだけ大人びた笑顔を思い出していた。

「どうかな、それは」刑事課長の熊谷が腕を組むと、金のカフスボタンがちらりと覗いた。真っ直ぐ私を見据えると「こいつはうちの仕事じゃないだろう」と釘を刺す。藤田と同じように。

「それは分かってます。でも、乗りかかった船ということもありますから」

「そうは言っても、職分というものがあるからな」両手を組んだまま、肘をデスクに乗せて前屈みになる。かすかにコロンの香りが漂った。綺麗に七三に分けた髪は刈ったばかりのようだが、考えてみればいつでも同じ長さである。こんな風に髪型を保つには、週に一回は床屋へ通わなければいけないはずだが……金銭的な問題はともかく、西八王子署にいれば時間の余裕だけはあるはずだ、と皮肉に考える。

「生活安全課に言っても、どうせ児童相談所に通告してそれで終わりでしょう。俺なら、もう少し親身になって捜しますよ」

「まあまあ、そうむきになるなって」椅子の背に体重を預ける。ぴんと張ったワイシャツの胸ポケットに刺繡したイニシャルが目立った。「実はもう、生活安全課には話を通してある」

「ちょっと待って下さい。今課長に話したばかりじゃないですか」

「あんたが病院に行ってる間に、簡単に事情は聞いたよ」

「藤田が喋ったんですね」

「ガキみたいなことを言うな……ああ、来た来た」

振り返ると、藤田が一人の女性を伴って刑事課に入ってくるところだった。

「生活安全課の山口だ。今回の件は彼女に担当してもらう」

「俺から事件を取り上げるつもりですか」

「事件かどうか、まだ分からんだろうが」

「しかしですね」

山口です、と名乗る涼しい声に、私たちの言い争いは中断させられた。鼻から息を吐き出し、自分の事件を分捕ろうとしているのはどんな奴かと思いながら相手の顔を確認する。可愛い子がいる、という藤田の言い分は誇張ではなかった。二十代後半と見たが、童顔なので実際の年齢は分からない。髪は綺麗に艶々している。藤田の顔がいつもより緩んでいるのが分かった。今は独身だから何も問題はないのだが……私を見てにやりと笑うのが気に入らない。

「藤田から話は聴いてるんだよな」熊谷が美鈴に確認した。

「はい」

「家出か何かだと思うけど、よろしく頼むよ」

「了解してます」

「課長、勘弁して下さいよ。最初に通報を受けて動いたのは俺なんですよ。途中で梯子を外さないで欲しいですね」

「我儘言ってる場合か」熊谷が私の抗議をあっさりと断ち切った。

「あの、熊谷課長」美鈴が割って入った。「忙しくないようでしたら、鳴沢さんにも手伝ってもらいたいんですけど」

「ああ？」熊谷の眉が吊り上がる。

「うちの課長からそう言われてます」

「本庄が？　何だって？」

「それは、その……」言いにくそうに美鈴がうつむく。遠慮しているわけではなく、笑いを噛み殺しているのだということはすぐに分かった。顔を上げると「暇にしてるとろくなことがないから、だそうです」と伝言を伝える。私の顔を見て「私が言ったんじゃないですよ」とつけ加えるのも忘れなかった。

「ま、それもそうだな」急に力が抜けたように、熊谷が美鈴の言葉を追認した。「どうせ今は事件もないし、しばらく一緒にやってもらうか。生活安全課の仕事を覚えておくのも悪くない」

「昔、青山署で生活安全課にいましたよ」

「一々口答えするな」ぴしゃりと言って、熊谷がまた両手を組み合わせる。「やらせてやるって言ってるんだから、素直になれ」

黙って頭を下げた。少し口うるさいが、この課長は真っ当な人間だ。去年の夏、西八王子署はある事件で激震に見舞われ、その結果、課長をはじめとして課員のほぼ半分が入れ替わった。熊谷は不祥事の尻拭いで送りこまれてきたようなものだが、これまでのところは課内を上手く締めつけている。

「じゃあ、ちょっと打ち合わせをお願いします」美鈴が事務的な口調になって言った。室内を見回し、窓際に置いてあるソファに目を留めた。「あそこでもいいですか」

「もちろん」

美鈴は迷わずソファに腰を下ろした。ここでは、夜遅くなった時に課員が仮眠を取ることもあるし、時に酒盛りに使われることもあるのだが、一向に気にならない様子である。私が美鈴の向かいに腰を下ろすと、藤田がすかさず彼女の横に座った。

「何であんたがここにいるんだ？」

「そう冷たいこと言うなって」にやにや笑いながら、ソファの背もたれに肘を預ける。そのまま腕を前に動かせば、美鈴の肩を抱く格好になる位置だ。「あんたが権利を主張するのは勝手だけど、最初に通報を受けたのは俺なんだぜ」

「うちの事件じゃないって言ってたじゃないか」

「まあまあ」にやけた笑いを崩さず、藤田が言った。「せっかくなんで俺も、生活安全課の仕事を勉強させてもらうよ。どうせ暇だしな」

「状況説明をお願いします」冷静な声で、美鈴が私たちの言い合いを遮断した。藤田を目で制して、私が説明を始める。昨夜電話を受けたところから始まって、今朝少年を訪ねた時の様子までを時間軸を追って話す。美鈴は時々メモに書きこみをしながら、短い質問を挟みこんだ。私が説明を終えると、ピリオドを打つようにメモ帳にボールペンの先を叩きつけ、顔を上げる。目にふりかかった髪を指先で掻き上げ、首を捻った。

「その荷物が気になりますね」

「どうしても触らせようとしないんだ」

「ヤクでも入ってるんじゃないか」藤田が突然言い出した。

「それは飛躍し過ぎだよ」

「アメリカ国境で、メキシコ人の子どもにヤクを持たせて運ばせるような話、聞かないか?」

「ここはアメリカじゃないし、あの子がメキシコ人とは思えない」

「少し想像力を働かせても罰は当たらないだろう」

「想像と妄想は違うよ。だいたい、あのバッグの中には服しか入ってないんじゃないか? 昨日、通報してくれた人もそう言ってただろう」

「そうは言っても、俺たちが直接調べたわけじゃない」

「バッグの中身は確かに手がかりになると思います」美鈴が冷静な声で私たちの議論に終止符を打った。「もちろん、私も薬物が入っているとは思いません。大体子どもは、大人にはどうでもいいようなものを大事にするものです。中身を見たら、それこそ服しか入っていないかもしれない。でもその荷物はとっかかりにはなるでしょう」

「だけど、どうしても見せようとしないんだよ」

「私がやってみます」

「無理じゃないかな」

「そうですね、無理かもしれません」淡々とした表情で、美鈴が私の顔を真っ直ぐ覗きこむ。「でも、私の方が子どもの扱いには慣れてます。普段からやってることですから」

柔らかい気配の下に隠れた刃物の鋭さが一瞬覗く。見た目の穏やかさに騙（だま）されてはいけない、と私は気持ちを引き締めた。

「病院の方はどうなってるんですか？」

「時間が空いたら詳しく検査をするそうだ。でも、朝の段階ではまだ予定が決まってなかった」

「じゃあ、それを確認してから、もう一度病院に出かけましょう。まずは話をしないとどうしようもありませんしね」

「ところが、絶対に喋ろうとしない」

「そうですか……」美鈴が腕を組んだ。「本当に喋れないのか、それとも外国人か」

「見た目は日本人だけどね」

「日本人に見える外国人もいますからね」メモ帳を閉じ、美鈴が立ち上がる。「出かける準備をしてきます。病院の方に検査の予定を確認しておいてもらえますか」

「了解」

一礼して美鈴が刑事課を出て行った。小さく引き締まった尻を藤田の目が追う。

「おい」呼びかけると、今にも涎をたらしそうな表情を浮かべて私を見た。「彼女に手を出したくなるのはあんたの勝手だけど、勤務時間外にしてくれよ」

「分かってるって。俺はそこまで馬鹿じゃないよ」

「じゃあ、大人しく留守番しててくれ」

「おいおい、あんたと彼女を二人きりにするわけにはいかないよ。何があるか分からないからな」

「俺に限ってそれはない」

「おやおや、お堅いことで」

本当に？　優美は一万キロ以上も離れたニューヨークにいる。しばらく話をしていないし、メールも途絶えがちになっていた。もちろん、私の中に占める彼女の大きさは変わっていないのだが、その影が少しだけ薄くなっているのも事実である。頭を振って、入り口の方に目をやる。美鈴は既に消えていた。同時に、殺伐とした刑事課の空気をわずかに柔らかく温めていた気配も完全に消えていた。

3

署を出て、覆面パトカーが甲州街道を走り出した途端に、美鈴が口を開いた。

「どんな子なんですか」

「その件なら説明したと思うけど」

「書類に載せるような話じゃなくて、鳴沢さんの印象です。個人的な印象」

「殻に閉じこもっている。何かを怖がっている」

「誰かに追われているとか?」

「そういう可能性もある」

「虐待かな」美鈴がぽつりとつぶやいた。横を見ると、目の色が暗くなっている。

「虐待された子どもはそんな風になる?」

「ケースバイケースですけど、殻に閉じこもってしまうことは多いですね。どんなにひどい目に遭わされても、親のことは簡単には悪く言えないから、代わりに黙ってしまうんです」

「ひどく腹を減らしてた」

「そうなんですか？」

「今日、病院の朝飯の後で行ったんだけど、俺が持っていったリンゴを二つ食べたよ。皮も剝かないで」

「丸齧り？」

「そう。あんな食べ方、久しぶりに見たよ」

「そうですね。最近の子どもは、皮を剝いてないリンゴなんか食べないでしょう」

「昨日、公園でもむきになって水を飲んでたらしいし。それで空腹を紛らせようとしてたんじゃないかな」

「そう、ですか」美鈴が拳を唇に押し当てた。「暴力だけじゃなくて、食べさせない虐待もありますからね。いずれにせよ、児童相談所で預かってもらうことになると思います。怪我でも病気でもなかったら、病院にはいつまでも置いておけないですよね」

「そういうことになるだろうな。だけど、俺たちが親を捜し出せば話は別だ」

「鳴沢さん、今回の件、随分熱心ですね」

「暇なだけだよ。それに、自分のところに落ちてきた事件は手放すなって言うし」ほとんど初対面である美鈴に対しては、藤田に話したように簡単には話せない。

「刑事課はそんなに暇なんですか」

「見てれば分かると思うけど」

「見てる暇なんかありませんよ。こっちは忙しいんです」美鈴が深く溜息をついた。「こういう住宅地だと、少年関係の事件は多いんですよ。うちの管内の十八歳以下人口、どれぐらいか知ってますか?」

「いや」

「とにかく、毎日毎日同じような仕事ばかりで嫌になります」

「君は、そういうことで文句を言いそうなタイプには見えないけど」

「そんなことないですよ。自分の子どもだけでも大変なのに」

「結婚してるのか?」こみ上げてくる笑いを何とか噛み殺す。藤田はこのことを知っているのだろうか。

「してました、です」素早く訂正する。「今は親と同居で、子どものことはほとんど任せきりですけどね。それでもいろいろ大変です」

「何歳？」

「十歳。四年生です」

「そんなに大きい子がいるようには見えないな」

「ああ、いろいろ複雑なんですよ。聞きたいですか？」

「話したければ」

「変わってますね、鳴沢さん」美鈴が含み笑いを嚙み殺した。

「どうして」

「普通の人は、『いろいろ複雑』って言うと食いつくんですけどね」

「プライベートな問題だろう？　君が話したいなら聞くけど、俺の方から積極的にほじくり返すつもりはない」

「じゃあ、別の機会にしましょうか」あっさりとこの話題を打ち切って、美鈴が助手席の中で脚を組んだ。腿の辺りをつまみ、紺色のパンツに寄った皺を伸ばす。「検査は終わってるはずですよね」

「まだやってるかもしれない」ハンドルを握ったまま手首を捻り、腕時計に目をやった。

「いろいろ厄介な子なんだ」

「見たところ、怪我や病気はないんですね」

「今朝見た限りでは元気そうだったよ」

「とにかく何とかしましょう。喋らせることができれば何とかなります」

「プロに任せるよ」

「時々自信がなくなりますよ……今日は冷えますね」

黙ってエアコンの温度を上げてやった。まだ少女の面影がわずかに残るような美鈴に十歳の子がいるとは。そういえば、優美も同じようなものだ。彼女は学生結婚で勇樹を産んだ——首を振って雑念を追い出し、運転に専念する。下りの甲州街道はがらがらで、十分もしないうちに病院に着いてしまった。

応対してくれたのはまたもや荒尾だった。むっとした表情を隠そうともしない。疲れは、決して剝がれない仮面のように顔に張りついている。

「いったい何時間病院にいるんですか」

「間もなく二十六時間」時計を見もしないで答える。

「働き過ぎですね。労基署に通報しますよ」

「泊まりの時は、この程度は珍しくもないですよ。で、相棒が変わったんですか」

「彼は首になりました。プロに任せることにしましたよ……それより、どうかしたんですか、その手」私の目は、彼の右手の甲を覆う包帯に引きつけられた。荒尾が手を撫で擦りながら苦笑を浮かべる。

「嚙みつかれた」

「あの子に？」

「他に誰がこんなことをしますか」

「何でまた、そんなことに」

「CTスキャンをするんで連れ出そうとしたら、病室で大騒ぎしてね。いきなり嚙みつかれてこのザマだ。変な感染症にかかってないといいんだけど」

「今はどうしてますか」

「病室にいますよ。看護師が見張ってるけど、まったく、とんでもない子だね。あなたがやっても無駄じゃないかな」

「だから援軍を連れて来たんです」美鈴の方に右手を差し出した。「生活安全課の山口美鈴です。少年事件の専門家ですから」

「うちも小児病棟があって、専門の看護師はたくさんいますよ。そういう連中が束になってかかっても駄目だった」

「とにかくやってみます」臆する様子もなく美鈴が言った。「これが仕事ですから」

「嚙みつかれないように気をつけてね」

「いつでも治療できるように外で待機していて下さい」

「断る」私の要請に荒尾は冗談めかして答えたが、目はまったく笑っていなかった。そのまま踵（きびす）を返し、長い廊下を疲れた様子でとぼとぼと歩いて行く。

「知り合いなんですか？」美鈴が訊ねる。

「ちょっとね。去年、事件の時に顔見知りになった」

「鳴沢さんと話すのが嫌そうでしたけど」

「俺のことを誤解しているんだ」

「なるほど」それで全て合点がいったとでもいうように、美鈴が大きくうなずく。勝手にしろ、と心の中でつぶやいて、彼女を病室に案内した。

病室には一人の女性看護師が付き添っていた。私たちに気づくと不審そうな視線を送ってきたが、名乗るとうなずき、ベッドの脇を開けてくれた。

「どんな具合ですか」彼女に訊ねながら、頭から布団を被っている少年を見下ろす。寝ているのか、まったく動きはなかった。

「手がつけられないんですよ」看護師が小声で答える。四十歳ぐらい。今日病院で会った人間の中では一番元気そうに見えたが、それは勤務時間の経過とともに薄皮を剝ぐように消えていくのだろう。

「随分暴れたそうですね」

「ええ」

「やんちゃな子だ」

「やんちゃ？　それどころじゃないですね」看護師が私を一瞬睨んだ。「バッグを投げつけたり、殴りかかったりして大騒ぎだったんです」

「荒尾先生は噛みつかれたと言ってましたけど」

「そうですね。まったく……」悪口は幾らでも飛び出してきそうだったが、看護師はそこで言葉を呑みこんだ。罵詈雑言でその場を埋め尽くして少年の反応を見たいという欲求を、私も辛うじて抑えこむ。私たちはこの少年についてまだ何も知らないのだ。会話できないわけではなく、ただ何かに意地を張って口をつぐんでいるのではないかという疑いも拭えない。

「ちょっと話をしてみます。ここにいてもらってもいいですか」

「ええ」

「今は落ち着いてる？」

「見た目だけは、ですね。体を触らせようとしないから、体調がいいのか悪いのか、本当のところは分からないんですよ」

美鈴と視線を交わした。彼女の目が暗くなるのが分かる。何を考えているかは想像がついた——虐待の線を疑っている。体に残る傷跡を他人に見られたくないのだ。美鈴が軽く肩を上下させ、大きなショルダーバッグを胸に抱えて椅子を引く。腰を下ろしながら「お腹減ってない？」と訊ねると、途端に反応があった。掛け布団が波打ち、もじゃもじゃの少年の髪がちらりと覗く。やはりこちらの言うことは分かっているのだ。

「お菓子、持ってきたよ」その一言で今度は目が覗く。美鈴はどんな人間でも安心しそうな笑みを浮かべ、バッグに手を突っこんだ。チョコレートを取り出すと、少年の目の上で二度、三度と振ってみせる。彼女の顔には悪戯っぽい笑みが浮かんでいた。「食べない？　一緒に食べようか」

布団が完全に下がった。少年がもぞもぞと上体を起こす。手を伸ばしてチョコレートを奪い取ると、乱暴に包み紙を破いて齧りついた。口の周りを茶色く染めながら、あっという間に一枚を食べてしまった。

「食べたら歯を磨こうか」美鈴が、今度はバッグから携帯用の歯磨きセットを取り出した。あの巨大なバッグの中にはどれだけのものが入っているのだろうと訝りながら、私は様子を見守った。少年は手の甲で口元を拭うと、素直にベッドから抜け出し、室内にある洗面台に向かう。途中、ちらりと私の方を見てはにかんだような笑みを浮かべた。

「よう」と声をかけてやると、一瞬口を開きかける。何か言葉が出てくるのではないかと思ったが、相変わらず喋ろうとはしない。美鈴から歯磨きセットを受け取ると、口の周りを泡だらけにしながら、乱暴に歯を磨き始めた。横につきそった美鈴が、口元に垂れた泡をティッシュで拭ってやる。その手を払いのけたが、怒っているわけではなく、子ども扱いされたことに照れているように見えた。

歯を磨き終えると、素早くベッドに戻る。美鈴が私に目で合図した――このまま任せて。了解の印にうなずき返し、看護師を促して病室を出る。ドアを閉めようとした瞬間、ベッドの下で何かが光るのが見えた。ドアにかけた手の動きを止め、目を凝らす。プラスティックのケース？　サイズからしてカセットテープだ。窓から入りこむ柔らかい日差しを受けて光ったのだろう。

ドアを閉めると、無表情な看護師に確認する。

「バッグを投げつけたんですね」

「ええ」

「あなたはその場にいたんですよね」

「いましたよ」

「そのバッグ、どうしました？」

「荒尾先生に当たって落ちました。あの子、荒尾先生が嫌いみたいですね」

「荒尾先生も災難ですね。あの揉み上げがいけないいんじゃないかな」

小さな笑いを交換してから、質問をつなげる。

「その後、バッグはどうしました」

「荒尾先生が拾い上げようとしたら、もの凄い勢いで飛びつくようにして奪って、抱えこんでましたよ。触られるのが嫌なんですね」

「バッグから何か落ちませんでしたか」

「どうでしょう。本当に凄い勢いで投げつけたから、何か落ちたかもしれないけど……」

「病室の掃除をしませんか？」

「掃除？」目を瞬かせながら、看護師が聞き返した。事情を説明し、作戦を提案した。彼女は、何で自分がそんなことをしなくちゃいけないのかと不満そうな表情を隠そうとはしなかったが、最後には同意してくれた。すぐにどこかに消えたが、五分ほどするとモップを持って戻って来た。不満の色がまだ目に宿っている。

「私がやるんですよね」

「病院の関係者じゃない私が掃除したら、変に思われるでしょう……じゃあ、そろそろ行きますか」

音を立てずにドアを開く。美鈴の顔が上がった。相変わらず穏やかな表情を浮かべてはいるが、その目にわずかな焦りの色が滲むのを私は見逃さなかった。専門家さえ手を焼くような少年なのだ。

「すいません、ちょっと掃除させてもらいます」打ち合わせ通り、看護師が床をモップで拭き始める。美鈴が怪訝そうな表情を浮かべて腰を浮かしかけると、無愛想な口調で声をかけた。「ああ、そのままでいいですよ」

美鈴が椅子を少しだけ窓際にずらす。私はベッドを挟んで美鈴と相対し、「続けて」と小声で言った。短い一言に敏感に何かを感じ取ったのか、美鈴が少年の手を撫でながら話しかける。私はそれを見守りながら、音に意識を集中した。視界の隅で、看護師が目で合図したのが分かった。かつんと小さな音がして、その一瞬後には私の足元までカセットテープが滑ってくる。サッカーボールをトラップする要領で右足の内側で止め、素早く屈んで拾い上げた。看護師に小さくうなずきかけると、彼女は「失礼しました」とだけ言って病室を出て行った。

私の動きに戸惑いを覚えたのか、美鈴が疑わしげにこちらを見る。私はさり気なく声をかけた。

「どうかな」

「今は無理しない方がいいですね」その一言に、プロとしての彼女の挫折が感じられた。

「あまり急にやっても、よくないです」

「じゃあ、一度引き上げようか」

美鈴が立ち上がる。少年がすがるように彼女を見たが、何かを訴えようとしているわけではなかった。もっと食べ物が欲しいだけなのだろう。

「坊主」私の声に振り向く。「また来るぞ。今度は何が食べたい？」

無表情だった。私にじっと視線を据えるが、何を考えているかは一切読み取れない。結局子どもの扱いに慣れていないんだろうな、と思って苦笑いを浮かべたが、そういうわけではないようだった。美鈴の顔に浮かんだ苦渋の表情を見れば、この少年に困らされているのは私だけではないことがはっきりと分かる。プライドを傷つけられたプロがどんな手で反撃するか。お手並み拝見だ。


「餌づけは上手くいかなかったな」

「動物みたいに言わないで下さい」

署に戻る車の中で、美鈴はずっと不貞腐れていた。短く揃えた爪をいじりながら、眉間に皺を寄せている。

「結局、手がかりは何もなかったんだね」

「そういうことです」乱暴に吐き捨てることで、嫌な事実を認める辛さを紛らわそうとしていた。

「一つだけ、手がかりになるかもしれないものがあった」

「何ですか」美鈴が慌てて私の方を向く。自分が何を見落としたのか、恐れるような表情が浮かんでいた。

「これ」右手でハンドルを握ったまま、左手でコートのポケットからカセットテープを取り出し、渡してやる。

「何ですか」

「見ての通りだ」

「音楽ですよね……何でしょう」

「ポルトガル語みたいだけど」

「そうなんですか?」

「たぶん、だよ。俺もポルトガル語が読めるわけじゃないから」

髭面の中年男を中心に、七人のメンバーが真っ白な背景の前に集合しているジャケット写真。

「誰でしょう」

「分からない。ブラジルで思い出すのはセルジオ・メンデスぐらいだな。名前を知ってるだけで、聴いたことはないけど」

「調べれば分かりますよ」

「じゃあ、署に戻って調べてみよう」

「ブラジルのカセットだったとしたら……」美鈴が爪を噛んだ。

「そういうこと。君の想像してる通りだと思う」

「日系ブラジル人？」

「今、出稼ぎみたいな形で日本で働いている日系ブラジル人が相当いるはずだよな。そういう人の子どもだったとしたら――」

「日本語が話せなくても不自然じゃありませんよね」美鈴が私の言葉を引き取った。

「そういうことだ」

「それは確かに手がかりになりますけど、相手がブラジル人だったら厄介なことになりますよ」

「どうして」

「日系ブラジル人には独特のコミュニティーがあるそうですから。私たちも、簡単には入れないんじゃないかな」

「それでも、手がかりが何もないよりはましだ」

「そうですね」言葉の上では同意しながらも、彼女が納得していないのは明らかだった。

「何が心配なんだ？」

「警察だって、手を出しにくいところはあるんですよ」

「まさか」笑い飛ばしてやったが、彼女の心配そうな気配はいつの間にか私にも伝染していた。「ここは日本だぜ。日本に住んでる限り、外国人も日本の法律に従ってもらわなくちゃ困る」

「それが、そんな風に原理原則できちんといかないから困るんですよ。防犯の仕事をやってると、外国人とのつき合いもできます。厄介ですよ」

「勉強になるな」

「そうですか？」

「どんなクソみたいな仕事でも勉強になる——君の仕事がそうだと言ってるわけじゃないけど」

「似たようなものです」

日系ブラジル人か。そもそも言葉は通じるのだろうか。英語なら何とか意思の疎通ができる自信はあるが、ポルトガル語となったらお手上げだ。通訳は見つかるだろうが、そういうフィルターを通しての取り調べは誤解や間違いを生みやすい。甲州街道を走りながら、私は今まで経験したことのない不安を感じていた。初めて飛びこむ世界は、確かに人の胸を不安定に揺らす。だが、それだけが理由でないような予感がしてならなかった。

「三十万人？」顔を上げた藤田の顎からうどんが垂れ下がった。慌てて啜り上げ、紙ナプキンを引っ張り出して濡れた所に当てる。「三十万人って言えば、中野区の人口とほぼ同じじゃないか。千代田区の八倍だ」

「何でそんなつまらないことを知ってるんだ」私は食べ終えたカレーの皿を押しやった。塩気が強く、血液の粘度が高まったように感じる。

「トリビアだよ」藤田がにやりと笑う。「こういう一見つまらないことを知ってると、人間関係を構築する上で役に立つんだ」

「実際役に立ったのか？」

「まあ、それはこれから。仕込みが大事なんだ」藤田が私の質問に答えてから、正面に座った美鈴に訊ねる。「日本のどこに三十万人も住んでるんだ」

「一番多いのは浜松ですね」

「ということは、自動車部品の工場なんかに勤めてるんだろうな」

「そういうことです」

「だけど、いつの間にそんなに増えてたんだろう。東京でも一時イラン人が増えたことがあったけど、日系ブラジル人っていうのは……顔が日本人と同じだから分からないだけなのかな」

「確か九〇年に出入国管理法が改正されて、無制限に受け入れられるようになったんですよ。当時はバブルの絶頂期で、地方の工場も二十四時間、三交代制でフル回転してた所が多かったでしょう？　だけど日本人はもっと楽でお金を稼げるところに流れたから、代わりに安い労働力が必要になったんですね」

「それで日系ブラジル人がどんどん入ってきたわけか。ある意味搾取の構造だね」

「一概にそうとも言えないんですけどね。こっちでしっかりお金を貯めて、ブラジルに戻って商売を始めて成功した人もいるし、すっかり地元に溶けこんで、ずっと日本で生活している人もいます。ただ、やっぱり仲間だけで特殊なコミュニティーを作ってしまうのも事実で、あちこちでトラブルも起きてるようですね。実際、凄い田舎町の所轄なのに、人口千人当たりの犯罪発生率が県内で一番というところがあります」

「要するにブラジル人村があるわけだ」藤田が結論を持ち出すと、美鈴がうなずいて同意を示した。藤田がうどんと稲荷ずしの乗った盆を押しやり、背中を椅子に預けて伸びをする。「異質の分子だからな。トラブルにならない方が不思議だろう。ニューヨークなんか、まさにそうじゃなかったのか、鳴沢？」

不意に話を振られ、言葉に詰まった。横にいる美鈴も注目しているのが分かる。一昨年から昨年にかけての私のニューヨーク研修は、様々な意味で注目を集めた。警視庁の上層部にすれば厄介払いの意味もあったのだろうが、結果としてその思惑は外れたことになる。トラブルに巻きこまれた私の研修は中途で打ち切りになり、日本に強制送還されて、結局東京の西の外れの所轄で毎日暇を持て余しているのだから。

「ニューヨークの場合はサラダボウルだ」

「メルティングポットって言いませんか？」美鈴が訊ねる。

「昔はそう言ってたみたいだけど、実際は溶け合ってないからね。サラダなら、それぞれの素材は元のままだろう？　それがニューヨークっていう共通のドレッシングで味つけされただけっていうのが現状に近い」

「ずいぶんと詩的な表現をするじゃないかよ、ええ？」藤田がからかったが、私は真面目に応じなかった。

「中国人は中国人、韓国人は韓国人っていう具合に、出身地によって住む場所も決まってくる。その中にいる限り、比較的トラブルは少ないんだ。アメリカの法律に縛られているというよりも、コミュニティーの掟が守られている感じかな。ただ、他のコミュニティーとの境目で、時々衝突が起きる」

「日系ブラジル人の場合は、そういう具合じゃないんです。確かに街の中でブラジル人がたくさん住んでいる場所はあるけど、日本人が絶対に入りこめないというわけでもありません。それに、仕事では一緒になるわけですから」

「何だか奇妙な感じだな」と藤田。「それで、あの子は日系ブラジル人らしいんだな？例のカセット、ブラジルのものだったんだろう」

「ブラジル人だとしても状況は変わりません」美鈴が安っぽいプラスティックの湯呑みからお茶を一口飲んだ。「このまま何の手がかりもなければ、児童相談所に引き渡します。親を捜す主体は向こうになりますね」

「ちょっと待ってくれ。こっちでは何もしないのか」

私の疑問に美鈴が溜息で答える。

「それが一般的なやり方ですから。犯罪絡みということになれば話は別ですけど、今のところはそういうわけじゃありませんよね」

「それはそうだけど……」

「生活安全課のやり方、忘れちゃったんですか？」美鈴が微笑みかけたが、それはあくまで儀礼的なものだった。腕時計を見て席を立つ。「午後、児童相談所に話をします。病院とも相談して、明日には引き取ってもらう方向で話を進めますよ」

「しかし」

「もしも事件だとしたら、話は別です」美鈴の口調は急速に事務的なものに変わりつつあった。「そうなったらまた、鳴沢さんにもご協力をお願いすることになりますから」

「せめて明日一日、時間をくれないかな」

反論しようとしたのか、美鈴が口を開きかける。まじまじと私を見詰めた末に出てきたのは、後ろ向きの言葉だった。

「……検討します」

食堂を出て行く美鈴の後ろ姿を、私は黙って見送るしかなかった。

「いやあ、しかしいい女だな」藤田が呑気な感想を漏らす。「近くにいると分からないっていうけど、本当だね」

「ちょっと反応が早過ぎないか？」

「恋に落ちるのに早いも遅いもないんだよ」

「情報が遅いな。彼女、子持ちだぜ」

「結婚してるのか」藤田の顔が目に見えて青褪めた。

「してた、ってことらしい」

「じゃあ何も問題ないじゃないか」

「だといいんだけど」

「何だよ、もったいぶって」藤田が煙草を銜え、口の端でぶらぶらさせる。私はすっと手を伸ばして煙草を摑み取った。「何だよ、禁煙のお説教ならごめんだぜ」

「まだ一時前だ」壁の大時計を指差してやった。食堂の一部では喫煙ができるが、昼食時の十一時から一時までは原則禁煙である。

「あと一分じゃないか」

「一分前も一時間前も同じだよ」

藤田が深い溜息を漏らし、私の手から煙草を奪い取った。わずかの間、手の中で転がしていたが、すぐにパッケージに戻して立ち上がる。

「外で吸うわ」

「一分待てばいいじゃないか……いや、あと三十秒だ」

「時計と睨めっこしてまで煙草を吸いたくないよ……なあ、聞いていいか」

　どうぞ、と言う代わりに両手を広げる。藤田が右肘をテーブルについて前屈みになった。

「疲れないか？」

「全然」

「あんたの精神構造は、俺らとはまったく別なんだね」

「ストッパーを自認してるんなら、そんなことはとうに分かってると思ってたよ」傍ら（かたわら）の灰皿を引き寄せ、彼の前に置いてやる。「というわけで、時間だ」

「おいおい」

「俺は別に不親切なわけじゃない。ルールは守ろうって言ってるだけだ。そこのところを勘違いしないでくれよ」

　もやもやとした気持ちを抱えたまま、定時に引き上げて家に戻る。ＪＲの西八王子駅と高尾（たかお）駅の中間地点にある西八王子署から私の家までは、峠を越えて車で三十分もかからない。知り合いの知り合いから借りている一戸建ての家は、多摩（たま）センターの駅を見下ろす高台にあり、私一人が住むには明らかに広過ぎる。実際、綺麗にしておくだけでもかなりの手間がかかるのだが、格安という条件の前にはそういう面倒臭さもかすれてしまった。家主は元々この辺りの地主の家系で、大学教授である。現在はアメリカに長期留学しているが、私をハウスキーパー代わりにし、ついでに税金対策もしようというのが狙いだ。ということになれば、休みの日は徹底して掃除せざるを得ない。

ガレージにレガシィを突っこむと、すぐに着替えてもう一度ガレージに戻った。車が二台、楽に入れられるスペースがあるのだが、レガシィのほかにはオートバイを一台停めているだけなので余裕がある。私はそこに小さなベンチを置き、ウエートトレーニング用のダンベルなどを揃えていた。最近はバーベルを買い足したので、足の踏み場がなくなりつつある。ほとんど乗らないオートバイを処分しようか、と考えることもある。ただ、オートバイは私にとって数少ない趣味であるし、二十代の尻尾を引きずるものに別れを告げる理由も特に見当たらなかった。

息が白くなるほど冷えたガレージの中で、まずストレッチをする。筋肉が伸びたのを実感できたところで、バーベルを使ってベンチプレスを始める。当然補助はないので、安全のために四十キロからにした。京王多摩センター駅前のジムにも時々行くのだが、その時はインストラクターに補助についてもらって、百キロまでは上げることができる。しかしそれは力試しのようなもので、普段は限界ぎりぎりまで筋肉を苛めることはない。

負荷を軽くして回数を増やすほうが、筋肉はしなやかに強くなるのだ。筋力の限界に近い重さを一気に持ち上げるようなやり方は太い筋肉を作るが、それはボディビル用のトレーニングで、刑事の仕事には必要ない。

呼吸とリズムを意識しながら——息を吐きながら素早く上げ、吸いながらゆっくり戻す——十五回。それを三セット繰り返した。大胸筋が熱く引き攣り、早くも額を汗が伝い始めた。バーベルを担ぐ形でのスクワットをやはり十五回ずつ三セット。ウエートを軽くして、両手でのアームカールを同じ回数こなすと、体全体が熱を持ち、軽くなってきた。その後でダンベルに切り替え、ベント・オーバー・ローイングを二十回ずつ三セット。肩の下の方が広範囲に解れてくる。最後に腹筋だ。上体を起こすようにして上側を鍛えるクランチと、足を上げ下げして下側を鍛えるシットアップをそれぞれ三十回ずつ二セット。全て終わった時には全身が汗まみれになり、ガレージの中に熱気が籠もっていた。ペットボトルに半分ほど残った水を一気に飲み干し、シャワーを浴びる。いつもなら体が軽くなり、頭もすっきりする至福の時間だ。

しかし今日は、もやもやとした気分が消えない。原因は分かっていた。シャワーを早目に切り上げ、髪を入念に乾かす。病院に電話を入れて面会時間が午後八時までなのを確認してから、裏ボアつきの革ジャケットを着こみ、脛まである編み上げのブーツを履いてガレージに下りる。久しぶりにＳＲのキックを踏み下ろしてエンジンを目覚めさせ、単気筒の震動を体全体で感じながら病院へ向かった。

4

走り出した途端に、風邪をひくことになると覚悟した。革ジャケットの下には分厚いネルのシャツとケーブル編みのセーターを着こんでいたが、それも八王子の街を吹き抜ける寒風を完全に遮断してはくれない。少しだけ湿り気を帯びた風が容赦なく体を叩き続け、ウエートトレーニングとシャワーで温まった体は、一キロと行かないうちに冷え切った。特に手がひどい。薄い革のグローブは、ほとんど役に立たなかった。

病院まで半分というところまで来た時、コンビニエンスストアの灯りを見つけ、オートバイを路肩に寄せた。真冬のオアシス。肉まんに温かいお茶、という組み合わせが頭に浮かぶ。私はそれで夕飯にしてもいい。あの少年は肉まんを食べるだろうか。ブラジル生まれだとしたら、日本の食事にはもう慣れただろうか。大丈夫だろう、と判断する。子どもは案外簡単に環境に馴染むものだ。病院の夕食はとうに終わっているはずだが、あの食欲なら肉まんの二つや三つは簡単に平らげるだろう。肉まんを五つ、それにペットボトルの温かいお茶を二本買いこみ、革ジャケットの内側にビニール袋ごと押しこんでから、再びSRのキックペダルを踏み下ろした。まだ熱い肉まんとお茶がカイロ代わりになり、少しだけ寒さがしのげる。急ぐ気持ちから、アクセルは開き気味になった。

ナースセンターに顔を出し、まだ面会時間が終わっていないことを確認してから病室に向かう。柔らかい光が漏れているのが廊下からも見えたが、明滅しているので、部屋の灯りを消してテレビを眺めているのだということはすぐに分かった。一度ロビーまで引き返して、新しいテレビカードを買いこむ。引き戸を開けて顔を出すと、少年がびくりと体を震わせて私を見やった。すぐに目を逸らしてしまったが、漂い出す肉まんの香りを嗅ぎつけたのか、口元が緩んだ。椅子を引いてベッド脇に座り、袋ごと差し出してやると、半分ほどを一気に口に押しこんでから、底についた紙を剥がしていなかったことに気づいて引っ張り出す。ペットボトルのキャップを取ってお茶を渡してやると、遠慮なくごくごくと飲んだ。肉まんもお茶も初めてというわけではないようだ。ということは、日本に来てからそれなりの時間が経っているはずである。

喋れないのではなく喋らない。私は確信した。

「ゆっくり食えよ」忠告が耳に入らぬ様子で、少年は瞬く間に一つを平らげてしまい、すぐにもう一つに手を伸ばす。慌てて私は自分の分を確保した。

「こんばんは（ボア ノイチ）」夕方何とか覚えたポルトガル語の挨拶を投げかける。肉まんを嚙む少年の口の動きが一瞬止まり、肩がぴくりと上下した。

「元気か（コモ ヴァイ）」もう一度声をかけると、少年の顔にかすかな笑みが浮かんだ。人差し指で鼻の下を擦ると、ペットボトルに吸いつく。上目遣いに私を見ながら、ほとんど飲み干してしまった。

「悪いな、ポルトガル語はこれぐらいしか覚えられなかったんだ。だけど君、本当は日本語が分かるんだろう」反応を待つ。ペットボトルを両手で握り締めたまま、うつむいてしまった。自分の勘は当たっているだろう、という予感はある。だが、少年の意地は簡単には崩れそうもなかった。「ああ、もう一つあった。君の名前は（クワウ エ オ セウ ノーミ？）」

少年が肩をすくめる。話が通じているのは間違いない。ポルトガル語の通訳を連れて質問をすれば、答えるかもしれない。美鈴は、児童相談所に通告する時期を「検討する」と言っていたが、やはり明日一日だけ待ってもらおう。

「そんなに意地を張るなって。君の名前は何ていうんだ？　クワウ　エ　オ　セウ　ノーミ？」少年は私を完全に無視して、ゆっくりと肉まんを味わっていた。食べ物に逃げこんでいるのは明らかだったが、これ抜きでは落ち着いて様子を観察することもできない。「君が日本人じゃないことは分かってるんだ。お父さんもお母さんもきっと心配してるぞ。どこから来たんだ？　この近くか？　それとも浜松辺りか？　浜松、分かるかな。静岡の浜松だ」

不思議そうな表情を浮かべ、少年が私を見た。こっちの言っていることは絶対に分かっているはずだという確信はあったが、声を荒らげることもできない。やはり自分には少年事件は無理だろうと諦めかけた時、少年が初めて口を開いた。

「ポリシア？」

一瞬、頭の中で言葉をひねくり回す。どんな言語でも似たような発音になる言葉があるものだが、これもその一つだ。ポリシア——ポリス。

「そう、ポリシア。俺は警察官だ。だから、心配しないで話してくれ。本当は日本語も分かるんじゃないか？」

少年が首を振った。一瞬だけ安堵の表情が浮かんだような気もしたが、それは私の勘違いだったかもしれない。明日、絶対に通訳を連れてこよう。今日の午後から通訳センターに連絡を入れていたのだが、タイミングが折り合わず、担当者の出動は叶わなかった。とにかく、明日だ。ポルトガル語で事情聴取できれば、この少年は必ず何か喋る。

「明日の朝、もう一度来るからな」頭を撫でると、少年がほんの少し心を開いたように、ほっとした表情を浮かべる。私という個人に対してなのか、警察官という立場に対してなのかは分からなかったが。どちらの立場で話すべきか……椅子を引き、ベッドに数センチだけ近づける。

「なあ、君は何歳だ？　小学校の四年生か五年生、それぐらいだろう」返事なし。ただし、私の目をじっと見据えている。わずかな変化の兆しを感じたので、それにしがみついて引き寄せてみることにした。「学校は楽しいか？　友だちはたくさんいるのかな。実はね、俺には君ぐらいの年の友だちがいるんだ。今はアメリカにいるんだけどね。アメリカ、分かるかな？　ニューヨークに住んでるんだ。そこでテレビの仕事をしてる。もう随分長い間会ってないんだけど、今度、日本でもその番組を放映するらしいよ。いい奴なんだ。君とも友だちになれると思う」

一気に喋って口を閉ざし、反応を窺う。こちらの言葉が分かっているのかいないのか、また自信がなくなってきた。

「もしかしたら彼は、俺の子どもになるかもしれない。父親はいないんだ。母親と二人で暮らしていて、別に不自由はないと思うけど、ちょっと寂しそうなんだ。やっぱり、父親がいた方がいいんじゃないかな。いろいろ嫌なことや面倒なこともあるだろうけど、それでも一緒にいた方がいい。俺だって、彼が近くにいないのは寂しいしな。君もいつまでも意地を張ってないで、家に帰ったらどうだ。心配しなくていい。ちゃんと送り届けるし、嫌なことがないように、俺から君の家族に話をしてもいい」手を伸ばし、布団に隠れた腹の辺りを軽く叩く。少年はペットボトルを握り締めたまま、依然として私の顔に視線を注いでいた。目尻が下がり、優しげな顔つきになる。だが、まだ心を開いているわけではないということは分かっていた。素早くベッド全体を見たが、不自然に膨らんでいる所はなかった。バッグは物入れに隠したのだろう。カセットテープがなくなっていることには気づいていないかもしれない。「明日、君と話ができる人を連れてくる。そうしたら話をしてくれないかな。俺が話しても分からないんだろう？　それじゃ、君だって困るよな。明日の朝、また来るけど、今度は何が食べたい？　病院の食事はそんなに美味(うま)くないよな」

「リンゴ」少年がぽつりとつぶやいた。彼の口から漏れ出た初めての日本語だった。綺麗な発音で、外国語訛(なまり)は感じられない。肩を揺さぶって「日本語が話せるんだろう」と問い詰めたいところだったが、その気持ちを何とか呑みこみ、ポルトガル語でリンゴは何と言うのだろう、と考えながら帰途についた。

　家に戻ると、急に勇樹の声が聞きたくなって、久しぶりに電話をかけることにした。ニューヨークは午前中。戻って来た格好のまま緑茶を淹(い)れ、はるか遠くに駅が見下ろせるウッドデッキに出る。大ぶりのカップで手を温めながら携帯電話を手にした。

何を話そうか。この前話したのはいつだったか。ほぼ週に一度のペースでメールのやり取りはしているが、声を聞くのは随分久しぶりだ。が、勇樹は電話に出なかった。留守番電話に切り替わったので、メッセージを残さずに切る。考えてみれば当たり前だ。テレビ局のスタジオに入っているか、そうでなければ学校にいる時刻である。意を決して優美にかけてみるか。だが、ぎこちない会話に終始するだろうことは明らかだったし、その後に訪れる空しい気持ちに向き合うだけの勇気は私にはなかった。

彼女は自分を再構築しようとしている。去年、アメリカで勇樹を巻きこんだ事件が彼女の気持ちを大きく揺らし、私との暮らしよりも、まず自分の生活を立て直す方を選んだ。去年の暮れに届いたクリスマスカードにも、個人的な心情をうかがわせるような言葉は何一つなかった。まだ私と、二人の人生について話し合う気持ちになれない、そういうことなのだろう。彼女の兄で、私にとっては親友であるニューヨーク市警の刑事、七海（ななみ）は時折電話を寄越して「さっさと何とかしろ」と急（せ）かす。だが彼も、私たち二人の意固地さについてはよく知っていて、半（なか）ば諦めかけているのだ。どうにもならないことが分かっているのに発破をかける彼のやり方は、風車に挑むドン・キホーテを思い起こさせる。それが兄の、あるいは親友の役目であるという信念だけが彼を支えているのだ。

申し訳ないとは思う。自分をだらしないとも思う。しかし私も優美も、失敗を恐れている。地球の裏と表に離れて暮らし、会話がない状態でも、それだけは確信があった。

　太く立ち上るお茶の湯気越しに街の灯を眺める。闇の中に所どころ浮かぶ灯りはいかにも頼りなく、私の吐く白い息の中にさえ隠れてしまいそうだった。この街にも結構長く住んでいる。だがこの暮らしはかりそめであり、自分の人生がどこへ流れ着くのか、私にはまだ想像もつかなかった。


　私の朝は、毎日六時前に始まる。眠気を吹き飛ばす四十分のジョギングは、雨が降っていない限り、あるいは事件に忙殺されていない限り絶対に途切れさせない日課だ。しかしこの日の朝は、修行のごとく続けているその日課で肉体を目覚めさせることができなかった。

　広い家を汚さないよう、私はいつもリビングルームのソファで寝ている。百八十センチの身長には少し短いが、慣れれば案外快適に眠れるものだ。枕もとのテーブルには目覚まし時計と携帯電話、それにコードレスフォンを常に置いている。今朝鳴り出したのは、コードレスフォンだった。署からの呼び出しだ、と瞬時に判断する。傍らのペットボトルを取り上げ、水を一口飲んでから電話に出る。

「おはよう。俺の声で起こされるのは嬉しくないかもしれないけど」藤田だった。そういえば昨夜は宿直だったはずだ。

「ああ。あまりいい朝じゃなさそうだな」

「言ってくれるねえ」藤田は今にも笑い出しそうだったが、すぐに声を引き締めた。

「病院に行ってくれ」

「あの病院か」途端に心臓の鼓動が激しくなる。あの少年に何かあったのだ。実は重篤な病気を抱えていて発作を起こしたとか、また暴れて宿直の医師に怪我をさせたとか。

「そういうこと。あのガキ、いなくなった」

「いなくなった？　どういうことだ」

「分からんよ。だから病院もこっちに電話してきたんだろう。美鈴ちゃんには連絡したけど、彼女、家が武蔵境だからな。ちょっと時間がかかると思う。あんた、先乗りしてくれないか」

「分かった」既に布団を跳ね除けていた。しんとした冷たさが体に沁みこみ、意識が鋭く尖ってくる。電話を耳に押し当てたまま、家主が書斎に使っていた小部屋――私は物置代わりにしている――に入り、クリーニングから戻ってきたばかりのワイシャツを用意する。肌を刺すような冷たさに凍えながら羽織り、スーツのズボンを捜した。「七時前には着けると思う。だけど、変な時間だな」

「そうでもない。病院では朝一番で検温したりとか、いろいろあるんだよ。その時に初めて気づいたそうだ」

「夜中にいなくなったってことか」

「そうとは言い切れない。夜中にも何度か見回りをしてたんだけど、看護師連中は、布団が盛り上がってたから、ベッドにいると思ってたらしい。結果的には枕と毛布を押しこんであっただけなんだけどな」

「じゃあ、いつ頃いなくなったか、正確には分からないわけだ」

「そういうこと」

「要するに夜八時から朝六時の間だな」ズボンに足を通し、一番手近にあったネクタイを手にする。受話器を耳と肩で挟んだまま締めようとしたので、首筋が引き攣りそうになった。

「八時ってのは何なんだ」

「昨夜、見舞いに行ったんだ。差し入れを持ってね。俺は八時まで病室にいた」

「何でそこまで入れこむんだよ」藤田の声に、明らかに非難する調子が混じる。

「とにかく、八時から今朝までの間だ」彼の質問には答えず、私は時間を強調した。

「病院も完全に封鎖されてるわけじゃないからな。夜中は人も少ない。連れ去ろうとしたらできないわけじゃないさ」

「病院から誘拐か？　そんなの、前代未聞だぜ」

「誘拐とは言っていない」何とかネクタイを結び終えたが、小剣の方が下に出てしまっている。クソ、車に乗ってから結び直そう。「連れ去りって言ったんだ」

「親か？」

「その可能性はあるな。家出したのを連れ戻しに来たのかもしれない」

「だけど、あの子が病院にいることはほとんど誰にも知られてないはずだぜ。マスコミにも漏れてない。どうやって知ったんだ？」

「それもそうだな」立ったまま靴下を穿く。上着を羽織り、昨夜の天気予報で今日はかなり寒くなると言っていたのを思い出して、腰まであるダウンのコートを手に取った。

「さて、そろそろ着替え終わっただろう」

「ああ」

「じゃ、出発してくれ。ところで鑑識はどうする？」

「まず様子を見てみるよ。それからでもいいだろう」

「大騒ぎするにはまだ早いか。俺もこっちに誰か来たら、応援に行く」

「分かった。先に見ておく」

「了解」

　クソ、一体何事なんだ？　こんな訳の分からない事件——まだ事件と呼べるかどうかさえ分からないが——は初めてだった。私たちの前に謎を置いたまま、少年は消えてしまった。そして一つの謎の消失は、新しい謎を呼ぶきっかけに過ぎない。

　滝本と名乗った女性看護師は、戸惑いの表情を隠そうともせず、当時の状況をくどくどと私に説明した。言葉の三分の二は言い訳に過ぎなかったが、聞かないわけにはいかない。私は途中で何度か言葉を差し挟みながら、時間軸に沿って必要なことだけを手帳に書きとめた。その内容は、藤田が最初に教えてくれた材料をほとんど補強することはなかった。
・八時、面会時間終了。
・九時、消灯。この時点で一度病棟の巡回がある。この時には既に、少年の布団は盛り上がって、中に潜りこんで眠っている様子だった。テレビも消えていた。
・十二時、二度目の巡回。異常なし。
・三時、三度目の巡回。異常なし。

・六時、検温。この時点で初めて少年がいなくなっていることが分かった。
実際は、昨夜の消灯時間を過ぎてすぐ、少年はいなくなっていたのではないか、と私は訝った。布団に潜りこんで静かに寝ているように見えれば、一々めくって確認もしないだろう。そんなことをしている余裕は、人の少なくなる夜間にはないはずだ。だが今の時点では、少年が消えた時間を特定する具体的な手がかりはない。

「八時の面会終了か九時の消灯の段階で、誰か怪しい人を見ませんでしたか」

「どうかしら」彼女が首を捻る。「少なくとも私は見てませんけど……」

「昨日の宿直の人は、まだ全員残ってますよね」

「ええ」

腕時計に目を落とす。部屋を調べたいところだが、先に話を聞かないと宿直の人間が引き上げてしまう。その後を追って事情聴取するのはかなり面倒だ。ナースセンターに行くかと決めかけた瞬間、美鈴が駆け寄って来た。

「遅くなりました」昨日は艶々していた髪はどこかくすみ、白いブラウスのボタンを一つ掛け違えている。息を整えようと必死に深呼吸していたが、まともに話せるようになるまでにはしばらく時間がかかりそうだった。

「ナースセンターで、昨日宿直だった人に話を聴いてくれ。面会終了が午後八時、消灯が九時、それぐらいの時刻に怪しい人を見かけなかったかどうか、確認して欲しい。俺はちょっと病室を調べてみる。必要なら鑑識を呼ぶから」

分かりました、と言う代わりに美鈴が素早くうなずく。私は看護師に声をかけ、彼女をナースセンターまで連れて行くように頼んだ。

ドアのところに立ったまま、病室の中をざっと見回す。争った跡があるかどうかが一番のポイントだ。掛け布団は乱暴にめくられ、枕に近い方がベッドから垂れ下がっていたが、これは必ずしも不自然ではない。看護師が布団をめくって確認したと言っていたから、その名残だろう。本来なら床にあるべきではないものが転がっていないか？　何もない。テレビが載った物入れの位置は変わっていないか？　昨夜と同じだ。ただし、扉が細く開いている。どうやら荷物がなくなっているようだ。

部屋に入ると、廊下よりも冷たい空気が全身を覆う。布団の上からベッドを叩き、中に何もないのを確認してから、ハンカチを使って物入れの扉を大きく開けた。中には何もない。いや、ないわけではなかった。バッグこそ消えているが、小さな忘れ物が幾つかある。昨日私が見つけたのとは別のカセットテープ。ノート。シャープペンシルが二本。手をつけずにおくべきだが、もう少し詳しく確認したかった。小型のマグライトを尻ポケットから引っ張り出し、手を触れないように気をつけながら、物入れの中に散らばっているものを観察する。カセットのタイトルは「こどものためのにほんご」。教材であることはすぐに分かった。シャープペンシルは何の変哲もない、文房具店でもコンビニエンスストアでも数百円で手に入れられるようなものである。残りはノートだ。引っ張り出して調べたいという欲求に駆られたが、一応鑑識が入るまでは手をつけない方がいいだろうと判断して放置する。床に膝をついてベッドの下を覗きこむと、消しゴムが一つ、転がっているのが見えた。マグライトの光を当てると、かなり使いこんで小さくなったものであることが分かる。後は綿埃があちこちで丸くなっているだけだった。

窓辺に立って駐車場を見ながら、藤田に電話をかける。

「どうよ」

「まだ分からない。ただ、相当慌てて出て行った感じだな」

「争ったような跡は？」

「それはない……ような感じがする」

「何だ、あんたらしくないな。はっきりしろよ」

「確証が持てないんだ。荷物はなくなってる。ただ、物入れから大慌てで引っ張り出した感じなんだ。それで中身が零れて、そのまま残っている。シャープペンシルとか、ノートとか」

「学校で使うものみたいだな」

「たぶん」

「とすると、下校途中に行方をくらましたのかもしれない」

「あるいは。いずれにせよ、鑑識に出動を要請してくれないか？　もう少し詳しく調べてみたい」

「ノートには名前が書いてあるんじゃないか」

「そうかもしれないけど、鑑識が見る前に触りたくない」

「分かった。すぐにそっちに行ってもらう」

「頼む……ちょっと待った」

「何だ？」

「いいからこのまま待ってくれ」

窓。サッシの引き戸なのだが、完全に閉まっていない。五ミリほど開いたままで寒風が絶え間なく吹きこんでいる。それで部屋の温度が妙に低かった理由が分かった。真冬の八王子で窓を開けたままにする？　あり得ない。エアコンがどんなにフル回転しても、外気に勝てるわけがないのだ。

「何だよ」苛ついた声で藤田が訊ねる。

「窓が少し開いてるんだ。五ミリぐらい」

「そこから逃げたのか?」

「その可能性はあるな」指紋をつけないよう、ハンカチを使って窓を開く。間違いない、と確信した。窓の外はすぐに植えこみで、それが駐車場との境になっているのだが、低木が不自然に倒れている所がある。人が無理に通り抜けようとしたら、こんな風になるはずだ。そして駐車場に車を用意してあれば、逃げ出すのは難しくない。そのことを藤田に報告すると、彼は低いうなり声を上げた。

「ガキが一人で勝手に逃げたのかもしれん。自分で窓を開けてな」

「じゃあ、荷物が散らばってることはどう説明する?」

「慌ててたんじゃないのか」

「慌てる理由が分からない。少なくとも病院では、検査を受けさせようとした時以外は大人しくしてたんだから」

「とりあえず指紋を調べてもらおうや。本人の指紋が窓枠にでもついてれば、自分の意思で逃げた可能性が高くなるんじゃないか」

「俺は、誰かが一緒だったような気がする」

「勘か」

「ああ」

「それも鑑識次第だな。ところで、美鈴ちゃんはもうそっちへ行ったか？」

「ああ」

「俺からよろしく言っておいてくれ」

「よろしく、だけでいいのか？」

「ああ、もう」じれったそうに藤田が腿を叩く様が想像できた。「何でもいいから、俺の名前を売りこむことが大事なんじゃないか。それぐらい協力してくれよ、相棒」

「当てにしないでくれ。彼女は今ナースセンターで聞き込みをしてる。これから俺も合流するつもりだ。とにかく鑑識をできるだけ早く出動させてくれ」

「了解」

電話を切り、まだ街灯に照らされている駐車場をじっと見やった。空の果てが白くなりつつあるが、駐車場の様子を見るためにはまだ人工的な光だけが頼りだ。目の前にあるのは外来患者用の駐車場で、この時間には停めてある車はほとんどない。夜の八時、九時でも同じような状況だろう。

「鳴沢さん」美鈴に声をかけられ、振り向く。駄目だ、と言う代わりに彼女は首を横に振った。

「誰も何も見てない？」

「そういうことです。でも、死角があるんですよ」

「死角？」

「ええ。ちょっと見て下さい」

彼女に導かれて廊下に出る。ナースセンターは右側。美鈴が指差したのは左側にある非常口だった。少年の病室はそのすぐ隣である。ナースセンターは、全体に目が行き届くよう、病棟の中央付近に配置されているが、確かに非常口は死角になるようだ。仮に非常口から廊下に忍びこんですぐに病室に入ったら、ナースセンターからは確認できないだろう。金属製のドアノブに手をかける。鍵はかかっていなかった。

「ちょっと試してみるか」

「分かりました」私に説明する暇を与えず、美鈴が小走りでナースセンターまで遠ざかった。すぐに中に引っこみ、廊下に突き出ている出窓から顔だけを覗かせてうなずきかけた。非常口までの距離、二十メートル。表に出ると寒風が背中を叩く。音を立てないように気をつけながらドアを閉めた。一旦廊下に戻り、今度はわざと大きく音を立ててドアを閉める。美鈴がこちらに向かって歩きながら首を振る。

「出窓から首を突き出してない限り、ナースセンターからは見えないですね」

「音は？」

「今、音を立てましたか？」

「最初は静かに閉めた。中に戻った時は思い切り音を立てたけど」

「全然聞こえなかったですね。誰かが音を立てないように気をつけながら侵入したら、夜でも分からないと思うわ」

「他の場所から病室に近づいた可能性はどうだろう」

「ないんじゃないですか」美鈴がほぼ断言した。「この非常口を使わない限り、必ずナースセンターの前を通りますからね」

「たぶん、こういうことだ」彼女と正面から向き合って自説を説明し始める。美鈴の首は折れ曲がり、天井を見上げているようだった。身長差を強く意識する。「犯人は、面会時間が終わる頃に病院に忍びこんで、中の様子を確認した。この非常口から出入りできることに気づいて一度外へ出た。消灯時間になってすぐ、鍵が開いたままの非常口から忍びこんで、あの子をさらっていった」

「シナリオとしては悪くないですね。だけど、彼をさらう理由が分からない」

「俺たちは、あの子のことを何も知らないからな」

「それに、捜査できるかどうかも分かりませんよ」

「どうして」

「そもそもこれは犯罪なんですか？」

　今までの動きを根本から揺さぶる疑問に、私は口を閉ざさざるを得なかった。誰かが少年を連れ去ったという物理的な証拠はまだ見つかっていない。警察が動き出すべきかどうか、判断がしにくいところだ。一番可能性が高いのは、少年が自分の意思で病院を抜け出したということではないだろうか。狭い病室に押しこめられ、嫌っている両親が捜しに来るのではないかという恐怖に耐えかねて。

「分からない」正直に認めた。「ただし、やるべきことはやろう。あの子が日本人じゃないとしても、犯罪の被害に遭ってるとしたら助けてやらなくちゃいけない」

「私は何も言ってませんよ」一瞬、美鈴が頰を膨らませた。「外国人を差別するようなつもりはありません」

「俺もそうは思ってない」

「そうですか」床に視線を落とす。しかしすぐに気を取り直したのか、また見上げるようにして私と視線を合わせた。「やるべきことをやる、ですね。まず鑑識に調べてもらって、持ち物から身元が分からないかどうか、チェックする」

「それと、窓だな」

「窓？」

彼女を先導して病室に入る。窓辺に誘導し、細く開いているのを指差した。

「ここが開いているのは不自然だと思わないか」

「そうですね。暖房が逃げます」

「この窓から逃げ出したのかもしれない。入る時も、非常口からじゃなくて、ここを使った可能性もあると思うんだ。指紋が残っているかもしれない」

「そうですね」美鈴が自分の両肩を抱くようにした。

「寒いのか？」

「いえ」マフラーを巻き直し、そこに顎を埋める。「不安なだけです」

「どうして」

「訳が分からないから。もしかしたら、全部幻なんじゃないかっていう感じがします。明日の朝になったらすっかり忘れてしまって……」

「そうか」

「馬鹿らしいですか」

「いや」乾いた唇を舐める。「実は俺もそんな気がしてた。あの子は、本当にこの病室にいたんだろうか」

5

「おいおい」眼鏡を外すと、熊谷が右手を広げて額を包みこんだ。親指と薬指を使ってこめかみをやんわりと揉む。小さく一つ溜息をついて眼鏡をかけ直し、私たちの顔を順番に見た。最後に止まった先は美鈴である。

「一応、この件はあんたが担当だからね。詳しい事情を報告してくれ」右手の親指と人差し指の間を一センチほど開き、「手短に」とつけ加える。うなずき、美鈴が昨夜からの状況をてきぱきと説明した。その間、二分。そのまま報告書に落としても立派に通用しそうだった。

「指紋はどうなんだ」熊谷が今度は私に訊ねた。

「非常口のドアノブからは何も見つかりませんでした。病室の窓枠から、少年の指紋が三つ、それに掌紋らしきものが一つ、見つかっています」

「らしきもの？」

「手袋じゃないかと思います。べったり触った跡がありますけど、はっきりした掌紋は取れていません。もう一つ、靴底の跡が確認できましたけど、これも一部です。爪先辺りで、靴の種類までは特定できませんでした。ただ、大人用の靴だと思います。推定のサイズは二十六から七」

「一つはっきりしているのは、少年とその誰かさんが窓から脱出したということか」熊谷が眼鏡を外し、ハンカチを使って曇りを拭う。「で、入ったのは窓からなのか、非常口からなのか？　そっちはどうなんだ」

「警備員に確認しましたがね」藤田が話を引き取る。「夜九時の消灯時間の段階では、非常口の鍵はかかっていたそうです。ただし、一晩中閉まっていたかどうかは保証できない、と」

「病院の警備なんてそんなものか」熊谷が顔をしかめる。

「とにかく、非常口については何とも言えませんね」藤田が肩をすくめる。「現段階では、そこから入った可能性もある、というだけの話です。はっきりしているのは、逃げる時は窓を使ったということだけです」

「消灯時間になると真っ暗か？」

「そうでもないんです」美鈴が熊谷の質問に答えた。「灯りは消えますけど、非常灯は灯ってますから、廊下も真っ暗というわけじゃありません。それに、部屋でこっそりテレビを見たり本を読んでいる人がいるんで、そういう灯りも漏れてきます」

「それこそ、入院してても暇だからな」藤田がすかさず合の手を入れる。誰にともなくうなずき、美鈴が続けた。

「九時に消灯と言われても、すぐに静かになるわけじゃないと思います。看護師たちの話だと、完全に静かになるのは日付が変わってからだそうです」

「とすると、少年が病院を抜け出したのは夜中か」と熊谷。

「少年が、じゃありませんよ」私は即座に訂正した。「窓には大人の靴跡と掌紋が残っています。彼一人じゃなかったはずだ。それに、窓から逃げ出すこと自体が異常です。間違いなく誘拐ですよ、これは」

「現段階では正確には拉致と言うべきかな。身代金の要求があったわけじゃないし。はっきり言って俺は、親がやったんじゃないかと思うがね」眼鏡をかけ直しながら熊谷が言った。はっきり言ってという割には、可能性の一つを遠慮がちに提示しただけだった。

「親だったら、病院を訪ねて来ればいい。それで引き取れば済むでしょう」

「言葉が通じなかったとしたら？」私の指摘に対して熊谷が疑問をぶつけてくる。「その子が実際に日系ブラジル人で、親も日本語を話せないとしたらどうかね。厄介なことになると思って、黙って連れ出したとは考えられんか」

「それでも、普通は何とか話そうとするものじゃないですか」

「仮に親が、病院に顔を見られたくない、話もしたくないと思っていたら――」

「たぶん、虐待です。それならそれで事件ですよ」私が言葉を途中で遮ると、熊谷が不機嫌に顔をしかめた。

「参ったな、これは」ソファに背中を預け、腕組みをする。あつらえたように体にぴたりと合ったワイシャツの生地が、肩の辺りでぴんと張り詰めた。「事件なのか、事件じゃないのか。動きようがない」

「群馬の方を調べましょう」

熊谷の迷いを断ち切るために私は言った。確かに今の時点では、事件になるかどうかすら分からない。窓から脱出して病院を抜け出すのは異様な行動だが、本人も了承した上でのことかもしれないのだ。何も分からない時は、目の前にある手がかりを突いて遮二無二調べを進めていくに限る。一番肝心なのは少年の身元だ。家族構成や普段の生活ぶりが分かれば、現在につながる材料が何か見つかるかもしれない。

「カズキ・イシグロ、か」熊谷がノートを取り上げた。少年を特定する唯一の手がかり。これがあの少年のものであることは、看護師たちが保証してくれた。前の入院患者が退院した後に確認した時は、物入れの中にこのノートはなかった。

「カズキ・イシグロ」藤田がぼそりと名前を繰り返した。「ブラジル人の名前って、もっと長いんじゃなかったかな。親父の名前とかお袋の名前とかをずらずらくっつけて」

ノートの表紙には、アルファベットで名前が綴ってある。中身は全てポルトガル語。学校で使っているノートのようだが、何の教科かすら分からない。日本の学校ではなく、日系の子たちを専門に教える学校があるのだろう。もう一つヒントになるものとして、裏表紙に住所が書いてあった。こちらもアルファベットだが、「Ｇｕｎｍａｋｅｎ」はすぐに分かった。「Ｏｚｏｎｅｍａｃｈｉ」と「Ｍｉｙａｋｅ」も読み取れる。あとは番地。調べてみると、群馬県の南、埼玉に近い方に「小曽根町」という自治体があり、「三宅」という地名があるのも分かった。所轄署に、カズキ・イシグロという名前での外国人登録を問い合わせ、返事を待つことにする。その間、美鈴が関東地方の広域地図を応接セットのテーブルに広げた。細い指先が鉄道の路線をなぞる。

「八高線が通ってますね。八王子までは一本です」

「家を逃げ出したとして、一番近い八高線の駅から乗った、ということは考えられるな」藤田が同調した。「所番地からすると……この辺か」美鈴が指で押さえていた辺りに自分も指を乗せる。指先がかすかに触れた瞬間、美鈴が手を引いた。一向に気にしない様子で藤田が続ける。「小曽根町三宅。番地は千番台か。この地図じゃなくてインターネットで調べた方が分かりやすそうだ。拡大してみないとはっきりしない」

「いずれにせよ、その住所だと駅まで二キロかそれぐらいじゃないかな。十歳の子が歩いたとしても、それほど遠いわけじゃない」熊谷がまとめる。

「自転車かもしれないし」藤田がさらに話を転がした。「それともバスか。凄い田舎みたいだけど、バスぐらい走ってるでしょう」

「ただし、八王子まで来たとしても、ＪＲの駅から発見現場のめじろ台の公園までは結構距離がある。普通、歩こうとは考えないだろうな」言いながら、私は頭の中で八王子南部の地図を思い描いた。現場はＪＲの八王子駅から三キロほどか。むしろ西八王子駅からの方が近いはずだ。しかし近いと言っても、あの辺りは起伏に富んだ地形であり、歩いて行くにはそれなりに骨が折れる。あれだけ疲れ切って腹を減らした状態で見つかったのだから、道に迷って金もない状態が長く続いていたと考えることもできる。藤田が私の考えをまとめてくれた。

「そもそもあのガキは、自分がどこにいるかも分かってなかったんじゃないかな。ただ夢中で八高線に乗って、気がついたら終点の八王子まで来ていた。それで自分がどこへ向かってるかも分からないまま歩いてたら、いつの間にかめじろ台の方まで行っちまったってことじゃないかな。要するに、知らない街まで来て迷子になったわけだよ」

「そんなところかもしれないな」同意しておいて、私は地図に目をやった。小曽根町。

八王子からどれぐらいかかるのだろう。一時間か、あるいは二時間か。少年は八高線に乗ったことなど一度もなかったのでは、と思った。何かに追われるようにして列車に飛び乗り、見知らぬ街で一人きりになる。今思えば、彼の表情には頑なさと一緒に怯えが潜んでいたような気がする。

電話が鳴った。一番近くにいた美鈴が立ち上がり、受話器を取る。

「西八王子署、刑事課です……はい、早々とすいません。そうです。その件でお願いしていた山口です」一瞬送話口を掌で覆い、「小曽根署です」と告げた。地元の所轄署で、小曽根町を中心にした郡一帯を管轄している。

「ええ、名前は……カズキ・オザキ・イシグロですか？　はい、そういう名前のつけ方なんですね？　イシグロが父親の方の、オザキが母親の方の苗字、そういうことですか。それが正式な名前なんですね……両親はどうしているんですか？　え？　いない？　どういうことですか」言葉を切り、美鈴が相手の説明に耳を傾ける。次第に困惑の表情が広がり、電話のコードをいじる指先に力が入って白くなった。「はい、じゃあ、父親は所在不明と。母親は？　今、ブラジルにいるんですね。ええ、出産で。なるほど。父親だけが出稼ぎに来て、この子は一緒に付いてきたということなんですか？　ああ、そういうわけじゃなくて、母親が一人でブラジルに戻ってるということですね。分かりました。お世話様でした」

受話器をそっと置き、美鈴が小さな溜息を漏らした。私たちの視線が一斉に注がれているのに気づき、軽く舌打ちをして告げる。

「父親に逮捕状が出ています」


カズキの父親、マサユキ・イシグロは二週間前、死亡轢き逃げ事件を起こしていた。友人から借りた車を運転中、小学生をはねて死亡させ、そのまま逃走したというものである。車は数時間後に現場から五キロほど離れた場所で発見され、ナンバーから持ち主をたどっていくうちに、イシグロが運転していたことが判明した。ただちに逮捕状が請求され、イシグロの捜索が続けられたが、その網をすり抜けるように成田から飛び立ったことが、事故から二日後に分かった。その後、ブラジルに入国したことは確認されている。

「よくあるパターンだな」藤田が冷えた感想を漏らした。「外国人が何かやらかして国外に逃亡する。引き渡しを要求しても、日本との間に協定がないからどうしようもないってやつだ。中国人と日系ブラジル人は特に多いんじゃないか？　まったく、仕方ねぇな」

「人数が多いからでしょう」美鈴がやんわりと藤田の偏見を訂正する。藤田はそれに従って、あっさり自分の意見を覆した。

「そうだな。三十万人も住んでるんじゃ、それなりに事件も起きて当然だよな」

「しかし、どうしたものかね」熊谷がゆっくりと顎を撫でる。「父親が逃亡中なのは分かった。日本に戻る気はないだろうし、ブラジル政府も引き渡しはしないだろう」

「代理処罰がありますよ」私は口を挟んだ。「向こうの法律で裁判することになりますけどね」

「それも、どこまでやってもらえるかは分からない。あっちの法律任せだからな。問題は、この子どもの方だ」熊谷が拳でデスクをこつこつと叩く。

「だけど、ひどい話ですよね」藤田が両の掌を上に向けた。「轢き逃げで人を殺しておいて、自分の子どもを放り出したまま逃げちまうんだから。ブラジルへ戻れば罰せられないって計算してるんでしょう」

「小曽根に行かせて下さい」私が言うと、三人の目が一斉に集中する。一人一人、目を見返しておいてから続けた。「カズキが行方不明なのは間違いないんですから。父親が轢き逃げをした件と関係があるかどうかは分からないけど、もしかしたら何か犯罪に巻きこまれているかもしれない。あの子の周辺を調べてみたいんです」

「かもしれない、というだけで動くわけにはいかないんだよ」熊谷の反応は鈍かった。

「片道二時間、ＪＲの運賃が往復で三千円ぐらいじゃないですか。細かいこと、言わないで下さい」

　金の話を持ち出され、熊谷がむっとした表情を浮かべる。さらに怒らせることになるのは分かっていたが、私は畳みこんだ。

「このまま何もなかったことにして、見て見ぬふりをすることもできますよ。でも、何かあってから動き出したんじゃ遅い。この署は、それで去年ヘマをしてるじゃないですか」当時の捜査員――面倒臭さからか、誰かを怒らせるのを恐れてか、腰が引けたまま事件を事故だと決めつけていた人間――のうち何人かはまだ異動せず、今も刑事課の部屋にいる。私の声が届けば神経が張り詰めるだろうことは目に見えていたが、そんなことはどうでもいい。ミスは消えないのだ。特に刑事のミスは。一つ一つの仕事に人の命がかかっているのだから、たった一つのミスで一生後ろ指を指されても仕方がない。

「ま、半日仕事でしょう」藤田が助け舟を出してくれた。「いいじゃないですか、軽い出張ってことで。どうせ今は、事件もなくて暇なんだし」

「仕方ないか」熊谷が膝を打ち、背中をソファから引き剝がした。「ただし、一人で行ってくれ。そんなに面倒な仕事とは思えないからな。二人で行くほどじゃないだろう……で、誰が行く?」

　私は藤田、次いで美鈴の顔を見た。二人の人差し指が同時に私を指す。熊谷もうなずき、軽い口調で言い添えた。

「よし、午後にでも出発してくれ。状況によっては一泊ぐらいは構わん。それと、現地の所轄には本庁を通じて連絡を入れておくから、上手く協力してやってくれよ。あまり勝手に動かんようにな」

「協力してもらえますかね」藤田が、剃り残しの顎鬚を引っ張りながら、ぼんやりとした口調で言った。「何となく、嫌な予感がするんだよなあ」

「どうして」純粋な疑問から私は訊ねた。

「あのガキも、警察にとっては厄介な存在じゃないかって気がしてね。外国人対策には、どこの警察も頭を痛めてるだろう?　現地の所轄も、地元のブラジル人コミュニティーにどこまで食いこんでるか……もしかしたら、暗闇の中に手を突っこんで引っ掻き回すようなことになるかもしれない」

「それは、いつもやってることじゃないか」

　私が言うと、藤田が悪戯っぽい笑みを浮かべ、顔の前で人差し指を立てた。

「びっくり箱。俺たちが相手にしてるのはいつもそれだよな。何が飛び出してくるか、最後まで分からない」

「課長、私たちはどうしますか」私たちのやり取りを無視し、美鈴が生真面目な口調で割りこんだ。

「こっちで鳴沢のバックアップをしてくれ。病院の方もう少し調べた方がいいだろう」

「了解」藤田の声は浮ついていた。なるほど、と合点がいく。普段の彼なら、自分を現場にやってくれと課長に詰め寄るだろう。しかし、一人しか小曽根に行けないとすると――この男は、美鈴と二人で居残る道を選んだのだ。要するに、体よく私を追い払ったわけである。面倒を起こしてくれるなよ、と心の中で溜息をつきながら、私は出張の準備をするためにソファから立ち上がった。


八高線に揺られて約二時間、ようやく目的の駅に着いた。駅前は広々とした――より正確に言えばがらんとしたロータリーで、タクシーが二台待機しているだけだった。タクシーがいなければ、廃墟（はいきょ）かと見まがうほどの静けさである。午後遅い時間、埃っぽい風が顔の高さで時折激しく吹きつけた。小さな駅舎の屋根は元々えび茶色に塗られていたようだが、今では白く粉を吹いている。八王子に比べてさらに気温が低いのに加えて風も強いために、体感温度は非常に低い。ダウンジャケットの前をきっちり閉めても、わずかな隙間から寒さが入りこむようだった。

駅前を南北に横切る国道とT字形にぶつかって、駅と反対方向に伸びる狭い道路が商店街になっているようだった。だが背の低い建物が陰鬱な雰囲気で並んでいるだけで、人気(ひとけ)はない。唯一賑(にぎ)わっているのは商店街の入り口にあるスーパーマーケットだけだった。日本のチェーン店ではない。「TAKANO」とアルファベットで書かれた看板は、黄色と緑のブラジル色で鮮やかに染め上げられており、灰色の街の中で、そこだけが浮き上がるように目立っていた。スーパーの前では日系ブラジル人らしき若者が数人で固まり、声高に何事かを話している。見た目はほとんど日本人と変わらない者もいたし、長年の間に様々な人種が混交して、複雑な顔立ちになっている者もいた。全員、十代後半から二十代前半といったところだろう。平日の昼間。働き口がないのだろうか。あるいは勤務先は三交代制で、今日は彼らにとって休日なのか。デザインはばらばらだが、申し合わせたように全員が革のジャケットを着ている。南米で生まれ育った人間には、群馬県の風の冷たさは身に染みるのかもしれない。

街の様子を頭に入れるために、小曽根署までは歩いて行くことに決めていた。事前に地図を見た限り、ここから署のある町の中心部まで約二キロ、三十分ほどの道のりのはずである。スーパーの前を通り過ぎる時、若者たちが一斉に視線を投げてきたが、一瞬のことだった。すぐに私の存在を無視し、自分たちの世界に戻ってしまう。漏れ聞こえてくる言葉の断片は、アメリカでしばしば聞いたスペイン語に似ている感じがしたが、それがポルトガル語かどうかは分からなかった。

壁の存在を感じる。アメリカでは通り一本隔てただけで、住人の人種、職業、年収ががらりと変わってしまうものだが、彼らは通りなどなくても私との間に一本の線を引くのに成功した。あるいは私だけでなく、小曽根の他の住人との間にも。同じ町に住んでいながら、水と油のごとく交わらないのではないか、ということは簡単に想像できた。

スーパーはさほど大きな建物ではなく、外から覗いた限り、一階部分にごちゃごちゃと売り場が集中している様子だった。ブラジルのものらしい軽食を売るスタンドがあり、食料品の他に、家電製品やコンピューター、本まで揃っている。うつむいたままスーパーをやり過ごし、何故か重苦しい空気が漂う商店街を歩き出した。やはり人影はない。地方都市でも必ず賑わいを見せているパチンコ店が商店街の入り口にあったが、そこですらほとんど人の気配はなかった。大音量で景気良く流れる音楽が、かえって空しさを増幅させている。狭い一方通行の商店街はどことなく埃っぽい感じで、足元を寒風が吹き抜けていくだけだ。商店街の看板は掲げられているのに、商店らしき建物がほとんど見当たらないのも異常である。そもそも、曲がりくねった道路沿いに立ち並ぶ家のほとんどが、早急な修理が必要に見えた。震度五以上の地震が襲ったらひとたまりもないだろう。

五十メートルほど歩くと、ようやく本屋と文房具店が一緒になった店にでくわした。ふと気になって中を覗いたが、棚の半分ほどは空になっている。店に入ってみると、店番をしている老婆がお茶を飲んでいるのに出くわした。入ってはいけなかったのではないか、と一瞬足が止まる。レジのカウンターの上に置かれた灰皿からは、煙草の煙が真っ直ぐに立ち上っている。老婆は愛想も何もなしで、私を認めると、眼鏡の奥からちらりと濁った視線を投げつけてくるだけだった。どこかでエアコンが咳(せ)きこむような音を立てているが、外に比べてわずかに暖かいだけである。話しかけるのも躊躇(ためら)われ、文庫本の並んだ短い棚の脇を通って、地図が並んだコーナーに向かった。途中、ちらりと文庫の棚を見ると、多くの本に埃が積もって、背表紙の色さえ変わっている。店の奥で本が変色するのにどれだけの時間がかかるだろう。

折り畳み式になっている地図を広げて中を確認する。おかしい。隣町は合併して市になっているはずだが……発行年度を確認すると合併前のものだった。まあ、いい。小曽根町は市町村合併に巻きこまれていないから、この古い地図でも様子は摑めるはずだ。

カウンターに持っていって千円札を出すと、老女は一言も喋らずにレジを叩き、震える手から零すようにつり銭を置いた。領収書を貰(もら)おうとして名乗ると、途端に疑わしげな視線を向けてくる。

「西八王子……警察？」

「そうです」

「何でまた、こんな町へ」

「仕事です」

「何か、事件でも？」

「まあ、いろいろとありまして」

鼻を啜り、眼鏡をゆっくりと持ち上げる。レンズで拡大された巨大な目が、私を吸いこみそうになった。

「この辺で何か事件でもあったかねえ」

「何もないでしょう」

「この辺も、変な外人が増えて大変なんですよ」訊ねてもいないのに、いきなり文句が口を突いて出た。

「そうですか？　日系ブラジル人の人たちですよね」

「夜中まで騒いでるわ、ゴミはきちんと分別しないわ、それよりひどいのは車の運転だね。とにかく乱暴で、私の知り合いも何人も事故に遭ってるんだよ」

「そうですか」

「ありゃ、暴走族だね」

先ほど、駅前のスーパーにたむろしていた若い連中も、夜になるとおんぼろ車を乗り回して町の人たちの顰蹙（ひんしゅく）を買っているのだろうか。ただそれは、日系ブラジル人だからということではないはずだ。最近はそうでもないが、一昔前は暴走族とまではいかなくとも、街中をゼロヨンレースの会場にしている若い連中は幾らでもいた。ただ、言葉が通じない分、日系ブラジル人の方が厄介な存在かもしれない。

「この前も、川向こうで轢き逃げがあって小学生が死んじゃってね。可哀相に……だけど犯人はブラジルに逃げちゃったんですよ。こっちで裁判もできないそうだけど、それって理屈に合わない話じゃないですか」

「法律ですからね」

「警察の人も冷たいね」老婆が眼鏡の奥で目を細める。「こっちの警察も、やる気があるのかないのか……困ったもんだ。大体警察なんていうのは——」

携帯電話が鳴り出した。老婆の繰言（くりごと）から逃げ出すタイミングを得て胸を撫で下ろし、一礼して店を出る。領収書を貰い損ねてしまったことに気づいたが、戻るのも面倒臭い。話しながら歩き出した。

「着いたか？」藤田だった。

「五分前に」

「そっちはどんな様子よ」

「人がいない……」

「ああ？　何だって？　もっとでかい声で話してくれ」

無意識のうちに声を潜めていたのに気づく。あまりにも人気がないので、声を張り上げるのも憚（はばか）られる雰囲気なのだ。

「歩いてるんだよ。そんなにでかい声で話せない」

「そうか」調子を合わせるように、藤田も声を潜める。「まだ地元の所轄の奴とは落ち合ってないのか」

「ああ。とりあえず署まで行ってみる」

「了解。それと、病室の鑑識結果が出たぞ」

「どうだった？」

「残念ながら、はっきりしてたのはあのガキの指紋だけだ。後は看護師や医者……その他は、以前あの部屋にいた入院患者のものだろう」

「窓枠の掌紋は？」

「やっぱり手袋みたいだな」

「遺留品はどうだ」

「あんたが確認した以上のものはない。シャープペンシルとノート、消しゴム。これだけじゃどうにもならないよ。ノートの中身は通訳センターの連中に翻訳してもらってるけど、ポルトガル語なのは間違いない。社会か何かの授業のノートらしいぜ」

「直接つながる手がかりはなさそうだな」

「そういうことだ」

「足取りも分からない？」

「今のところは、な。誰かが連れ出したとしたら車を使ったんだと思う。あの病院、どこの駅からも遠いだろう」

「そうだな」

小柄な老婆が、買い物用のカートを押しながら近づいて来た。私と目が合うと、腰を折るように頭を下げる。つられて私も一礼した。この道路で初めて会う人だった。

「とりあえず、こっちでカズキの周辺を調べてみるよ」

「そうだな。親がいなくなって、ガキ一人で何ができるわけじゃないだろうからな。結局小曽根に帰るしかないんじゃないか」

「それは、彼が一人でいると仮定しての話だろう。誰かが一緒だったら、戻るとは限らない」

「誰かって、誰だよ」

「親戚とか、知り合いとかさ。日系の人がこっちに出稼ぎに来る時って、親戚や知り合いを頼ってくるもんじゃないかな。誰かが連れ戻しに来たのかもしれない」

「鳴沢らしくないな」藤田が鼻で笑った。

「どうして」

「あんたなら普通、事件を前提に考える」

「相手は子どもだぜ？　そういうことは考えたくもないよ」

「ほう。子ども相手になるとさすがのあんたも変わるんだ」

「そりゃそうさ。大人と同じってわけにはいかない」

「楽天的に考えていても、起きる時には事件は起きるものだけどね」

「やめてくれ」

「すまん」さして悪びれた感じでもなく、藤田が謝った。そう言えばこの会話の最中、ずっと声が浮ついている感じがする。「今夜、美鈴ちゃんと飯を食うことになった」

「俺を小曽根に追い出しておいて、デートかよ」

「デートじゃない。飯を食うだけだって」

「飯のことしか考えてないのか？」

「さあね」藤田が含み笑いを漏らす。「何がどうなるか、男と女のことは分からないぜ」

「じゃあ、彼女の子どもの面倒もみてやるんだな」

「おう、その辺のこともちゃんと事情聴取しておく。今夜にでも電話するよ」

「その頃にはもう、そっちに帰ってるかもしれない」

「それはあり得ない」

「どうして」

「一つ、関係者は日系ブラジル人だから、事情聴取には時間がかかる。二つ、余程の幸運でもなければ、すぐには手がかりにぶつからない。三つ、あんたが通り一遍の捜査で満足するわけがない。以上三つの理由で、あんたは今夜は小曽根泊まりだ。どうだ？」

「そもそも泊まるところがなさそうだけどね、この町には」地方の駅前には、昭和初期に建てられたような二階建ての旅館が生き残っていることもあるが、この町にはそれも見当たらなかった。

「どこか探しておいてやるよ。隣街まで行けばホテルぐらいあるんじゃないか。一応、市なんだから」

「とりあえず動いてみる。何かあったら連絡するよ」

「了解」電話を切る時になっても、藤田はまだくすくす笑っているようだった。まったく、気楽な奴だ。と言って、彼を責めることはできない。状況はまだ、海のものとも山のものともつかないのだ。張り詰めてばかりでは、いざという時に疲れてしまう。

電話を切って液晶画面を見ると、留守番電話が入っていることに気づいた。八高線に乗っていた二時間ほどの間にかかってきたものらしい。確認すると、甲高い発信音の後に聞きなれない声の伝言が流れ出す。

「もしもし？　鳴沢了さんでいらっしゃるでしょうか。私、弁護士の宇田川と申します。お伝えしたいことがありまして、お電話いたしました。お手すきになりましたら、お電話いただければ幸いです」事務所のものらしい電話番号を二回繰り返して、伝言は終わっていた。馬鹿丁寧な声は、まだ若い男のそれだった。

電話を切り、弁護士に知り合いがいただろうか、と考える。個人的な知り合いはいない。私が逮捕した容疑者の関係で電話してきたのか？　あり得ない。事件のことで用事があるなら、署にかけてくるのが普通だ。思いつくこともないまま、留守番電話に残された番号にかけてみる。

「八王子総合法律事務所でございます」涼しげな女性の声が答えた。

「警視庁西八王子署の鳴沢と申します。宇田川先生はいらっしゃいますか?」

「宇田川はただいま、打ち合わせで外出しております」

「お電話いただいたようなんですが」

「申し訳ございません。戻りは夜になる予定です」

「そうですか……それでは、鳴沢から電話があったとお伝え願えますか」

「承知いたしました。お電話番号、いただけますでしょうか」

「こちらの携帯の電話番号は分かっているはずです。そっちからかけていただいたので」

「では、そのように伝えます」

電話を切り、釈然としない気持ちを抱えたまま歩き出した。弁護士がいったい何の用事だろう。いずれにせよ、緊急とは思えなかった。もしもそうなら、私から連絡があったらすぐにつなぐよう、事務所も了解しているはずである。まあ、いい。いずれ連絡は取れるだろう。

いつの間にか短い商店街を抜けており、片側一車線の道路に出る。すぐ向こうは川の堤防になっていた。地図を広げ、この道を右の方にずっと歩けば町役場、そこからさらに半キロほど行ったところに小曽根署があるのを確認する。歩いて十五分ほどだろう。地図を畳んでショルダーバッグにしまい、背筋を伸ばして歩き出す。その瞬間、目の前で一台の車が停まった。白いレガシィのワゴン。音もなく助手席のウインドウが下がり、ハンドルを握る男が体を乗り出すようにして声をかけてきた。

「西八王子署の鳴沢さん？」

「そうですが」

「小曽根署の仲村(なかむら)です。どうも」

「何で私だと分かったんですか？」

「目立つんですよ」童顔に、人懐っこい笑みを浮かべる。「この辺には、あなたみたいに背筋を伸ばして歩いてる人はいないから」

6

「本当のところはね、本屋のバアサンが電話してきたんですよ」

「ああ」あっさり謎解きされて気が抜ける。田舎の警察でも情報収集能力は馬鹿にできないと思っていたのに、実際のところは口コミによるネットワーク——要するに噂話の輪——に支えられたものだったのだ。

「何て言ってたんですか」

「東京から警察の人が来てるけど、何かあったのかって」

「それで警察に電話するのも大袈裟だけど、電話を受けて私を捜し回るのも、ちょっとやり過ぎじゃないですか」

「お客さんを歩かせるわけにはいかないでしょう。言ってくれれば駅まで迎えに行ったのに」

「少し歩いて街の様子を見ようと思ったんですよ」

「立派な心がけですね。さすが、警視庁の人は違うな」涼しい顔でハンドルを握る仲村をちらりと見たが、本心から感心しているのか揶揄しているのか、本音は読めなかった。

しばらく話しているうちに、私の方が三歳年上だということが分かった。卒配の年次を明かすと——初めて会う警察官同士の定番の会話である——彼は目を丸くした。

「三歳年上で、警察に入ったのは私より四年も後なんですか？　何だか計算が合いませんけど」

「警視庁に来る前に新潟県警にいたんです」

「じゃあ、警視庁に転職したんですか？　珍しいですね。どうしてまた」

「新潟は暇過ぎたから」本当のことは言えなかった。

「暇なのに越したことはないじゃないですか。それだけ平和な証拠なんだから。のんびりやるのも悪くない」

「君はそういうのが好きなんだ」

「ここはそんなに暇じゃないですけどね」小さく溜息をついて、仲村が前方を凝視する。ふわふわと頭の上で渦巻くような薄い髪とアンバランスな童顔。頰が赤く、それが幼い印象に拍車をかけていた。体格はいい――百八十センチある私と身長はさほど変わらない――のだが、筋肉ではなく空気で膨らませたような体つきだった。

「そうですか？」

「昔は暇だったらしいけど、ブラジル人が入ってきてからは、いろいろ忙しいんですよ。あの連中はとにかく乱暴だから。喧嘩沙汰、交通事故、盗みに傷害、何でもござれですよ。小曽根署は県内で一番小さな署なんですけど、人口千人当たりの犯罪発生率は、ここ五年ほどトップを独走中ですよ。威張れる話じゃないですけど」

「日系の人はどれぐらい住んでるんですか」

「外国人登録してるだけで千八百人を超えてます。小曽根町の人口の一割近くになりますね。でも、他の町に住民登録したままこっちに引っ越してきてる連中もいるから、正確なところは分かりません。二千人ぐらいはいるんじゃないかな」

「それでトラブルも多い、と」

「内輪のトラブルもあるし、元々の小曽根の住民ともいろいろ衝突があります。だけどこれが、どうしようもないんだよな。地元にとっては貴重な労働力だから……ほら、あそこが、日系ブラジル人が大量に流れこんできた原因ですよ」

仲村が左手の方を指差す。川向こうで、巨大な建物が西日を受けて光っていた。二階建てのようだが、とにかく敷地が広い。人工の平らな丘が突然出現したようだった。

「自動車部品の工場なんですけどね。九〇年にこっちに進出してきて、すぐにブラジル人を受け入れ始めたんです。何しろ当時はバブル経済の絶頂期でしょう？　工場もフル稼働で人手は足りないのに、地元の若い連中は汚れ仕事をやりたがらなかったから、生産ラインを維持するためには仕方なかったんでしょうね。外国人なら、実質的に給料も安く抑えられるし」

「みんなそこで働いてる？」

「他にも何か所か、近くに工場があります。家電メーカーの組み立て工場とかね。でも、一番大きいのはあそこですね。イシグロマサユキもそこで働いてました」

「子どものことについては、どの程度摑んでるんですか」

「ほとんど何も」仲村がハンドルを握ったまま、器用に肩をすくめる。「イシグロ本人は別ですよ。轢き逃げをやらかして指名手配中なんだから。ケツの裏まで調べ上げました。でも、子どもは今回の一件には関係ないですからね」

「親は間違いなくブラジルに逃亡したんですね」

「こっちが摑んでる限りでは。ブラジルに入国した記録はあるから、捕まるのは時間の問題でしょう」

「母親もブラジルにいるんですね」

「ええ、出産でね。三月ほど前に帰国してます。それと、妹がいるな」

「今は誰がその妹の面倒を見てるんですか」

「知り合いが預かってますけど……詳しいことは分かりません」だるそうに言って、仲村がハンドルを左に切る。車は長い橋にさしかかった。工場の方に向かおうとしているのは間違いない。「そこまで調べてないし、調べる必要もないでしょう。警察の仕事はそういうことじゃないですよ。特に俺は交通課だし」

「だったら、俺が調べても問題ないでしょうね」

「問題ないから、こうやっておつき合いしてるんじゃないですか」愛想良く言ったが、口調には熱が籠もっていなかった。彼の態度の端々に、警視庁に対する地方の県警の態度の典型が透けて見える。警視庁が日本で最大規模の捜査機関であるのは間違いないのだが、建前としては東京という一つの自治体に属する組織に過ぎない。ただし、事件では他の県警との間で綱引き——分捕り合い——があるのも事実だし、警察庁の要請で機動隊が地方の大きな警備現場へ出向くことも少なくない。公安事件になると、地元の県警に一報もせずに土足で踏み入ることもままある。そういうことが積み重なって、地方の県警から見た警視庁は微妙な存在になっているのだ。

「工場の辺りは、昔は何もなかったらしいですよ。一面が水田でね。と言っても、俺が警察に入る前の話ですけど。工場誘致に成功したおかげで町はずいぶん潤ってますけど、金が入ればいいってもんでもないんだよなあ」

「えらく達観したことを言いますね。年寄りみたいだ」

「田舎の人間の感覚っていうのはこの程度ですよ」自虐的に言って、仲村がウインカーを出して左折する。川沿いの道に入ったが、まだずいぶん遠いはずの工場は、既に眼前に迫るように見えていた。「さて、どうします？　工場にでも行ってみますか」

祖父の形見のオメガを見た。四時。工場の総務部門に話を聴くにしても、五時までに行けば間に合うだろう。その前に、カズキが暮らした町を見てみたかった。

「カズキの——イシグロの家は、ここから遠いんですか」

「車で十分ぐらいかな」

「先にそっちを見ておきたいですね」

「結構ですよ。お供します」車は工場の脇を通り過ぎるところだった。通過するのに一分近くかかっただろうか。信号で停まった所が工場の一番端で、広大な駐車場が目に入る。

「通勤用のバスでもあるのかな」

「ええ。そうじゃないと困る。ブラジル人たちの運転は荒っぽいし自分勝手だから、車で通勤なんかされたらえらいことになる」

「日系の人たちのことを言ったわけじゃないんだけど」

「ああ」不機嫌そうに応じて、仲村が口を閉じる。彼の中に積もった偏見と憎しみの厚さを、私は簡単に感じ取ることができた。確かに運転は荒いのかもしれない。事故を起こし、所轄の交通課で働く仲村は、始終その始末に追われているのだろう。面倒かけやがって——という気持ちが、知らぬ間に根深い偏見に成長してもおかしくはない。

「ここは長いんですか」

「間もなく三年ですよ」疲れたような笑いを漏らしながら言った。「今年の春には異動させてもらえるんじゃないかと思ってますけどね。長く勤めるところじゃない」

「次は本部？」

「そうですね。交通捜査課あたりじゃないかな」

「それが専門なわけですね」

「まあ、そういうことですね。特に希望してるわけじゃないけど、せっかく覚えたノウハウを放り出して、ゼロから他の仕事をやるのはきついし」

「そういうことをきついというような年じゃないと思うけど」

「いやいや」面倒臭そうに言って、小さく溜息を漏らす。「そんなもんじゃないですか？鳴沢さん、今から交通課に行けって言われたらどうします？」

「きついとは思わないけど、嫌かもしれませんね」

「なるほど、捜査一課の刑事が一番ってわけですね……さて、この辺なんですが」

この辺、と言われてもぴんとこなかった。仲村が車の速度を落としてくれたが、空が高い景色の中に、アパートや一戸建てがぽつぽつと建っている住宅地である。以前は一面が水田だったのだろう、整然とした道路の区切りにその頃の名残が感じられる。アパートはどれもまだ新しい。日系ブラジル人が大量に流入してきてから、小さな建築バブルが起きたのだろう。

「日系の連中は、だいたいああいうアパート暮らしですね」

「会社は寮を用意してないんですか」

「ありますけど、人数が多くて、とても間に合わないんですよ。さて、一回りしましょうか」

　郵便局。コンビニエンスストア。目立つのはそれぐらいだったが、しばらく走っているうちに、駅前のスーパーと同じような緑と黄色の看板がかかった二階建ての店が目に入る。

「あれは？」

「地元ではブラジルショップって呼んでますけどね。スーパーほど大きくないですけど、食べ物や生活雑貨が一通り揃います。二階はレストランですね。ブラジル料理は食べたことありますか？」

「ないですね」

「健康をまったく考えてない食べ物ばかりですよ。食材は肉ばかり。味つけは塩を大量。基本はそれですけど、今夜、食べてみますか？　体には悪いんだろうけど、まあ不味くはないし、何事も経験が大事ですからね」

「ああ」

来る前に想像していたのとは違い、町全体がブラジル色に染め上げられているわけではなかった。パソコンショップ、携帯電話やインターネットの接続サービスを扱うショップが見つかり、少し離れた所にはポルトガル語ののぼりがはためく小さな中古自動車屋があったが、南米の香りを感じさせるのは看板に目立つ緑と黄色の色使いと、ポルトガル語ぐらいだった。私の目が中古自動車屋の方に向いているのに気づいたのか、仲村が舌打ちしながら言った。

「あの車屋ね……店の前に並んでる車、見ました？　昔の暴走族みたいでしょう」

「確かに」いわゆるＶＩＰカーと呼ばれる高級セダンを下品なエアロパーツで装飾し、色はシルバーや黒のメタリック系ばかりだ。これでマフラーでもいじってあれば、確かに一昔前の暴走族である。「ああいう店も日系の人がやってるんですか」

「ですね。独立心が強いっていうか、日本人を信じてないっていうか、何でも自分たちでやってしまうんですよ。それで、日本人との間に見えない壁を作っちまうんだな」

「ほとんど交流はない？」

「ないですね」仲村が即座に断言した。「年に一度、『ブラジル祭り』みたいなことはやってるけど、あれはお互いにとってのアリバイ作りじゃないかな。日本人とブラジル人はこんなに仲良くしてますっていうアピールですよ。馬鹿みたいな話だ」

「なるほど」心の中で首を傾げた。この男は、日系の人たちに対して少しばかり敵愾心が強過ぎるのではないだろうか。しかも明らかに自分より下に見ている。

「さて、そこのアパートが、イシグロ一家が住んでた家なんですが。二階の一番右端です」仲村が車を停め、勢い良くパーキングブレーキを引いた。彼が指差したアパートは、菓子箱を伏せただけのようなそっけない四角の二階建てで、十部屋を数えられる。どのベランダにも衛星放送を受信するアンテナが設置してあったが、形はばらばらだった。イシグロの家には当然灯りがなく、ベランダの物干し竿に干されたタオルがかすかに風に揺れているだけだった。二週間以上ずっとそのままなのか、布というよりは紙で作った旗のようにも見える。

「ここには、ほとんどブラジル人しか住んでないはずだったな」ドアに手をかけながら仲村が言った。「いかんなあ。となると、通訳がいないとどうしようもない。鳴沢さん、ポルトガル語は？」

「英語が精一杯かな」

「だったら、事情聴取は無理ですよ。連中の方も、日本語にはあまり熱心じゃないから。日本に住んでるんだから、日本語ぐらい覚えればいいのに」

「アメリカだって、全員英語を話すわけじゃないですよ。特に中南米から入ってくる人たちは、スペイン語にこだわってる。スペイン語専門のテレビもあるぐらいだから。あの国でも英語は万能じゃないんだ」

「随分詳しいですね」

「去年、研修でアメリカにいたから」

「ああ、なるほど」仲村はあまり突っこまずにこの話題から引いていった。こういう話に興味はないらしい。「じゃあ、少し様子を見てみますか。もしも事情聴取したいなら、署から助けを呼びますよ」

「ポルトガル語を話せる人がいるんですか？」

「これだけブラジル人が多いと、どうしても必要でね。自己流で勉強して、日常会話ぐらいこなせる奴が防犯にいますよ。本格的な事情聴取になったら、本部に頼んで専門家を呼ばないといけないけど」

「とりあえず、ここは見るだけにします」

「了解」

車を下りた途端に、北関東の乾いた冷気が襲いかかってきた。それはズボンの裾から忍びこみ、頬を容赦なく叩く。一つ身震いをしてからアパートに近づいた。どの家にも人気がない。ドアをノックしても無駄になるだけだと思い、周囲をぐるりと回った。裏側が駐車スペースになっており、軽自動車が三台、派手なエアロパーツをつけた旧型のトヨタ・アリストが一台、停まっている。

いきなり一軒のドアが開き、三歳ぐらいの男の子を連れた女性が顔を見せた。私たちを認めてびっくりしたように目を見開いたが、ほどなく表情に落ち着きが戻る。その視線が仲村を捕らえているのに私は気づいた。仲村が「ああ、どうも」と気さくな調子で声をかける。

「ご無沙汰してます」女性の返答には、顔見知りという以上の親しみが籠もっていた。仲村も自然な様子で近づいて行く。私は腰のところで後ろ手を組んだまま、彼の後に続いた。

「その後、どうですか」と仲村。

「おかげさまで、最近は何もありませんよ。やっぱり、警察の方から言ってもらうと違いますね」

「それはよかった」仲村が振り返り、私に事情を説明する。「このアパートの前にずっと違法駐車していた日系の人がいましてね。私の方できちんと言ってやったんです」

「そうですか」

「一人やっておけば、他の連中も気をつけるようになるんですよ」ゴキブリの生態を説明するような口調で仲村が言った。「まったくあの連中は、どこまでも自分勝手なんだから。郷に入れば郷に従うってことが分からないんですよ」

「そんなに酷かったんですか」私は仲村ではなく彼女に訊ねた。答えていいものかどうか、戸惑いが浮かぶ。

「こちら、警視庁の鳴沢さんです」仲村がさらりと紹介してくれた。「例の轢き逃げ事件の件で、ちょっとこっちへ見えられたんですよ」

「そうですか」ようやく女の顔から緊張が抜けた。「あの轢き逃げもひどいですよね。可愛い子だったのに……」

「亡くなった子どもさん、ご存じだったんですか」

「ええ、この辺は皆顔見知りですから。日系の人たちは別ですけど」

「そうなんですか？」

「だって、顔を合わせても挨拶もしないんですからね。中には日本語を覚えて話しかけてくる人もいるけど、ほんの一握りですよ。ほとんどの人は自分たちの殻に籠もって、私たちとはつき合いたくないようなんですよね。それにとにかく、マナーが悪いし」

「マナー？」

「ゴミの分別も守らないんですよ。ゴミ袋の中はぐちゃぐちゃだし、捨てちゃいけないところに捨てたりして。私たちが、そういうのを片づけて回っているんです。何だか変じゃないですか」

「そうですね」

「何で私たちが後始末しなくちゃいけないのか、本当に腹が立ちます」膝の辺りにまとわりつく子どもの体を揺らしながら、彼女が不満をぶちまけた。「気味が悪いんですよ。自分たちだけで固まって、日本に住んでるのにそうじゃないみたいな顔をして。本当は、もっと溶けこむように努力すべきじゃないんですかね。いつの間にか知らない顔が増えて、逆にいなくなる人もいて。何だか気味が悪いんです」

「こっちから声はかけないんですか」

女性が盛大な溜息をついた。

「最初の頃はそうしてましたよ。積極的に朝の挨拶をするようにして。でも返事が返ってこないんだから、馬鹿馬鹿しくなるじゃないですか」

「なるほど」

「今回の轢き逃げの件だって、いつかはこんなことが起きるんじゃないかと思ってたんです。日系の若い人たち、夜中に凄いんですよ。川の横の道、ずっと長い直線なんですけど、そこでレースをやってるんです。物損事故はしょっちゅうだし、物凄い音がするから……子どもが夜中に目を覚ましちゃって、大変なんですよ」

「そうですか。じゃあ、地元の人たちと日系の人たちは、あまりうまくいってないんですね」

「そうですよ」異常に力強くうなずく彼女の顔を見て、私は不快な塊が胃の底に沈みこむのを感じた。「本当に、全員出て行ってくれればいいのに」

私は無言で彼女の不満を受け止めた。彼女の言うことは理解できる。なのに何故か、一方的な言いがかりなのではないかと思えてきた。頭の中に、カズキの顔が忍びこんでくる。彼らも問題を抱えている。その一つの象徴があの子ではないかと思えてきた。

「ひどいもんでしょう?」家を離れて車を出すと、すぐに仲村が切り出した。

「あそこまで拒絶してる人がいるとは思わなかった」

「日本だから、まだあの程度で済んでるんじゃないですか。他の国だったら、暴動でも起きてるかもしれない。そうじゃなくても小競り合いぐらいは。ここでは少なくともそういうことはないのが救いですね。アメリカなんかじゃもっとひどいでしょう?」

「直接見聞きしたわけじゃないけど、確かにそういうことはあるみたいですね。人種別のコミュニティーで大きいのはアフリカ系、ラテン系、韓国系だけど、お互いにいがみ合ってるような街もありますよ。普段はバランスが取れて何とか平和を保ってるんだけど、ちょっとしたことで衝突が始まる。ある時はアフリカ系とラテン系、次はラテン系と韓国系みたいに、組み合わせが変わって」

「なるほどねえ。アメリカも大変だ」ハンドルを右手の人差し指で叩いてリズムを取りながら仲村が言った。「でも、俺たちも十分苦労してますけどね。さて、工場の方に行ってみますか？　それとも、先に轢き逃げの現場を見ておきますか」

「そうですね。ところで、轢き逃げの捜査の方はどうだったんですか」

「大して難しくはなかったですよ。目撃者がいて、車のナンバーはすぐに割れましたからね。事情が分かるまではちょっとおかしな感じがしたけど」

「と言うと？」

「車は、被害者の子どもの親のものだったんです。親は轢き逃げはしないでしょう。でもちょっと調べたら、例のイシグロって奴に貸してたことが分かりましたから、それで一件落着しました」

「さっきの女性の話だと、日系の人とはほとんど交流がないような感じだったけど」

「もちろん、何にでも例外はあります」仲村が耳の後ろを人差し指で擦った。「被害者の父親とイシグロは同じ工場で働いていたし、家も近くだったから。それに、被害者とイシグロの子どもは同じ小学校に通ってました」

「日系の子は、皆地元の学校に通ってるんですか」

「原則的にそうですけど、一割から二割ぐらいは零れ落ちてるんじゃないかな。どうしても学校に馴染めなかったりしてね。何といっても日本の学校なんだから、まず言葉の壁にぶつかるでしょう」

「そういう子はどうしてるのかな」

「まあ、登校拒否みたいになってずっと家に引きこもっていたり、中には年齢を偽って工場で働く子もいる。親戚や知り合いがいる街へ流れていったりね。でも、そういうのは中学生ぐらいになってからです。小学生の家出は聞いたことがないな」

「中学生を働かせてたんじゃ、児童福祉法か何かに引っかかるでしょう」

「労基署もいろいろ調べてるんだろうけど、一網打尽ってわけにはいかないようです。もちろん、工場の方にも問題があるんですけどね。最近は景気も回復して、人手が足りない事情もあるんですよ」

「そうですか」

「現場を見たら工場へ行って人事担当者に話を聞いて……後は妹ですよね。今、知り合いのところに預けられてるそうですけど。まあ、可哀相って言えば可哀相だよなあ。親があんなことをやったばかりに、知らない国で取り残されちまったわけだから」

「父親は——イシグロは、車を借りて何をやってたんですかね」

「え？」虚を衝かれたのか、仲村が甲高い声を上げた。

「日系の若い連中が、派手な速い車を乗り回して遊んでるのは分かりました。でも、十歳の子がいる男でしょう？　そういうことはもう卒業してるんじゃないかな。車を貸した被害者は、何と言ってるんですか」

「そこまでは聞いてなかったな」仲村が首を捻る。「事件に関係ない話ですからね」

「そう、ですか」ふいに、目の前に小さな穴が開いた。小曽根署は何かを見逃しているのではないか？　どんなに下らないことに思えても、考えうる全ての疑問に対する答えを探るべきなのに、疑問に思うことすらしていないのかもしれない。加害者と被害者の父親が知り合いだというなら、その辺りの事情をもっと突っこんで調べておくべきではなかったのか。しかしここは、私のホームグラウンドではない。余計なことを言う権利はないのだ。ましてや仲村は、本来なら自分の業務に関係ない案内役を務めてくれているのだ。

「何か気になりますか」探りを入れるように仲村が訊ねる。

「いや」腹の底から溢れ出しそうな疑問を何とか抑えつける。「確かに関係なさそうですね」

「現場はそこの交差点です」仲村が車を路肩に寄せた。先ほどの女性が「レースをやってる」と指摘した、川沿いの直線道路。確かにここなら、〇──四百メートルどころか、〇──千メートルのタイムアタックさえ簡単にこなせそうだ。交差点はT字路になっていて、信号がある。右側は枯れた芝に覆われた堤防。左側に目を転じると、まだ新しい学校の校舎があった。そちらを見たまま、仲村に訊ねる。

「小学校ですか」

「そうですね」ハンドルにだらしなく両手を預けて前屈みの姿勢を取りながら、仲村が答える。「被害者が通ってた小学校です。サッカーをやってましてね。放課後、練習をして帰る途中で事故に遭ったんですよ。もう暗くなってて、信号無視をしてきた車にはねられた」

「他の子どもはいなかったんですか？　クラブからの帰りなら、一緒に帰る子どもがいそうなものだけど」

「それが、その日に限ってたまたま一人だったんですよ。全体練習が終わった後も、一人で残って練習してたそうで。熱心なのがあだになったんですかねえ」

長く続く直線道路。交通量は多くないようだ。正面にはイシグロが勤めていたという工場がある。既に日が落ちかけ、空気はオレンジ色に染まり始めていた。ダッシュボードの時計を見る。四時半。この時期、五時になったら相当暗いだろう。街灯もないから、事故を誘発しそうな環境であるのは間違いない。私が車を下りると、仲村もドアを開けた。

「この辺り、よく事故が起きるんですか」

「そんなこともないですよ。ほら、さっきレースの話が出たでしょう？　物損事故はしょっちゅうあるけど、死亡事故は、自分の経験ではこれが初めてですね。見通しもいいし、そもそもこんなところを歩いてる人なんかほとんどいませんから。この辺の人は、百メートル先に行くのも車ですよ」

　ということは、被害者は本当に運が悪かったわけだ。もしかしたらそれが、もう一人の少年――カズキを追いこむ原因になったのだろうか。風がダウンジャケットの襟をはためかせる。私は顎を胸に埋めながら、ずっと先を見通した。工場には灯りが灯っている。三交代制でフル回転しているなら、間もなく昼勤の人間が帰路につくころだろう。百メートル先に行くにも車を使う人たちなら、通勤はほとんど車のはずだ。いや、それは事故とは関係ない。イシグロは通勤に車を使っていないだろうし、事故を起こしたのはたまたま借りた車だったのだから。

きこんだ。
「この先にガソリンスタンドがあるの、見えますか」仲村が学校に向かう方の道路を覗
「目撃者は？」

「ええ」

「そこです」

「結構離れてますよね」五十メートル、と目算した。ナンバーを読み取るには、相当目が良くなければ無理だろう。それに、慌てて飛び出してきてナンバープレートを確認する余裕があったのか。私の疑念を読み取ったのか、仲村が淡々とした口調で説明する。

「たまたま給油を終えた車が一台、道路に出るところだったんです。それで、従業員と運転手が事故の現場を目撃してね。イシグロは一瞬だけ車を停めた。その間に、スタンドから出た車がここまで走ってきたんです」

「無茶だ」

「いやいや、イシグロを追いかけたわけじゃありませんよ。子どもを助けようとしたんです。でも、イシグロの車のナンバーを確認できるぐらいには近づいてたんですね。それで早く犯人が割れたわけです」

「イシグロの車は乗り捨てられてたんですよね。どの辺りですか」

「ここから二キロぐらいかな。工場の先ですね。さっき、すぐ近くを通りましたよ」

「そこも見られれば——」

「鳴沢さん」仲村の声がにわかに硬くなった。「ちょっと轢き逃げに入れこみ過ぎじゃないですか」

「何でも知っておかないと納得できない性質でね」

「それは分かりますけど……あの事故の捜査は完璧ですよ」自慢するわけではなく、確定した裁判の判決を読み上げるような口調だった。その事実は動かしようがないと確信している。「どこからも文句のつけようがないはずです。もちろん、イシグロが海外に逃亡してるから、事件として完璧に終わったわけじゃないですけど、我々にもできることに限りはあるんですよ」

「責めてるわけじゃないですよ」

「そうですか？　そうでしょうね」仲村が鼻を大きく膨らませる。「ま、いいんですけど。でも、あまり横道に逸れてる時間はないんじゃないですか。そろそろ工場に行かないと、人事担当者が帰っちまいますよ」

「分かりました」かすかに胸の奥に生じた怒りを呑みこみ、車に乗りこむ。ここで喧嘩をしても始まらないし、仲村は仲村なりに、自分の仕事にプライドを持っているのだろう。それをくさす権利は私にはない。

「急がないと」ぼそりとつぶやき、仲村がシートベルトをかける。目の前の信号が赤から緑に変わる。一台の車がそれを無視して、学校の方からT字路に突っこんできた。タイヤを鳴らして鋭角に右折し、ヘッドライトで私の目を一瞬眩ませる。鮮やかなメタリックブルーのプジョー。三ドアハッチバックのボディに、派手なエアロパーツが目立つ。ラインナップの中でも走り屋向けのモデルだということは一目で分かった。道路に吸いつくような走りは、フランス車に特有のものである。多摩ナンバー。

「おいおい、信号無視かよ」仲村の言葉には棘が生えていたが、追いかけようとする素振りは見せなかった。

「放っておいていいんですか」

「まあ、いいです」溜息をついて、車のスピードを少しだけ落とした。「一々つき合っていられませんよ」

立場上、その方がいい、とは言えなかった。信号無視は信号無視、立派な犯罪である。だが、そんなことで追いかけたら、嵐のようなトラブルを巻き起こす人間がいる。今プジョーを運転していた小野寺冴のように。

第二部　乾いた風

1

どうして彼女がここにいる？　工場までの短い道程の間、私の頭はその疑問で埋め尽くされた。もちろん、単なる偶然かもしれない。小曽根に友人がいて訪ねて来たとか、どこか別の街へ行く途中で通り過ぎたとか。それにしては、彼女の運転は乱暴過ぎた。まるで何かを追い求めるように、アクセルを床まで踏みこんでいた。フロントガラス越しに一瞬だけ見えた顔を思い浮かべる。あの目は——刑事の目だ。何年も前、私と一緒にある事件を追いかけ、肉体的にも精神的にも傷ついた冴はその後警察を辞め、今は私立探偵になっている。仕事は呑気な人捜しばかりだ、と自嘲気味に語っていたことがあるが、あの鋭い眼光は、とても呑気な仕事をしている人間のそれには見えなかった。

彼女も私に気づいたはずだ。目が大きく見開かれ、瞬時に百万もの疑問をぶつけてきた。もちろん、一つに絞れば私が抱いたのと同じものだったことは明白である——どうしてここにいるのか、と。

「どうかしましたか」不機嫌そうに仲村が言った。「もしかしたら、さっきの車の件ですか?」

「ああ」

「ちゃんと追いかけなかったから怒ってるんですか」

「いや、知り合いが運転していたみたいなんだ」

「警察官ですか」

「元、ですね」

「へえ」関心なさそうに言って、仲村が車を工場の駐車場に乗り入れた。「それがそんなに驚くことですかねえ」

「東京の人間だから」

「たまたまじゃないですか」駐車スペースを探してゆっくりと車を走らせながら、仲村が腕時計に目をやった。残業を確信した、疲れた目つきである。それこそ事故でもない限り、交通課の人間は定時に引き上げる。何も言わなくても、この状況を恨めしく思っている様子が波のように伝わってきた。

　ようやく駐車場の端の方にスペースを見つけ、仲村が車を停めた。

「とりあえず、ここまではおつき合いしますけど、この後どうしますか」

「まだ決めてません」

「宿は？」

「こっちに泊まるかどうかも、まだ」

「これからでも、帰る気になれば東京へは帰れますよ。八高線で一本だし。ただ、泊まるつもりなら、隣街まで行かないと宿はありませんからね」

「どうするかは、ここで話を聞いてから決めます。まだ会うべき人間はたくさんいそうだし」

「そうですか」気取られないようにしたつもりだったのだろうが、彼の溜息を私はしっかり聞き止めた。風に蹴飛ばされるように、背中を丸めて歩き出す。

　予想した通り工場は勤務交代の時間帯のようで、玄関ホールは社員たちでごった返していた。二階まで吹き抜けなのでまだ救われているが、ほとんどおしくら饅頭(まんじゅう)のような状態である。中には、明らかに日本人ではない顔も混じっていた。そういう人たちに限って声高にポルトガル語を喋っているので、嫌でも目立つ。何のつもりか、私たちに鋭い一瞥を投げつけてくる者もいた。

仲村が受付で話をすると、私たちはすぐに二階の一角にある人事課に通された。窓からは駐車場、そして堤防とその先にある川原（かわら）が見通せる。一人の男が慌ててコートを脱いでいた。顎の張った顔に銀縁の眼鏡。細身で腰の低い男だった。グレーのスーツに紺色のネクタイという格好だが、足元は一見革靴っぽく見えるスニーカーで固めている。スーツにレザースニーカー。私が顔をしかめたのに素早く気づいたのか、心配顔で「何か」と訊ねる。

「いや、何でもありません」無表情を装い、名刺を交換した。相手の名刺には「人事部係長　長澤（ながさわ）功」の名前がある。裏の英語表記で、名の読み方が「いさお」ではなく「こう」であることが分かった。駐車場に面した応接セットに私と仲村を座らせると、熱いお茶を淹れてくれた。湯呑みを丁寧にテーブルに置いてから私たちの向かいに座り、両手を膝に置いて背中をソファの背もたれから浮かせる。

「イシグロの件ですね」

「そうです」

「参りました……」ちらりと仲村の顔を見る。彼がうなずいたのを確認してから続けた。

「こういうのは、この工場では初めてですから」

「轢き逃げの件については、私の方では何も申し上げることはありません。今回は、イシグロさんの子どものことで伺ったんです」

「は？」長澤が人差し指で眼鏡を押し上げた。「子どもが何か？」

「こちらでは、社員の家族のことについてはどの程度把握しているんですか」

「把握と言っても、家族構成とかそれぐらいのことですよ。それにしたって、個人情報の問題がありますから……」

「イシグロさんの息子……カズキ君が、東京に現れたんです」

「ええ？」まだ状況が摑めない様子で、長澤が私の顔をまじまじと見詰めた。「東京って、どういうことなんですか」

「それが分からないから、ここまで調べに来たんです」簡単に事情を話したが、長澤の顔に浮かぶ困惑の色は深くなるばかりだった。

「じゃあ、いきなり現れて、またいきなり病院から消えたってことですか」

「簡単に言えばそういうことです。誰かに連れ去られた可能性もある。だから、こっちでどんな暮らしをしていたのか、知りたいんです」

「とは言ってもですね」長澤が傍らに置いたファイルを引き寄せた。ぱらぱらとめくり、すぐに目的のページを見つけ出す。「ここでは大したことは分からないんです。家族構成ぐらいしか書いてませんからね」

「妹が一人、いますよね」

「そうですね。奥さんは……ああ、ブラジルに帰ってるんだ」

「どうしてですか」

「いや、そこまで詳しい事情はここでは分かりませんよ」

本当に？　私でも知っている事情を勤務先の人事担当者が知らないのは妙ではないか。非難の意味もこめて質問を重ねる。

「ということは当然、娘さんがどうしているかはご存じないですね」

「確か、どこかで預かってるんじゃないかな。いや、そのカズキっていう子もそうか。その子だけ家を抜け出したのかなあ」

「妹がどこにいるかは分からない？」

「分かりません。ここは、そこまで面倒を見る場所じゃありませんから」

「工場で誰か、親しかった人がいるはずですよね」

「はい？」

「イシグロさんは、ここでどれぐらい働いてるんですか」

「かれこれ五年になります」

「じゃあ、仲のいい人がいるはずでしょう。私生活についても知っているような人が」

「まあ、普通に考えればそうなんでしょうね」長澤が露骨な渋面を浮かべた。

「そういう人を紹介してもらえませんか。話を聴いてみたいんです」

「そうですか。でも、仕事は三交代制で動いてますし……」

「今ここにいる中で、誰か該当する人がいれば」

「どうしてもですか？」

「ぜひお願いします」

　大儀そうに立ち上がり、長澤が自分のデスクの電話を取った。三桁の内線番号を叩き、相手が出るのを待つ間、ちらちらと私の顔を盗み見る。つながると、送話口を右手で覆ってぼそぼそと話し出した。何を言っているのか、私のいる場所からはまったく聞き取れない。無理に盗み聞きすることもないだろうと、窓の外に目をやって時間をやり過ごす。夕焼けの赤は急速に夜の黒に取って代わられ、闇が冬の景色を染めていた。灯りの下、家路を急ぐ車が駐車場の入り口で列を成している。その中に、送迎用のバスも二台、混じっていた。

「すぐこっちに来ます」長澤が受話器を置いて言った。

「お手数をおかけします」

「いやいや」素っ気なく言ってソファに腰を下ろす。少しだけ態度が崩れ、背中をべったりとソファに押しつけた。「日系の人ですけど、日本語はそれなりに分かりますから」

「喋れる人もいるんですか」

「工場でも、日本語教育には金と時間をかけてるんですよ。講師を呼んで、無料で教室を開いてます。もっとも、こっちがいくら準備しても、受ける気がなければどうしようもありませんけどね」

「でも、ちゃんと勉強する人もいる、と」

「ええ。そういう人は、自然にリーダーになりますね。やっぱり言葉の壁は大きいから、仕事の話でも伝わらないことがある。そういう時に日本語が分かる人がいれば、こっちも頼りにしますよ。我々の方でもポルトガル語は勉強してるんですけど、これも今一つでしてね。日本人は根本的に、語学習得に向いてないのかもしれない」

「イシグロさんはどうだったんですか」

「彼は、そうねえ……」天井を見上げて顎を掻く。「十段階で五、ぐらいかな」

「だとしたら結構喋れる方ですよね」

「まあ、日常会話ぐらいは不自由なく……ああ、来ました」長澤が立ち上がり、ドアの方に向かって手招きをした。「トシさん、こっちへ」

二十代半ばぐらいに見える青年だった。見た目は完全に日本人である。どこかおどおどした態度で、腹の辺りを手で押さえるようにしながらこちらへ歩いてくる。長澤が私に顔を寄せた。

「本当は物凄く長い名前なんですけど、彼の場合は日本のトシユキという名前をつけてるから、愛称がトシ。そう呼んでください。ブラジルの人は愛称で呼ぶのが普通ですから」

「分かりました」

トシが長澤の横に浅く腰を下ろした。一瞬だけ私と目を合わせたがすぐに伏せてしまう。冗談のように長いまつげが瞬いた。グレーと紺の作業着に、下は空色に色落ちしたジーンズ、足元は革のサンダルという格好だった。

「トシさん、こちら、東京の警察の人です」長澤が私の方に手を差し伸べた。「イシグロさんのことを調べてる。知ってることを教えてあげてくれないかな」

「はあ」気の抜けたような声を出す。状況が分かっているかどうか疑わしかったが、私は構わず質問をぶつけた。

「あなたはイシグロさんとは親しかったんですか」

「はあ、まあ」

「家族のことも良く知ってる？」

「そう、ですね」

「彼の子ども……カズキ君が行方不明なんです」

答えはなかった。顔に暗い影が射し、視線が宙を泳ぐ。

「彼は、イシグロさんの知り合いの家に預けられていますね」

「はい。そうです」

「その人のことはよく知ってますか」

「その人……」一瞬人間関係が混乱した様子だったが、すぐに整理がついたようだ。

「ああ、はい。知ってます。この工場で働いている人です。サトルさん」

「サトル・トミタ・イワモトという人です。うちの社員です」名簿を見ながら、長澤が助け舟を出してくれた。うなずき返しておいてから、質問を続ける。

「そのサトルさんという人とイシグロさんは仲が良かったんですね」

「あの、そう……」人差し指で宙に円を描いた。「親戚、です。ブラジルの。確か、お父さんがいとこ」

「なるほど。例の事件が起きてから、カズキ君がどんな様子だったか、知ってますか」

「カズキは関係ない」

「そうですね。でも、父親が事件を起こしてから、どんな様子だったんですか」

「カズキは関係ない！」ほとんど怒鳴らんばかりの声を叩きつけ、トシユキが立ち上がった。握り締めた拳が小刻みに震えている。「事故は悪いこと。でも子どもは関係ない」

「そうですね、それは分かります」私は意識して低い声を出した。「カズキ君は関係ないですね。でも彼は、一人で東京に来て、病院にいました。その後で急にいなくなったんです。何か事件に巻きこまれている可能性もある。心配なんですよ」

「分かりません、私には分からない」トシユキが力なく椅子にへたりこむ。額を両手に埋め、のろのろと首を振った。「カズキが可哀相です」という声が漏れ聞こえた。

「私はカズキ君を捜しています。彼を安全に保護したい。普段どんな人とつき合ってるのか、彼に危害を加えようとする人間がいないか、心当たりはありませんか」

「私には分かりません」また力なく言って、トシユキが掌から顔を離した。目に薄らと涙の膜が張っている。

「カズキ君はどんな子でしたか」

「元気な子です。明るくて楽しい子です。サッカーが上手い」

「そんな子が一人で東京まで来たんですよ。何かあったんじゃないですか」

「分からない……」

誰かに後ろから押されたように、トシユキの首ががくりと前に倒れる。爪の中に油の染みが目立つ指先を、神経質そうに叩き合わせた。

「カズキ君は、亡くなった子と同じ小学校に通っていたんですね」

「そうです」

「友だちだったんですか」

「そう、仲が良かった……私は、辛いです」組み合わせた両手に力を入れ、トシユキが頤を上げた。「私たちは、ここではよそ者なんです。悪いことをしてはいけません。そんなことをすれば、何を言われるか分からない。怒られるのは分かっています。でも、子どもは関係ないですよ」

それは日系ブラジル人に限った話ではない、と慰めようとした。犯罪者の家族は、犯罪者本人と一くくりに見られがちだ。理屈では関係ないと分かっていても、普通に接することができる人の方が少ない。

「カズキはどこへ行ったんですか」トシユキが逆に質問をぶつけてきた。

「分かりません。だから捜しています。誰か、彼を連れ戻しに来るような人がいますか？ そう、例えばサトルさんとか」

「分かりません。サトルさんに聞いて下さい」

「そうですか」

とにかく、サトルという男に会わなくては。トシユキに礼を言い、長澤に住所を確認した。仲村が露骨に嫌そうな表情を浮かべているのに気づく。うんざりしているのだ。どこかでレンタカーを借りよう。それでこの男を放免するべきだ。本当は案内役ではなく監視なのだろうが、この男には私が町を出るまで監視し続けるだけの熱心さはないような気がした。そうであって欲しいと密かに願う。コブつきでは何をするにも面倒なのだ。駐車場に戻り、仲村にレンタカー屋の場所を訊ねる。

「一人で動くつもりですか」

「いつまでも面倒見てもらうわけにはいかないですよ」

「車を借りたら金がかかりますよ。もったいない。この車をお貸しします」

「いいんですか」

「大丈夫でしょう。何かあったらすぐに返してもらわなくちゃいけないけど」

「じゃあ、お言葉に甘えて」

「署に戻りましょう。一応、上に話をしないとまずいですから」

「申し訳ない」

小曽根署までの短いドライブの間、私たちはほとんど無言だった。仲村の苛立ちが静かに伝わってくる。町は既に暗闇の中に沈み、頼りない街灯の灯りでは、周囲の様子はまったく見えなくなっていた。

「まったく、田舎は嫌ですね」前方に小曽根署の灯りが見えてきた頃、仲村が小声で吐き捨てる。「早く前橋に戻りたいですよ」

「そうですか？」

「東京にいる鳴沢さんには分からないでしょうけど、田舎暮らしは辛いですよ」

「八王子も十分田舎ですよ」

「そんなことはないでしょう。何だかんだ言って都会じゃないですか。三年ぐらい前に、死亡事故の捜査で行ったことがありますけど、賑やかですよね」

「そうかな」

「さて、着きました」まだ愚痴（ぐち）を零されるかと思ったが、署の駐車場に車を乗り入れた途端、仲村の話しぶりには力が戻った。「うちの交通課長に会って下さい。別に問題はないと思いますけど、筋は通さないと」

「了解」

　交代時間を過ぎていたが、交通課長の松永（まつなが）はまだ居残っていた。よそよそしい挨拶を交わし、車を借りる礼を言う。その間に仲村が書類を片づけ、私が松永の元を去るのと同時にデスクを離れた。私の後から付いてきて、すぐに横に並ぶ。

「これからどうしますか」

「その、サトルさんという人に会ってみようと思います。今の段階では、カズキのことを一番良く知ってるんじゃないかな」

「その前に飯にしませんか」

言われて腕時計を見る。六時を十分ほど回っていた。普段夕食を取る時間にはまだ早いが、ここまでつき合わせてしまった埋め合わせはしておくべきだろう。

「いいですよ」

「じゃあ、例のブラジル料理にでもチャレンジしてみますか」

「そうですね、せっかくだから。でもその前に、署に電話させて下さい」

「じゃあ、車で待ってますよ。そうだ、どこか宿を探しておきましょうか？」

急に親切になった彼の顔をまじまじと見る。頬がかすかに赤いその顔には邪気が感じられず、純粋に好意から言ってくれているようにしか思えなかった。勤務時間が終わったので気楽になったのだろう、と推測して、宿の予約を頼む。のろのろと駐車場に去って行くのを確認してから、交通課の前にあるロビーに腰を下ろし、携帯電話を取り出す。交代時間を過ぎて、既に小曽根署は宿直態勢だ。数人の警察官が、警務課の辺りに集まって手持ち無沙汰にしている。エアコンの効きが悪いのか、ストーブが二台、用意されていた。薬缶から吹き上がる湯気で、室内はかすかに曇っている。

西八王子署の刑事課にかけると、藤田が電話に出た。

「何だ、まだ彼女と食事に行ってないのか」

「逃げられた」憮然とした口調で藤田が告げる。「子どもが熱を出したんだってさ」

私は笑いを嚙み殺しながら「ただの言い訳じゃないのか」と彼をからかった。

「うるさい。そんなことより、そっちはどうなった？」一瞬で仕事の口調に戻り、訊ねる。私はイシグロが勤めていた工場の人事担当者に会ったこと、カズキが身を寄せていた知り合いの名前を割り出したことを説明した。

「これからそこに当たる？」

「そのつもりだ」

「じゃあ、今夜は泊まりになるな」

「そうだな。課長は渋い顔をするかもしれないけど」

「放っておきゃいいんだよ」乱暴に吐き捨てる。「課長はケチなだけなんだ。経費を低く抑えたから評価されると思ってるんなら、大間違いだぜ。でも、とりあえずちゃんと説明しろよ。後で俺もフォローしておくから」

「脅すなよ」

「まさか……ちょっと待て、今代わるから」

電話に出た熊谷に状況を説明し、今晩中にどうしても接触しておきたい人間がいる、と強調した。懸念していた金の話は出ず、熊谷はむしろ、小曽根署のことを心配している様子だった。

「車も借りるんだろう？　一言言っておかないとな」

「交通課長がまだいますよ」交通課のカウンター越しに事務室を見ながら、私は言った。制服姿の松永は、まだ立ち上がる気配を見せない。

「じゃあ、俺の方からお礼を言っておく」一瞬、言葉を切った。「おい、鳴沢、あまり無理するなよ」

「無理なんかしてませんよ」

「分かってるならいいが」

「仕事は粛々とやってます。もしも心配なら、藤田をこっちに寄越してください。あいつは、俺をいつでも止められるって言ってますからね」

「それはあいつの勘違いだ」熊谷が深く溜息を漏らす。「お前らが二人揃うと、ろくなことにならないんだよ。いいか、俺は『黙って後は任せろ』なんてことは言わない。こっちだって生活がかかってるんだからな。尻拭いはごめんだよ」

「ありがとうございます」

「何だと？」

「そうやってはっきり言ってもらった方が気が楽ですから。何事も率直にいきましょう」

「お前は、少しは遠慮することを覚えた方がいい」

「相手が理解できるように、でかい声で分かりやすく言えって教わったんですよ――ニューヨーク市警の研修で」

まだ何か言いたそうな熊谷を無視して電話を切る。駐車場に出ると、仲村が私に気づいて手招きした。足早に歩み寄ると「ホテルが取れましたよ」と告げる。

「申し訳ない、手を煩わせて」

「いやいや、電話一本かけただけなんで……じゃあ、夕飯にしましょうか。フェイジョアーダとか、シュラスコとか、結構美味い料理がありますよ。いろいろ食べたいなら『ポル・キロ』ってのもあります」

「何ですか、それは」

「バイキングみたいなものだけど、品数じゃなくて重さで値段を決めるんです」

「なるほど」

「ポル・キロがいいかな」仲村が顎を撫でる。「あれなら好きなものを食べられるし、そんなに高くもない。ブラジルっぽい料理を一通り試せますしね」

「任せますよ……ちょっと待った」運転席のドアに手をかけた仲村を制する。不審そうに目を細め、私の顔を見た。

「何ですか」

「お客さんだ」

冴のプジョーが駐車場に飛びこんでくる。ここが警察だということをまったく気にしていない様子で、駐車場の端にある植えこみに突っこみそうな勢いで車を停めた。エンジンは、小さいボディには明らかにオーバースペックだろう――冴は昔からこういう車が好きだった。刑事だった頃は、ターボで凶暴なパワーを付加したスバルのインプレッサに乗っていた。

間髪入れず（かんはつ）ドアが開き、彼女が車を下り立つ。会うのは何年ぶりか。肩よりもだいぶ長く伸ばした髪が、オレンジ色の照明を受けて艶々と輝く。さほど暖かそうには見えないベージュ色のコートを着ていたが、この寒さにもまったくダメージを受けていない様子で、決然と背中を伸ばしていた。ブーツカットのジーンズと危ういほどヒールの高い靴で、長身と脚の長さがさらに際立つ。プジョーのドアをロックして庁舎の方を向いた瞬間、私に気づいた。電流が流れているのではないかと思えるほど強い視線を送ってきたが、私の心臓に機能不全を起こさせるには至らず、すぐに柔らかい笑みに切り替える。右の口角が少しだけ上がっていた。さっと首を振って髪を寒風に泳がせると、ごく自然な様子で私に近づいて来る。たまたま古い友人——ある意味それは事実だが——に会ったような、余裕のある態度だった。

「よっ」乱暴な口調で——わざとそうしていることは明らかだった——言って右手を上げ、レガシィを挟んで私と向き合う。冴の隣にいる仲村は完璧に固まっていた。冴が彼の存在を無視して続ける。

「どうしたの、こんなところで」

「仕事でね。君は？」

「仕事でね」鸚鵡(おうむ)返しに言って、小さく微笑む。「こんな小さな町で何の仕事？」

「それはちょっと」

「言えないんだ」

「言えないさ。君こそ何の仕事なんだ」

「私も依頼人の許可がないと言えないわ」

「ということは、探偵仕事なんだな」

　冴の笑みが急に引っこんだ。ふいに、彼女は笑っている顔よりも怒っている顔の方が美しかったのだ、と思い出す。

「それも含めて、ノーコメントってことにしてくれる？」

「いいよ。俺もそう願いたい」

「お互いに、話しちゃまずいことがあるみたいね。ねえ、もしも利害関係がぶつかったらどうするつもり？」

「そんなこと、その時になってみないと分からないさ」

「最初にルールを決めておいた方がいいと思うけど」

「どうして」

「殴り合いになってからルールを決めても遅いでしょう。そうなったら、どちらかが倒れるまで遣り合うしかないのよ」

「そもそも殴り合いにはならない」

「どうしてそう言い切れるの？」

「俺も少しは学習したからね」

　冴が声を上げて笑う。屈託のない声だったが、私はそれを自信の発露と受け取った。

彼女がここで何をしているか知らないが、まるで私の行動を監視していて、こちらの事情は全て知っているような様子である。

「じゃあ、ね」

「ああ」

「そのうちまた会うと思うけど」

「あるいは」

「そう……その時はお手柔らかに」冴が両手を揃えて膝に置き、深々とお辞儀をした。以前の彼女なら考えられない所作である。だが決して謙虚になったわけではなく、これも内面の自信が表に溢れた結果だろうということは、私には簡単に推測できた。

警察と競って、しかも出し抜けるだろうという自信。彼女がここで何をしているのか、おぼろげながら想像がついた。


「凄い美人ですね」

「ああ」

「この辺じゃ見たことがないですよ、あんな美人」

「元モデルだから」

「そうなんですか？」仲村が口一杯に頬張った食べ物を噴き出しそうになった。「それが警察官になった？　たまげたな」

「モデルは子どもの頃の話ですよ」

「いやはや。鳴沢さんの知り合いには凄い人がいるんですね」

　仲村が力なく首を振った。フォークを置き、コップの水を飲み干す。私はフェイジョアーダをご飯と混ぜ、スプーンで口に運んだ。何とも不思議な食べ物である。黒と茶の中間ぐらいの色の煮こみ料理だが、その色の元になっているのは豆らしい。ところどころに小さな肉の塊と小豆らしい豆が見える。味はほとんどなかった。仲村は皿一杯に様々な肉を盛り上げ、片端から平らげている。彼が勧めた店は明るいコーヒーショップのような作りで、夕食時なのに客がほとんどいない。大量のサラダを、フォークで皿に押しつけながら突き刺す。太いアスパラの輪切りに見える白いものは、ヤシの新芽だという。そう言われてもぴんとこないが、少なくとも説明によるとそうだ。店の中央に置かれた巨大なテーブルに、バイキング風に料理の皿が置かれているのだが、それぞれにポルトガル語と日本語で説明が書いてある。ということは、日本人の客も結構来るのだろう。ヤシの芽の歯触りは、アスパラと筍の中間のどこかにあった。味はほとんどない。一方、仲村の皿を埋める肉料理は、塩を吹いているように見えるものさえあった。

「で、さっきの彼女なんですけど」

「ああ」

「元モデルでそのあとは刑事で、今は探偵ですって？」

「そうだ」

「いったいどういう人生なんですか」

「想像もできないほど複雑な人生」

「そうですか。それに比べれば俺の毎日なんて、同じことの繰り返しばかりですけどね」

「最近、この辺で何か事件はないんですか」

「刑事課は開店休業みたいですよ。生活安全課はブラジル人絡みでそれなりに忙しいけど、事件って呼べるほどのものはないですね」

「そうか……」

「というわけで、最近一番大きかったのは例の轢き逃げってことになりますね」

スプーンを置き、水を一口飲んだ。冴がどうしてここにいるか、もやもやとした疑問がはっきりした形を取り始める。問題は、一連の流れのどこに彼女が当てはまるか、だ。轢き逃げ事件については、警察の捜査はがっちり固まっており、捜査権のない私立探偵が首を突っこむような余地はない。とすると、カズキの件か。子どもが行方不明になったとしたら、誰かが捜索を依頼してもおかしくない——例えば日系コミュニティーの中の誰かが。警察を信用せず、金を払ってでも捜してもらおうとしていたら。

　私は早くも、日系の人たちの間に渦巻く灰色の不信感を感じ取っていた。それは日本人の方でも同じなのだろう。両者の間には透明な壁がある。それが崩れて二つの勢力が全面衝突するような可能性は少ないだろうが、何かあると緊張が一気に高まるかもしれない。そうなった時に、一部の跳ね上がりが予想もつかない行動に出る恐れはある。

「本当に、他に事件はないんですか？　内偵中のものでも何でも」

「それが何か？」仲村が上目遣いに私を見ながら訊ねる。

「いや、私立探偵がこの町に来る理由は何だろうと思って」

「あの連中は、何にでも首を突っこむんじゃないですか。別に捜査権もないんだし、金になりそうなことなら何でもするんじゃないかな」

「そうかもしれない」彼女の事務所が具体的にどんな仕事をしているか、私は知らない。だが以前、彼女は優美を警護してくれたことがある。その動きを見た限り、冴の仕事ぶりがいい加減なものだとは思えなかった。

「ま、こっちには関係ないでしょうね」

「ああ」

「これからサトルとかいう男のところに行くんでしょう?」

「そのつもりだ」

「つき合いましょうか?」

「どちらでも」

「じゃ、俺はここで遠慮しようかな」仲村があっさりと言った。「歩いて帰れますから、俺のことは気にしないで下さい。念のために携帯の番号、教えておきますよ」

「夜中に電話するような羽目にならないことを祈りますよ」

一瞬顔をしかめたが、仲村はすぐに気を取り直して名刺を取り出し、裏に自分の携帯電話の番号を書きつけた。それを受け取り、背広の胸ポケットに落としこむ。

「どうですか、ブラジル料理は」

「よく分からない。何だか味がはっきりしないんだけど」

「肉は肉らしい味ですよ」

「塩気がきつそうですね」

「まあ、そうですけど、こういう味も食べてるうちに癖になります」

「体に悪い」

「まあねえ。でも大丈夫ですよ。いつもこんなものを食ってるわけじゃないですから」

後は無言で料理を片づけ、私たちは店の前で別れた。この店は町役場の近くで、昼間も死んでいたような商店街は、今は完全に暗闇に支配されている。その暗がりに消える仲村の足取りはひどく頼りなく、この世の憂いを全て背負ったようにのろのろしていた。行き詰まり、という言葉が私の脳裏に去来する。

2

型抜きで一気に作り出されたように見える、よく似たアパートが並ぶ町。自分がどこにいるのか分からなくなり、何度も確認した後で、教えられた部屋のインタフォンを鳴らした。三十秒ほど沈黙が続いたが、その後何の前触れもなくドアが開き、三十代前半ぐらいに見える男が顔を見せる。髪は綺麗に丸刈りにし、長く伸ばした揉み上げから顎鬚までが細い一本の線につながっていた。部屋の奥から音楽が流れていたが、すぐに音量が下がる。不審そうに目を細めて私を見ていたので、目の前にバッジを翳(かざ)してやると、目はさらに細くなった。

「東京から来ました。鳴沢と言います」一語一語の発音をはっきりさせるために、ゆっくりと話す。

「ああ」男がうなずき、顎に力を入れた。

「あなたがサトルさんですね？」

「そうです」

「ちょっとお時間をいただけますか？」

「お時間……」サトルが首を傾げる。

「話がしたいんです」

「ああ、話。はいはい。トシから電話、ありました」サトルがサンダルを突っかけ、部屋の外に出る。ドアが閉まる寸前に、一瞬中を覗きこんだが、他に誰がいるかまでは分からなかった。彼を車に誘い、エンジンをかけてエアコンの温度を上げる。サトルはトレーナー一枚にジーンズという軽装だったが、特に寒がる様子は見せなかった。生まれ故郷のブラジルが寒いはずはないだろうが、既に小曽根の冬に慣れたのかもしれない。

「あなた、イシグロマサユキさんの娘さんを預かっていますね」頭の中でメモ帳をひっくり返す。「ミナコちゃん」

「ええ、はい」

「ミナコちゃんは今、家にいますか」

「います」

「カズキ君は？」

沈黙。ちらりと横を見ると、うつむいたサトルの表情は曇り、組み合わせた両手の人差し指同士を痙攣（けいれん）するように叩き合わせていた。

「カズキ君はいないんですね」

「いません」認めた。もちろん、認めるまでもないことなのだが。こちらの事情を話すのは先延ばしにし、質問を連ねる。

「あなたは事故の後、あの二人を預かっていた。イシグロさんの子ども二人を。二週間前から。そういうことですね」

「はい」

「どうしてですか」

「どうして……」質問の意味が理解できないのかとも思ったが、そうではなかった。あまりにも自明のことなので、私がそれを訊ねるのを不思議がったのだ。「だって、友だちだから」

「同じ工場で働いているんですね」

「そうです」

「イシグロさんとはどれぐらいのつき合いになるんですか」

「つき合い。つき合いは、二年……三年。マサが先に日本に来て、その後私が来ました。いろんなこと、教えてもらった。家も近いし、子どもたちも友だちです」

「あなたには何人お子さんがいるんですか」

「二人」

とすると、事故の後、合計四人の子どもの面倒を見ていたわけだ。このアパートの大きさなら、二部屋しかないだろう。自分たちが暮らすだけで手一杯なのに、そこにさらに二人が転がりこんできたとすると、相当窮屈な生活を強いられているはずだ。

「お金も大変でしょう」

「お金、皆が助けてくれました」

「仲間たちが？」

「仲間たちが」鸚鵡返しに言って、また下を向く。指先を盛んにいじっていたが、話したくないわけではなく、ひどい手荒れを気にしているだけだということはすぐに分かった。爪先は黒く汚れ、ささくれが目立つ。

「カズキ君がいなくなったのは？　二日前じゃないですか」

「そうです」

「どんな風にいなくなったんですか」

「私は、仕事していました」

「昼ですか、夜ですか？」

「夜です。深夜勤です。朝家に帰ったら、ミナコが泣いていました。アキコも泣いていました」

「アキコさんというのは？」

「私の妻です」

「どうして泣いていたんですか？　カズキ君がいなくなったから？」

「そうです」

「朝、いなくなったんですね」

「そうです。皆が起きたら、カズキだけがいなくなっていました」

「捜しているんですか」

「捜して……駄目。私は仕事がある。アキコも遠くへは行けない。日本のことはあまりよく分からない。どこへ行ったのか、全然分かりません」

「じゃあ、今はどうしてるんですか」

「相談しました」

「いえ」疑念に染まった声でサトルが答える。「警察には、相談できません」

「そうですか」群馬県警に対する不信感をここで否定してやることもできたが、何も言わずにこの話題を打ち切った。この町に暮らす日系の人たちにとって、警察は敵なのかもしれない。そういう感情は理屈では解きほぐせないものだし、実際に仲村たちが嫌がらせをしている可能性もある。

「シマブクロさんに、相談しました」

「シマブクロさん。その人は？」

「昔、ブラジルに住んでた人です。僕たちの先生です」

「学校の先生ですか」

「いろんなことを教えてくれる先生。あの人がいなかったら、ここで生きていけません」

「それで、そのシマブクロさんは何をしてくれたんですか」

「捜してくれてます、カズキを」

「シマブクロさんが、自分で？」

「いえ、誰かに頼んで」

「なるほど」冴だ、と悟った。人捜しなら彼女の得意とするところだろうし、この辺りでは頼める人間がいなかったのかもしれない。しかし、金はどうやって捻出したのだろう。冴が只働きをするとは思えない。「シマブクロさんを紹介してもらえますか。会ってみたい」

「はい」サトルが住所を教えてくれたが、さっぱり分からなかった。地図を見ても確認できないだろう。案内してもらった方が早いが、そこまで頼むのはあまりにも強引というものだ。自分はここでは異邦人なのだということを強く言い聞かせる。

「ミナコちゃんに会わせてもらえますか」

「寝てます」

「こんな早くに？」ダッシュボードの時計を見ると、まだ七時半である。

「ミナコ、まだ四歳。もう眠い。それにカズキのことが心配で泣いてばかりいます。ママにも会いたがってる」目を擦る真似をする。

「母親は――イシグロさんの奥さんはブラジルにいるんですよね」

「向こうで子どもを産みました」

「いつ帰ってくるんですか」

「しばらく、無理。二週間前に男の子が生まれたばかりで、まだ飛行機に乗れません」

二週間前。その時にこの一家の歩く道は、大きく折れ曲がってしまったのだ。

「そうですか……彼女は、イシグロさんが轢き逃げ事件を起こしたことを知ってるんでしょうか」

「そのことは、誰も言ってません」突然、サトルの口調に熱が籠もった。「彼女、心配する。子どもを産んだばかりの人に、そんなことを言ってはいけない。それに、マサは何もしてないんだから」

「しかし、逮捕状が……」

「マサは何もしてません」一段強い口調で断言する。「あれは、そう……」人差し指を宙に躍らせた。言葉が出てこないのだ。濡れ衣、冤罪、でっち上げ。様々な言葉が口をつきかけたが、呑みこんだ。群馬県警を貶めるような台詞を、部外者の私が迂闊に吐くわけにはいかない。

「彼はやってないというんですか」

「そうです。絶対やってません。何とかならないですか」がさがさになった手を、私の腕に乗せる。

「私は、そういう仕事をする立場じゃないんです。東京の人間ですから」

「じゃあ、カズキを捜して下さい」

「捜してます」

「カズキは東京にいたんですか」

「ええ」

「そうですか、東京ですか」急にサトルが元気になった。「東京の、どこですか」

「八王子という街です。知ってますか？」

「八王子……分からない。でも、親戚のところかもしれない」

「八王子に親戚がいるんですか？」

「遠い親戚、東京にいる。マサが言ってました」

「その親戚の名前、分かりますか」

「いえ」力なく首を振る。

なるほど。それなら筋がつながらないこともない。どういう理由でか、カズキが小曽根の日系コミュニティーに居づらくなり――学校での苛めも想定できる――血縁を頼って一人で八王子に行くことはあり得る。それでもなお、彼が病院から姿を消したことの説明にはならないのだが。

「ミナコちゃんは、これからどうするんですか」

「分かりません」話が幼い女の子のことに戻ると、サトルの声から勢いが抜けた。「いつかはママに話さなくちゃいけない。でも、いつにしたらいいのか……それにカズキが見つからなければ、どうしようもありません。兄妹、離れ離れはいけないことです」

「そうですね」

「カズキを見つけて下さい。お願いします」狭い車の中で、サトルが必死に頭を下げる。答えを投げなければ解放してもらえないような勢いだった。最後には何とかすると言わざるを得なかったが、それでも彼の目に希望の光が宿ることはなかった。

警察に対するこの不信感は何なのだろう。しかも、彼だけが例外ではないはずだ。この町に住む日系の人たちは、ほとんどが合法な労働者のはずである。名前の通った大きな企業が雇い入れているのだから、その辺りはきちんとしているだろう。もちろん、日本人より安い賃金で働かされているだろうし、いろいろと不満が募るのも理解できる。しかしそれが警察への反感に結びつくのが、私にはどうしても理解できなかった。弾圧、という言葉がちらりと脳裏を過ぎったが、実際には日本の警察にはそんなことをしている暇はない。仮にも合法的に入国して働いている外国人を苛めていたら、日本人からクレームをつけられるのが落ちである。税金を使ってそんなことをしているぐらいなら、他にやることがあるだろう、と。

根深い不信感の源はどこにあるのか。ヒントは例の轢き逃げ事件だ。彼はやっていない。サトルの訴えに根拠があるとは思えなかったが、無視してしまっていいようなものとも考えられなかった。

忘れ物をしていた。電話。

宇田川の事務所に電話をしてみたが、誰も出ない。行き違いになったのか、それともこちらを無視しているのか。まあ、いい。向こうから連絡してこないということは、いずれにせよ大した用事ではないのだろう。

サトルに教えられた通りに車を走らせると、国道沿いにある「学校」の建物はすぐに見つかった。二階建ての建物には大きな看板が掲げられており、そこに「ＥＳＣＯＬＡ」と「ＥＤＵＣＡＣＡＯ」の文字が大きく躍っており、窓からは煌々と灯りが漏れている。看板の文字は、前者が「ｓｃｈｏｏｌ」後者が「ｅｄｕｃａｔｉｏｎ」を指しているであろうことは何となく見当がついた。建物の前面はごくごく小さな校庭といった趣で、アスファルト敷きの上に滑り台やブランコが置いてある。要するに、保育園兼ブラジル学校という感じなのだろう。送迎用だろうか、学校の名前らしき字をボディに描いたミニバンが二台、校庭の隅に停まっている。国道に車を停めて中の様子を窺っているうちに照明が消えた。一人の男が、寒そうに背中を丸めて建物から出てくる。ほとんど白くなった長髪が風に揺れた——目印。ミニバンのうちの一台に乗りこもうとドアに手をかけたので、私は慌ててレガシィを下り、声をかけた。

「シマブクロさん！」

国道の交通量は多い。走る車の音にかき消されそうになったが、辛うじて私の声は相手に届いたようだった。顔を上げ、きょろきょろと左右を見渡す。目が合ったタイミングを見計らい、もう一度「シマブクロさん」と声をかけた。彼が軽く頭を下げ、気軽な調子で私を手招きした。子どもたちが道路へ飛び出さないようにするためのものだろう、建物を取り囲む緑色のフェンスを大きく回りこんで校庭に入る。

「ああ、鳴沢さんですね。警視庁の」綺麗な日本語だった。

「シマブクロさんですね」彼の質問には直接答えず、確認した。

「そうです。サトルから電話をもらいましたよ。あなたが訪ねて来るだろうって」

「遅くにすいません」暗くなった建物を見上げる。「もう帰るところですよね」

「構いませんよ」真顔でうなずき、シマブクロが言った。「大事な話じゃないですか。そういうことなら、時間も場所も関係ありません」

建物の中は、暖房の名残でまだ十分暖かかった。久しぶりにダウンジャケットを脱ぎ、畳んで膝の上に載せる。通されたのは教室ではなく事務室で、スチール製の机が四つ、それにファイルキャビネットが壁際にずらりと並んでいるだけだった。私はその一つの椅子に腰を下ろし、シマブクロがデスクを挟んで向かいに座る。引き出しをごそごそと探って名刺を取り出し、ファイルの山越しに手渡してくれた。島袋光一。名前を頭に叩きこんでから訊ねる。

「この名前は、沖縄の方ですか？」

「ずうっと遡れば、ですよ。私は一度も沖縄に住んだことはありません」島袋が人懐っこい笑みを浮かべた。年齢不詳である。顔はつやつやして皺一つないし、セーター一枚のスリムな体には贅肉もついていない。それどころか、大胸筋の分厚さが目につくほどだった。若さの名残があちこちで輝きを見せる中、すっかり白くなった髪だけが異質な分子になっている。

「最初に私の履歴をお聞かせした方がいいですか」

「ええ」そんなことを聞いている暇はないのだがと思いながら、話を合わせる。

「祖父が沖縄の人間で、戦前にブラジルへ移民したんです。二十歳ぐらいの時だったと聞いてますけどね」

「あなたは……」

「今年四十になります」私の戸惑いに気づいたのか、また島袋がにやりと笑って髪に触れた。「この髪だから、そうは見えないでしょう？　三十を過ぎた頃から急に白くなりましてね。気を遣い過ぎたのかな」

「その頃はブラジルにいたんですか」

「いや、日本です。もう少し正確にいきましょうか。爺さんはコーヒー園の下働きから始めて、やがて自分の農園を持つことができました。私の親父が生まれたのは戦後すぐで、子どもの頃からずっと、爺さんがやっていたコーヒー農園で働いて——働かされてたんですね。かなりきつい生活だったようですよ。でもまあ、日系人の一家としては成功した方だと言っていいんじゃないかな。親父は二十歳で結婚して、子どもは全員年子で三人。私の上に兄が二人いますが、長兄はコーヒー農園を継いでますし、次兄はサンパウロで弁護士事務所を開業してます。私だけが日本に戻って来たんですよ」

「例の工場の関係ですか？」

「いや、あそこができるずっと前です。生活に余裕ができたせいか、両親もジイサンも私を日本の大学に入れたがりましてね。私もジイサンの国には興味がありましたし、せっかくなんで、家族の勧めるままにこっちの大学に留学したんです」

「群馬の大学」

「そうです。まあ、大学生活は素晴らしくエンジョイしましたね。エンジョイし過ぎて、女の子を妊娠させてしまった」島袋の顔に広がる笑みがさらに明るくなった。「それが今の女房ですよ。結婚するのは大変でした。大事な娘をブラジルに連れて帰るつもりかって、彼女の親には大騒ぎされましたしね。実際そういうことも考えてたし、彼女もそれで構わないって言ってくれたんですが、結局私が日本に残ることにしました。彼女と両親、喧嘩しちゃいけませんからね。それで私が婿養子になって、日本国籍も取ったんですよ。だから本当の苗字は須藤と言います。普段は旧名の島袋で通ってますけど」

「そういうことですか。それにしても日本語がお上手ですね。二十年以上もいると、慣れるものですか」

「私はもともと、ブラジルにいる時も家では日本語を使わされてましたから。今考えると随分怪しい日本語なんだけど、それでもある程度ベースはありましたから、日本に来てからもそれほど苦になりませんでした」

「ずっとこの学校をやってるんですか？」

「そこも話すと長いんですが」

「構いませんよ」

「最初は、普通に会社勤めをしてました。私、大学では測量の勉強をして、資格も取ったんですよ。それを生かして、この近くにある測量の会社で働いてましてね。女房の父親が建設関係の会社を経営してたんで、その伝(つて)もありました。それが、そう、十年以上も続きましたかね。この学校を作ったのはその後です。つい数年前ですよ」

「この辺りに日系ブラジル人が増えてきたから、ですね」

「そういうことです」島袋が顔の前で人差し指を立てた。「日系の人たち、子どもの教育のことではいろいろと悩んでるんです。もちろん最初は、普通に小学校、中学校に通わせようとしますよ。でも、言葉の壁は厚くて高い。何も分からないでいきなり学校へ行っても、ちんぷんかんぷんでしょう？ それなのに、学校でもポルトガル語を話せる先生はほとんどいません。結局学校に行かなくなったりすることも多いんですけど、それは子どものためには良くないですからね。せっかく日本にいるんだから、日本語や日本のことをもっと学ぶべきでしょう。私はその手伝いがしたかったんです」

「じゃあ、ここでは日本語を教えているんですか」

「それもあります。学校の授業の補習のようなこともしてますし、日本の学校に馴染めない子どもには、ここでブラジルの教科書を使って教えてます。もちろんここは各種学校に過ぎないんですけどね。そうこうするうちに、もっと小さい子どもも預かるようになって、今は保育園の真似事もしています」

「あなたは、この辺りの日系の人たちに随分頼りにされているようですね」

「要するにお人よしなんですよ」自虐的な気配を感じさせる笑みを浮かべて、島袋が髪を掻き上げた。「頼まれると嫌と言えなくてね。でも、一人ぐらいそういう馬鹿な人間がいないと、上手くいかないことも多いんです。私はこうやって日本語も話せるし、国籍も日本です。長くこの辺りで働いてきたから、知り合いも多い。だから、日系の連中と日本人の接着剤にならないとね。ブラジルは私が生まれた国だし、日本は私を育ててくれた国です。どっちの人たちも幸せにしたい……いや、これは格好つけ過ぎかもしれませんけど。私の経歴はこれぐらいなんですけど、ご満足いただけましたか？」

「ええ」

「じゃあ、どうぞ本題に入って下さい。余計なことばかり喋りました。申し訳ありませんね」島袋が背筋を伸ばし、手探りで煙草のパッケージを引き寄せる。視線を私に据えたまま火を点けると、顔を捩(よじ)って煙を斜め上に吹き上げた。

「カズキ君のことです。イシグロカズキ君」

「彼には可哀相なことをしました」盛大な溜息をつく。

「探偵を頼んで捜してるんですよね」

「そんなことまで知ってるんですか？」

「たまたま知りました。その探偵は、いつから動いてるんですか」

「今日ですよ、まさに今日。動き始めてもらったばかりです」

「カズキ君は、東京に姿を現しました」

「何ですって」島袋が思い切り身を乗り出したので、積み上げた書類にぶつかって雪崩が起きた。それを片づけることもせず、矢継ぎ早に質問をぶつけてくる。「どこで見つかったんですか？　いつですか？　元気だったんでしょうね」

「元気は元気でした」

「そうですか」音を立てて溜息を漏らし、島袋が椅子に背中を預けた。「それならいいんです。急にいなくなって、皆心配していたんです。それを知らせに来てくれたんですね」

「いや、残念ながら、あまり良い知らせじゃないんです」その後カズキが病院からいなくなったことを説明する。途端に島袋の顔が青褪めた。私が話し終えると両手に顔を埋め、肩を震わせる。ようやく顔を上げた時には、目に薄い涙の膜が張っていた。

「何ということだ……」

「私も彼を捜しています。手がかりを捜してこの町に来ました。東京の八王子に親戚がいるらしいと聞いたんですが、ご存じですか」

「ああ、そうらしいですね。私も詳しいことは知らないけど」

「親戚を頼っていく可能性もあります」

「調べてみましょう」島袋が携帯電話に手を伸ばした。どこかにかける前に私に視線を据え、困惑したような口調で訊ねる。「あの子は、何かやったんでしょうか」

「何かとは？」

「警察のお世話になるようなこと」

「ないです。少なくとも今のところは。家出ということになるんでしょうが、そんなことはどうでもいい。私は彼の身の上が心配なだけです」

「ついてないいんだ、あの子は」

「どういうことですか」

「父親がね……」

「例の轢き逃げですね？　やってないって言う人もいるようですけど」

「ああ、それはまあ……」曖昧な口調で島袋が逃げた。何か知っている。それを探り出さねば、と思った。カズキのことを調べていると、どうしても轢き逃げ事件が浮上してくる。しかし、まだ疑念といえるほどの情報も摑んでいない。電話する島袋を見ながら、私は何とか一本の線を手繰り寄せようとした。まだ早い、という声がどこかで聞こえる。

何かを想像したり推理したりするにはあまりにも素材が足りない。そういう状態で想像力を走らせると、往々にして真相とはまったく違うものができあがる。しかも違うと認めざるを得なくなった頃には、真相ははるか遠くへ去ってしまった後なのだ。

町は完全に静まり返っていた。カズキの家の近所でドアをノックして回ることも考えたが、そもそも言葉が通じる可能性が低い状態では、無駄足に終わる恐れが高い。今まではたまたまついていたのだ。ホテルにチェックインしよう。それで頭の中を整理し、明日の朝からどう動くかを考える。そう思って島袋の学校を離れ、住宅街の中を流す。電話が鳴り出した。行き違いになっていた宇田川かもしれないと思って出たが、藤田だった。

「宿は決まったか？」

「ああ。これからチェックインする」念のためにホテルの電話番号を伝えた。

「で、具合は」

今までの成果を——成果と言えるかどうかは分からないが——説明する。藤田はどこか不穏な臭いを嗅ぎ取ったようだった。

「そこのコミュニティーの連中も、例の子どもを捜してるわけだ」

「そのために探偵を雇ったんだよ」

「その探偵は、カズキが八王子に現れたことを知ってるのかな」

「そこまではまだ摑んでないはずだ。カズキを預かってた人には話したから、そこから情報が伝わるかもしれないけど」

「いっそのこと、全部探偵に押しつけちまったらどうだ」

「そういうわけにはいかない」

「あんたならそう言うと思ったよ」

「そっちで何か動きは？」

「ない」

「じゃあ、仕事をやるよ。どうもカズキには、八王子に親類がいるらしいんだ。その人たちを頼ろうとして八王子に行ったのかもしれない」

「なるほど。で、名前と住所は？」

「それがまだ分からない。だから、それを割り出して欲しいんだ」島袋があちこちに電話をかけてくれたが、名前は割れなかった。明日の朝ミナコに聞くしかないだろう、という。しかし、小さな子がどこまで覚えているものか。何度も訪ねたことがあるならともかく、そういう様子でもないという。

「分かった。何かとっかかりがあるといいんだが」

「それは明日の朝、連絡できるかもしれない。名前ぐらいは分かるかもしれない」

「じゃあ、それに期待しよう。俺はぼちぼち引き上げるよ」

「泊まり明けだもんな」

「すっかり忘れてたけど」遠慮なしに大あくびが飛び出した。「とにかく明日の朝だ。何か分かったら携帯にでも電話してくれ」

「分かった。デートも流れたんだから、さっさと帰って寝ろよ」

「大きなお世話だ」少しだけ怒りを滲ませたが、それも一瞬だった。すぐに快活な声に戻る。「知ってるか？　美鈴ちゃんの親父も警視庁にいるらしいぜ」

「親子二代か」

「ああ。間もなく定年らしいけどな。公安部にいるそうだ」

「公安部？」頭のどこかで何かがかちりと鳴った。記憶の引き出しを次々と開け、名前を引っ張り出す。「親父さんの名前、山口哲（やまぐちさとし）じゃないか？」

「さあ、そこまで聞いてないけど。知り合いなのか？」

「多少」

「何かあったな」勘の鋭さを発揮して藤田が指摘する。「公安の連中と俺たちじゃ、何があっても不思議じゃないけど」

「何でもないよ。名前を知ってるだけだ」

「そうか。まあ、あんたの義理の父親になることだけはないだろうけどな」

軽口の余韻を残して藤田が電話を切る。あの山口の娘だとすると……まあ、いい。これからあの男と接触する機会などないだろうから。

山口とは数年前、私が警視庁に来たばかりの頃に、ある事件で知り合った。こちらが情報提供を求めて、事件の背景についてレクチャーを受けたのだが、あまりいい印象を抱かなかったのは事実である。もっそりとした初老の男。職場に若い女性がいれば、露骨に敬遠されるタイプである。どんな角度から見ても家庭生活を想像できない人間はいるが、彼もその類だ。しかし美鈴は、両親に子どもの世話をほとんど任せていると言っていたではないか。あの男が子どもと風呂に入ったり、野球観戦に連れて行ったりする姿はどうしても想像できない。もちろん、本当に山口が美鈴の父親だったとしての話だが。

頭の後ろの方でかちり、と乾いた音がした。慌ててブレーキを踏む。車が停まった瞬間、もう一度、今度は銃声のような音が響いた。体を屈め、上体を窓よりも低くする。五つ数えてからドアに手をかけて一気に開け、外へ転がりだす。アスファルトの上で一回転した後立ち上がり、開いたままのドアの背後に身を隠した。もちろん、銃はない。

撃たれたのではないだろう、ということは経験から分かっていた。ゆっくり首を上げて確認すると、後部座席右側の窓に小さな罅（ひび）が入っていた。おそらく石だ。誰かが石を投げつけたのだろう。体が寒風をはねつけ、内側から怒りの焔（ほのお）が熱く噴き出してきた。車の中に体を突っこんで、ダッシュボードの中に手を入れる。予想した通りマグライトが入っていた。バッジを取り出し、四方に光を投げかけながら襲撃者の姿を捜す。

いた。三十メートルほど後方に、二台の車が停まっている。寄りかかり、声を上げて笑っているのは若い連中だ。

「警察だ！」声を張り上げてバッジを翳すと、笑い声が一段と高くなる。そちらへ向かって走り出すと、若者たち――四人いた――が何事か叫びながら車に飛び乗り、走り出した。正面から向かう私を轢き殺そうという勢いで突っこんできたので、すんでのところで身をかわし、歩道に飛びこむ。一台の車のナンバーを頭に叩きこんだ。心臓が落ち着くのを待ち、手帳にナンバーを控える。テールランプはすっかり闇に消え、今は赤い点になっていた。二台ともシルバーメタリックのアリスト。エアロパーツに身を包み、ローダウンしていたので、今にもアスファルトに尻を擦りそうだった。落ち着け、と自分に言い聞かせながらレガシィに戻り、状況を確認する。石が当たっただけで、直径五ミリほどの小さな穴——しかも貫通していない——とその周りにくもの巣のように広がった微細な罅だけだった。

　車に乗りこんで携帯を取り出し、仲村の番号を叩きこむ。怒りで手が震え、二度、数字を押し間違えた。ようやく通じた時、彼の声の背後にざわついた気配が流れているのを私は聞き取った。どこかで呑んでいる。それが私の苛立ちを増加させた。苛つく権利などないはずなのに。

「どうしました？」ざわめきに消されないつもりか声を張り上げたが、どこか間延びして聞こえた。

「車を傷つけられた」

「はあ？」聞こえていない様子だ。「ちょっと待って」という言葉に続いてがさがさと音が聞こえ、やがて音がクリアになる。「すいません、何ですって？」

「車を傷つけられたんです。たぶん、日系の連中。走ってたらいきなり石を投げつけられた」

「どんな具合ですか」

「後部座席右側の窓ガラスに少し罅が入って……」

「ああ、それぐらいなら気にしないで下さい」仲村はいかにも面倒臭そうで、そんなことで一々電話してくるなとでも言いたそうだった。

「しかし」

「いいんです。そういうことはしょっちゅうですから。その程度のことで一々ぶちこんでたんじゃ、留置場がすぐに満杯になっちまいますよ。小曽根署は狭いんです」

「車が二台。一台はナンバーを控えた」

「そうですか。でも、誰がやってるかは分かってます。いつも同じ連中ですからね。とにかく、小曽根署としてはああいう下らない連中は相手にしない方針なんです。誰も怪我してないんなら、それでいいじゃないですか。本当に悪さをしたらぶちこみますよ」

「連中は警察を挑発してるんですよ」

「放っときゃいいんです」仲村が長々と溜息をついた。「車のことは放っておいて下さい。こっちで適当に処理しておきますから……鳴沢さん、この辺にはこの辺のルールがあるんだから、あまり警視庁のやり方を押し通されても、ね」

「警視庁も群馬県警も関係ない。ルールは一つしかないんですよ。警察官の従うルールはね」

終話ボタンを強く押しこむ。以前の私なら、ルールに関する台詞に完璧な自信を持つことができただろう。だが今は、自分はとんでもなく間抜けな道化を演じているだけではないかという思いを拭えない。

3

落ち着け、大したことはないんだと自分に言い聞かせながら、ホテルのある隣街に向けて車を走らせる。心なしか、車内に冷たい風が忍びこんでくるようでもあった。直せるものなら自腹でも直したいが、こんな時間に開いている修理工場などないだろう。

国道が広くなり、いつの間にか周囲が賑やかになっていた。行き交う車も増え、ガソリンスタンドやディスカウントショップ、ファミリーレストランの灯りが彩りを添える。前方に、郊外型書店の看板が見えてきた。昼間買った地図があまり役に立たなかったことを思い出し、別の地図を捜してみることにする。店に足を踏み入れた途端、やけに明るい照明に目を焼かれ、一瞬立ちくらみがした。気を取り直して店内を回る。入り口近くにある地図の書棚に向かう途中、新刊本が平積みになっているコーナーに目が留まった。知り合いの作家、長瀬龍一郎(ながせりゅういちろう)の本が積んである。「七年ぶり」の文字が帯に躍っていた。手に取り、ぱらぱらとページをめくる。二百ページほどの、それほど厚くない本だった。内容を確認せずに小脇に抱え、地図と一緒にレジに向かう。

『殺意』という物騒なタイトル。車に戻ってページを開くと、いきなり凄惨な殺人シーン――殺した直後のシーンから始まる。何しろ最初の一文が「僕はどうしてあいつを殺したのだろう」だ。殺してからそんなことを言うな、と思わず突っこみたくなった。本物の様々な死体を何百と見ている私にとってさえ、きつい描写が続く。なるほど、長瀬は本物だ。何度本物の死体を見ているか分からないが、現実よりも酷い様を想像させる能力は、常人にはないものだろう。溜息をついて本を閉じる。

まったく、あの男は。学生時代に文学賞を受賞したデビュー作品『烈火』は、家族の崩壊、それに再生の挫折を描いた陰鬱たる作品だった。その後執筆活動を一時中断するような形で新聞記者になったのだが、昨年の夏、自分にも関係のある事件に直面して会社を辞めてしまった。その後は連絡を取っていなかったが……あの男が新聞記者になったのは、悲惨な現場を取材してそれを小説に生かすためだったのだろうか。

奥付を確認すると、出版されたのは去年の十二月で、既に四刷を重ねている。会社を辞めたのが八月で、十二月に書店に並んだとなると、かなりの猛スピードで書き上げたのではないだろうか。それこそ、自分の中で溢れるものをキーボードに叩きつけるような勢いで。あるいは記者時代から書き綴っていたものをまとめたのか。

いずれにせよ、今夜読むべきものではないと判断する。癖のある彼の文章は硬く、読み進むのに大変な労力を要するのだ。少なくとも『烈火』はそうだったし、『殺意』の最初のページからも同じ匂いがした。本をバッグに放りこみ、車を出す。いつの間にか頬が緩んでいたのに気づいた。そうか、あいつもちゃんと生きて、書いているのか。少なくとも、全てが嫌になって会社を辞めたわけではなかったことは、これで証明されたのではないか。金が儲かるかどうかはこの際問題ではない。命を賭けられる対象があるかどうかが大事なのだ。

小曽根の隣街は市を名乗るだけあって、繁華街の規模もそこそこ大きい。仲村が紹介してくれたホテルは、駅前から続く商店街から少し外れた国道脇にあり、迷わず辿り着くことができた。車を立体式の駐車場に預け、チェックインする。カードキーを受け取って荷物を取り上げ、振り返った瞬間に、胸を拳で一突きされたような衝撃に襲われた。冴。

彼女はまったく平然とした様子で、柔らかい笑みを向けてくる。珍しいことだ。彼女はこういう笑い方をしない——しかし、もう随分会っていないのだ、と思い出した。一月会わないだけでも人は変わる。どうしたものか。その場に釘づけになっているうちに、彼女の方で歩み寄って来た。

「少し話をした方がいいと思うけど」

「どうして」

「お互いにマイナスにならないように」

「どうしてそう思う？　つまり――」

「同じ仕事をしてるから」

「分かるか？」

「すぐに分かるわよ。情報は筒抜けなんだから」

「日系の人から、だよな」正確には島袋は「日系」ではなく既に「日本人」だ。あえてぼかして彼女の失点を誘う。

「情報源は明かせないわね」にやりと笑い、ロビーの隅にあるソファに目をやって歩き出す。簡単には引っかからないものだ。彼女の後につき従い、先に腰を下ろしたのを見届けてから向かいのソファに座った。上半身を覆うような一人がけの四角いソファで、肘掛けの位置が高過ぎる。そこに肘を載せると腕が痺れてきそうだったので、仕方なく膝の上で両手を揃えた。冴はすっぽりとソファに収まり、リラックスした様子で、足を組んでいる。

「少し太った？　……わけじゃないわね。顔の輪郭は変わってないから」

「暇なんでウエートばかりやってる。服のサイズが合わなくなって困ってるよ」

「今は？」

「西八王子署」

冴の目がかすかに澱んだ。辞めたとはいっても、警察内部の事情はよく知っている。ニューヨークで研修をしていた人間が、どうして東京の西の端にある暇な署に飛ばされたのか、あれこれ嫌な想像をして、それが顔に出てしまったに違いない。

「確かにあそこは暇そうよね。あなた、ニューヨークで何かやらかしたの？」そう言えば、向こうにいる間に何度か電話で話しただけで、その後は連絡を取っていなかったのだ、と思い出す。いや、私の方で避けていた。あまり格好のいい話ではない。

「そう、やらかした」

「聞いてないわね、その件は」

「公式には、俺の名前は表に出なかったからね。最近、警視庁の中の人間とは話をしてないのか？」

「関係ないから」さらりと髪を掻き上げる。「何かやらかした件、話す気はない？」

「乗らないな」

「じゃあ、やめましょう」人差し指を交差させ、顔の前でバツ印を作る。苦笑させられたが、次の質問で顔が強張るのを感じた。「彼女の話でもする？　元気なんでしょう？」

「その件もノーコメント」

「まさか、別れたんじゃないでしょうね」一瞬、顔が青褪める。大きなお世話なのだが、冴は私と優美の関係をやけに気にしている。

「そのつもりはないけど、自分でも分からない」

「どうして鳴沢は、仕事と私生活にこんなに落差があるのかな」冴が大袈裟に溜息をついた。「私生活も仕事みたいに最短距離でやってたら、面倒なことにはならないんじゃない？」

「そう簡単にはいかないよ」

「早く結婚しちゃえばいいのに」

「君は？」

「私？」冴が形のいい自分の鼻を指差した。「これでもいろいろ忙しくてね。仕事もそれなりに面白いし」

「それなり、か」

「前言撤回」冴が顔の横で右手を上げた。「単純に面白いわ。警察と違って、無理矢理人に話をさせることはできないけど、そこを頑張ってこじ開けるのはやりがいがあるわよ。警察官は、バッジで仕事をする。でもそれは、その人の人間性とは何の関係もないでしょう。私の仕事は、人間性まで問われるわけよ」

「それは警察批判かな？」

「そういうわけじゃないけど」手首を曲げて細い顎を載せ、首を傾げる。「離れてみると、警察の嫌なところや変なところが分かるのは事実よね。だけど、それを批判する権利は私にはない……さあ、仕事、仕事」

男性が持つような黒いブリーフケースを足元から取り上げ、中から両手に隠れてしまいそうなパソコンを取り出す。ウインドウズが立ち上がる間、じっと画面を見詰めていた。待っているだけなのに、何故か話しかけられる雰囲気ではなかった。そう、今の彼女は薄い皮を一枚まとっている。それが何であるかは分からないが、立ち入っていけないことだけははっきりしていた。

「カズキ。カズキ・イシグロ、ね」

「そう」

「見つけたの？」

「一度は」

冴が顔を上げた。非難するような色が目に走る。昔の彼女なら、この段階できつい一発を見舞うところだが、我慢する術(すべ)を覚えたようだ。あるいは、暴言を吐くことすら馬鹿らしく思えたのか。

「一度は、ね。どっちが先に話す？」

「君は、行方不明のカズキを捜すよう、こっちの日系の人たちに依頼された。そういうことだろう」

「依頼人のことについては話せないし、七十五パーセントの正解ね」また画面に視線を落とす。

「残り二十五パーセントは何なんだ？」

「今日調べただけでも、いろいろ別の問題が出てきた、とだけ言っておくわ。それより、」

『一度は』ってどういう意味？」

「あの少年がイシグロカズキだということは知らなかったんだ」

「ちょっと待って」冴が目を瞑(つぶ)り、額を揉んだ。にわかに疲労感が漂い出す。「私、何か勘違いしてる？　それともあなたの話し方がおかしいのかしら」

「順番に話すよ」両手を組み合わせ、体を前に倒す。それが一番楽な姿勢だということに気づいた。「最初、八王子で子どもが見つかって保護されたんだ。念のために病院に運んだけど、身元は不明。どこも悪いところはなさそうだったけど、何も喋らないのが妙だった。何とか喋りそうな感じになってきたんだけど、誰かが病院から連れ出した」

「身元が割れたのはその後？」

「そういうこと」

「何なの？　誘拐？」牙の顔が青褪める。パソコンをテーブルに置き、やはり身を乗り出してきた。二人の距離が一気に縮まる。私はことさらゆっくり、背中をソファに戻した。しかし牙のきつい視線は、遠慮なく私の胸の辺りを突き刺してくる。

「それは分からない。今のところは金銭の要求はないんだ」

「じゃあ――」

「拉致されたのかもしれないと思った。ただし、誰がやったのかは見当がつかない」

「そう」牙がきつい口調で言った。「彼は、父親の事件では被害者みたいなものなのよ」

「被害者？　加害者の息子だろう」

「あの子が何かやったって言うの？　何もしてないでしょう。そういう意味では被害者じゃない」

「詩的なことを言うようになったんだな」

「鈍いわね」ぼそりとつぶやく。一瞬うつむき、すぐに顔を上げて私を睨んだ。「加害者であっても家族は関係ないでしょう」

「それはそうかもしれないけど」

「まあ、仕方ないわね」自ら毒気を抜くように、わざとらしい平板な声で彼女が言った。「あなたは警察官だから」

「何だよ、それ」

「あなたの物の見方は、常に警察サイドからなのよ」

「ちょっと待てよ。今回の轢き逃げに、何かおかしな点でもあるのか」

「さあ」短く言葉を濁し、肩をすくめる。

「はっきり言ってくれ」

「私には強制的に調べる権利はないから。でも、違うと言ってる人たちもいるわね」

「日系の連中だろう？　それは俺も聞いてる。そんな風に考えるのは勝手だけど、何の証拠があるんだ」

「それは、私には何とも言えないわ。あなたこそ、自分で調べてみたら？」余裕を取り戻したようで、冴の顔に薄い笑みが浮かぶ。

「これは群馬県警の事件だ。俺には首を突っこむ資格も権利もない」

「管轄権とか、そういうことを言ってる場合じゃないかもしれないわよ。間違ったことは正さないと」

「連中が間違ってるって言うのか」

「だから、それは私の口からは言えないの。鳴沢は、本当に骨の髄まで刑事だね。基本的に、仲間の警察官がやったことには疑問を感じないんだ」

「そんなことはない。警察に絶対ミスがないとは言わないよ。でもこれは、轢き逃げなんだぜ？　きちんと普通に処理してる限り、間違いが起きるわけがない」

「交通課の仕事を馬鹿にしてない？　誰がやっても同じだって言いたそうだけど」

「そういうわけじゃないけど、手順さえ間違えなければミスしようがないじゃないか」

「仕方ないわね」冴が寂しげな笑みを浮かべる。これこそが彼女の微笑みだ。疎外感を感じ、世界に自分一人だという事実を感じた時に浮かべる物悲しい表情。かつては、そういう気持ちを共有していると信じたこともあるが――。

「やめましょう」冴がさらりと言った。「そんなことより大事なこともあるから」

「カズキ」

「そう。どうしたんだと思う？　誰が拉致したのかしら」

「正直言って、その件についてはまったく手がかりがない。君の方はどうなんだ」

「分からないわ。彼が八王子に現れたっていう情報も、今初めて知ったんだから。あなたの方が随分先を行ってたわけね」

「そういうわけでもない。俺たちは今朝まで、カズキの名前も知らなかったんだから」

「じゃあ、お互いにスタートラインから一歩も出てないってこと？」

「そういうことになるんじゃないかな」

深い溜息をつき、冴が頬杖をついた。しばらく顔の重みを拳に預けていたが、気を取り直したように姿勢を真っ直ぐに立て直す。

「八王子の方が手がかりがありそうね。向こうに親戚らしい人がいるのよ。知ってる？」

「そういう話は聞いてる」

「誰か、話を聞けそうな人を紹介してくれないかな」

「あまり乗れないな、そういう話には」

「相変わらずね」冴の口の端から苦笑がこぼれる。

「あの男、覚えてないか？　多摩署にいた時に会った山口。公安の……」

「ああ、あの感じの悪いオッサンでしょう？　食べ方が下品な奴。覚えてるわよ。あの人がどうしたの？」

「娘がいるんだ。警察官なんだけど」

「それ、もしかして山口美鈴のこと？」

「知ってるのか？」

「知ってるわよ」冴が身を乗り出した。「警視庁の女性陣は結束が固いから。彼女がどうしたの？」

「今、西八王子署の生活安全課にいる。つまり、少年犯罪の担当だ」

「この件にも絡んでるの？」

「それは彼女に直接聞いてくれないかな」

「ありがとう、と言うべきかしら」

「俺は何も教えてない。単なる世間話だよ」

「そう……あなた、少し変わった？」

「さあ、どうかな」

「昔の鳴沢なら、『ふざけるな』って言って席を立ってそれっきり……でも、彼女が西八王子署にいるのは私にとってはラッキーかもね。彼女、元気？」

「疲れ切ってる」

「仕事で？　家のことで？」

「両方じゃない」

「そうか……」足を組み、指を絡め合う。そこに顎を載せた。「苦労してるのよ、彼女」

「子どもはもう大きいんだよな。離婚したのか？」

「ああ、何も聞いてないんだ」

「この前初めて話をしたばかりだからね」

「死に別れたのよ。彼女、大学を出てすぐに結婚したの。ところが、子どもが生まれる少し前に、旦那さんが四国でバス事故に巻きこまれて亡くなった」

「それって、十二人が死んだあの事故か？」確か十年前。運転手の居眠り運転が原因だった。観光バスがカーブを曲がり切れずにガードレールを突き破り、崖を数十メートルも転落。四十人の乗客の中に、無傷の人間は一人もいなかった。

「そういうこと。社員旅行だったんだけど、小さな会社だったから、社長から役員から幹部が何人も亡くなって、それが原因で倒産しちゃったのよ。金銭的な保証もろくになかったから、彼女、自分で何とか生きていこうとしたのね。それで警察官になったのよ。しっかりした子よ」

「俺の相棒がちょっかいを出そうとしてる」

「あらあら」冴が口元に拳を押し当て、くすりと笑った。「まあ、恋愛は自由だからね。彼女もまだ若いし」

「他には？」

「今のところ、なし」空気を摑むように、顔の前で両手を握り合わせた。

「じゃあ、これでお開きだ」私は膝を叩いて立ち上がった。我ながらわざとらしい仕草だと思ったが、けじめをつけるためには何かきっかけが必要だった。冴は座ったまま、私を見上げている。

「食事は？」

「済ませた」

「お酒は……呑まないのよね、相変わらず」

「ああ」かすかに顔をしかめてやった。彼女は酒癖が悪い。酔うとしつこく絡むのだ。

「聞くだけ無駄か。今回の件では連絡を取り合いたいんだけど、どう？」

「俺に会わなくても、山口で用が足りるだろう」

「まあね」肩をすくめる。「でも、それでいいわけ？」

「何か問題があるかな？」

一瞬、私たちは沈黙を共有したが、それは心地好いものではなく、居心地の悪さが背筋を這い上がり、後頭部をくすぐるようだった。この事件が私たちの間にある細い溝を、濁流が渦巻く大河に変えるのではないか、という予感が渦巻く。

何か所かに電話をかけ、今日聴いた話を手帳にまとめているうちに、夜は更けた。部屋のエアコンは効きが悪く、体の芯に貼りついた寒さがなかなかとれない。ゆっくり風呂に浸かれればいいのだが、湯を一杯に満たしても膝が突き出てしまうような小さな湯船なので諦めた。ミネラルウォーターをちびちびと飲みながら、行方の見えない事件の今後について考える。

さっぱり分からない。カズキを取り巻く人間関係をもう少し掘り下げてみないと駄目だろう。そのためには、八王子にいるという親戚が手がかりになるはずだ。それが分かれば……不意に後悔の念が襲う。カズキの親戚について、冴ともう少し情報を交換しておくべきだったのではないか。彼女は純粋にカズキを捜しているだけだし、その点に関して利害関係は私と一致する。変に隠し事をするより、互いに情報を交換する方が効率的に進められるのは明らかである。それに私の方は、カズキを見つけても給料が上がるわけではないが、冴が捜し出せば探偵としての評判も良くなるだろう。それは悪いことではない。そう分かっていても言えなかったのは……私が彼女に、いや、探偵という職業に対してある種の胡散臭さを感じているからだ。探偵は、日本においては法的に裏づけのない商売である。適当に人捜しをした振りをして、適当に金を巻き上げる、詐欺のような仕事をしている人間も少なくないと聞く。彼女がそうしているわけではないという確信はあったが、だからといって探偵という商売の信頼性を見直すことはできない。

牙は信用できる。終生の友と呼ぶには相応しくないかもしれないが、心のどこかにつながりがあると信じていた。だが、法律の壁が私の前に立ちはだかる。あるいは常識。私立探偵ごときに大事な捜査情報を漏らすわけにはいかない。そんなことは刑事としての常識ではないか――そうやって自分を納得させようとしたが、「ごとき」などと考えてしまったことに嫌気が差す。

所詮人間が作ったものである法律、そして長年の習慣で練り上げられた常識。私はそういうものに囚われてしまい、人間の本質を見る前に判断してしまっているのか。

友を信じなくて誰を信じる。

クソ、シャワーだ。体は温まらなくてもいい。強い勢いでお湯を流せば、何となくもやもやしたこの気分は流れ落ちるかもしれない。服を脱ぎ捨てたところで、充電中の携帯が鳴り出した。コードをつないだまま取り上げ、充電器が落ちないように体を斜めに倒したまま椅子に腰かけた。

「了？」

「勇樹」彼の言葉は特効薬だ。ささくれた心に軟膏を塗り、鈍い痛みを即座に鎮静させる。「どうした」

「今、電話していい？　まだ仕事してるの？」

「大丈夫。群馬県にいるんだ」

「群馬って、東京の北の方？」

「そう」

「仕事だよね」

「もう終わってるよ。こっちは夜の十一時過ぎだ」

「そうか」安堵の溜息。十歳の少年にしては気を遣い過ぎる。それを言えば、初めて会った七歳の頃からそういう性癖は変わっていない。母親と二人で暮らすうちに、遠慮や気遣いを自然に身につけてしまったのだろう。子どもらしい、理不尽な我儘さを見たことはほとんどない。

「あのね、日本に行くんだ」

「本当に？　いつ？」

「五月か、六月ぐらいかな。『ファミリー・アフェア』を今度日本で放送するんだよ」

「ああ、そうだってな」

「それで、プロモーションだって」

プロモーションの意味を分かって言っているのか、と苦笑しかけたが、考えてみれば勇樹もショービジネスの世界に入って三年目になる。私よりもよほど業界の事情には詳しいはずだ。

ニューヨークの郊外に住むごく普通の家族の日常を描いた「ファミリー・アフェア」は、既に「怪物番組」の評価を得てシーズン4に突入し、依然として高視聴率を獲得している。勇樹の役どころは、日系アメリカ人の少年。様々な人種の家族が登場するのだが、はにかみやで将来のハンサムな横顔を容易に想像させる勇樹の存在は、ドラマの重要なアクセントになっている。勇樹がこの番組に出演するようになったのは偶然と縁の重なりによってなのだが、初めて足を踏み入れた世界に違和感なく馴染んでいるのは間違いない。私がアメリカにいた頃には、スタジオと学校の往復という暮らしに窮屈さを感じていたようだが、今では不平を漏らすこともなくなった。

「日程は決まったのか？」

「まだだけど、五月頃だって。あちこちに行くみたいだけど、会えるよね？」

「特別に休みを取るよ。何日ぐらいいるのかな」

「うーん。一週間か、十日ぐらい？」

「うちに泊まれるかもしれないな。野球でも観に行かないか？　東京ドームのチケットを取るよ」知り合った頃、彼を野球観戦に連れて行ったことがある。母親である優美とのデートのカモフラージュでもあったのだが。あの頃はまだ体も小さく、自分がプレーするよりも、大きな選手たちが打って投げて走ってというのを見るのが好きなだけだった。今は、キャッチボールをすると、こちらの手が痛くなるようなボールを投げる。

時は流れる。それも、大人よりも子どもの方が早く。

「でもね、やっぱり東京ドームよりヤンキースタジアムだよ」

「そうか」苦笑せざるを得なかった。今も普通に野球を観に行っているのだろうか？ニューヨーク市警での研修中、二人でヤンキースタジアムを訪れ、ファンに気づかれて大騒ぎになったことがある。今ではセキュリティーなしで街も歩けないのかもしれない。電話で話している時は私の知っている勇樹そのものなのだが、ふと距離を感じることがある。一介の刑事と、アメリカで栄光の将来を掴みかけている達者な子役。

「ママも一緒に来るのか」

「どうかな」ふいに勇樹の声が沈みこんだ。「忙しいからね」

「学校もあるしな」彼女は弁護士の資格を取るために大学に通っている。

「そうだね。うん……いろいろ」

「いろいろって何だよ」

「まあ、いろいろ。でも元気だから、心配しないで。それに、事務所の人とかテレビの人なんかも一杯来るから、ママがいなくても大丈夫だよ」

「そうか」話したくないのだ。どんな事情があるか分からないが、話したくないものの口を無理に割らせるべきではない。これは尋問ではないのだから。気分が水面下に沈んでしまったので、話題を変える。「そう言えば、映画の話はどうなった？」

「ああ、あったよね、そういう話」勇樹の声が軽くなる。にやりと皮肉な笑いを浮かべている様が目に浮かんだ。そういう表情は様になっているが、演技を続けているせいなのだろうか。そうでないとしたら、少し心配だ。十歳の子どもは、皮肉な表情など浮かべるべきではない。「何か、いい加減だから。話は一杯あるみたいだけど、本当に映画になる方が珍しいみたいだよ」

「そんなものか」

「そう。誰かが言ってたけど、とりあえず唾をつけるんだってさ」

「英語でそういう表現、あったかな」

「今、適当に日本語にしたんだ」

私たちは軽い笑いを交換し合った。いつの間にか、凍りついていた心の一部が溶け出しているのを感じる。もしかしたら、勇樹が「ファミリー・アフェア」で重宝されている理由はこれかもしれない。話しているだけで人の心を温めるような能力は、誰もが持つものではない。

「面白そうな企画もあるんだ。野球の話なんだけど」

「へえ」

「あのね、子どもが──僕なんだけど──急に体だけ大人になっちゃって、大リーグに入るって話なんだ。シカゴ・カブス。あそこって、百年ぐらいワールドシリーズで優勝してないんだよ」

「ちょっと待てよ。それじゃ、お前が出る場面なんかないじゃないか。カブスに入るのは大人なんだろう？」

「だから、最初と最後だけなのかな。あとは声の出演とかね。心の声みたいな。でも、面白いでしょう？　最後はカブスが優勝するんだよ」

「映画、出てみたいか？」

「そうだね。面白そうだよね」

欲が出てきたようだ。私がニューヨークにいた頃は、現場に馴染んではいても、心底楽しんでいるような様子ではなかったのに。演じることに興味が出てきたなら、それはそれでいい。ただ、まだ人生が始まったばかりのこの段階で将来の道が決まってしまうことについては、疑問を感じないでもなかった。もしかしたら勇樹は、野球選手として成功するかもしれない。怪我で大リーグへの道を閉ざされた、伯父の七海の夢を叶えられる可能性もあるわけだ。悪を追う連邦捜査官、巨額の金を動かすマーケットディーラー、何十年か先には、初のアジア系の大統領ということだってあり得る。もちろんこの世界は、勇樹に多額の金と名声をもたらすだろう。しかし、他の道を塞いでしまうことにもなりかねない。それでいいのか、と確かめてみたかった。しかし電話は、そういう難しい話をするのに相応しいコミュニケーションツールではない。いいだろう。五月にこっちに来るなら、その時にゆっくり話してみるのもいい。その場に優美がいなくても――それを考えると気が塞ぐ。忙しいのは分かるが、祖母の住む日本に来るチャンスなのだ。何故いそいそと準備をしないのだろう。もしかしたら、私を避けているのか。

落ちこみを救ってくれたのは、またも勇樹の声だった。

「今、大変な事件なの？」

「いや、そういうわけじゃない――大変な事件にならないように祈るよ」

「どうして」

「子どもが絡んでるから。ちょうどお前ぐらいの年の男の子なんだ」

「そうなんだ」勇樹の声が沈みこむ。自分でも犯罪に巻きこまれたことがあるから、思うところがあるのだろう。治り切っていないかさぶたを突いてしまったことに気づき、慌てて言い添える。

「でも、大丈夫だ。俺が一生懸命やって、ちゃんと解決するから」

「そうだよね。了がいれば大丈夫だよね」

「任せておけ」

「じゃあ、五月に会えるといいね」

「家を大掃除して待ってるよ」

「了の家、いつも綺麗じゃない」

「勇樹が来るなら特別に綺麗にするよ」

軽やかな笑い声を残して勇樹が電話を切った。体が楽になっているのに気づく。勇樹と、そして優美と暮らしたいとつくづく思った。壁は低くない。勇樹は、今の人気が続く限りアメリカを離れるわけにはいかないだろうし、優美もアメリカで弁護士の仕事をすることを当面の目標にしている。かといって、私が警視庁を辞めて日本を離れるのも非現実的だ。七海や、研修時代のニューヨーク市警の刑事たちは「こっちで刑事になればいい」と言ってくれたが、簡単に叶うことではないだろう。だいたい私は、身勝手な暴走を繰り返して研修を途中で打ち切られている。前代未聞のことらしいし、そういう評点はいつまで経っても消えないはずだ。ジョン・F・ケネディ空港で、自分が入国を拒否される場面まで頭に浮かぶ。

しかし、そういうことは二次的な問題に過ぎない。本当に重要なのは、私の、そして優美の感情だ。彼女のモラトリアムを黙って見守るべきだという気持ちもある。その一方で、山積する問題を全て無視して、彼女にプロポーズすべきだという考えを消すこともできなかった。動き出せば何かが変わる。その可能性もあるのに一歩が踏み出せない。世間では、こういう人間を愚図という。

ベッドに足をかけ、床に直（じか）に手をついて腕立て伏せを始めた。腹筋を意識し、体を真っ直ぐに保つように努める。正しい姿勢での腕立て伏せは、大胸筋、広背筋、腹筋全ての負荷を要求する。時間や場所がなくてどうしてもトレーニングできない時は腕立て伏せをしていればいいのだ。スピードを殺し、深く曲げて負荷を大きくし、声に出して数えながら回数を重ねる。十回……二十回……三十回を過ぎる頃、額に汗が噴き出し、腕が笑い始めた。五十回で胸が熱くなり、腹筋がひくひくし始める。七十回を過ぎる頃、全身が痙攣しそうな痛みに襲われた。そこで腕を伸ばした姿勢のまま一度休憩し——そうすると腹筋に負荷がかかる——何とか百回までこなす。倒れこむようにカーペットの上に仰向けになり、黴（かび）臭い臭いを嗅ぎながら天井を見上げた。俺は何をやってるんだ、という疑問が生まれては消える。その中でたった一つはっきりしているのは、カズキを捜し出さねばならない、ということだった。

4

シャワーを止めた瞬間、携帯電話が鳴り出した。気づいてから三回目の呼び出し音が鳴り止む前に、濡れた体のままバスルームを飛び出して電話をひっ掴む。

「もしもし?」島袋だった。時計を見るとまだ七時を回ったところである。

「お早うございます。昨夜はいろいろありがとうございました」

「ちょっと早かったですか」

「大丈夫ですよ」

「八王子にいるカズキの親戚の名前が分かりました」

「ありがとうございます」ペンを構える。濡れた髪から落ちた水滴が、ホテル備えつけのメモ用紙に丸く染みをつけた。

「申し訳ないけど、子どもが言うことですからね……住所や電話番号までは分からないんですよ。名前だけで」

「本当に八王子に住んでるなら、名前だけでも何とかなりますよ。これは大きな手がかりになります」言われた名前を書き取り、メモ用紙を破って自分の手帳に挟む。

「ただねえ」はっきり物を言う人間だと思っていた島袋が、今は明らかに何かを躊躇っている。

「何か問題でも？」

「カズキが本当にそこに行ったかどうかは分かりませんよ」

「どういうことですか」

「カズキがその家を何度も訪ねたとは思えないんです。親戚と言っても遠い親戚らしいし、親しいつき合いをしていた様子でもないんですよね。まあ、これもミナコが言ってることだから、どこまで信用できるか分かりませんけどね」

「それでも手がかりにはなります。お手数をおかけしました」

「カズキ、大丈夫ですかね……元気な子だから何とかやってるとは思うけど」

「そちらの教室ではどんな様子だったんですか」

「やんちゃな子でね」ずっと緊迫していた島袋の声が綻んだ。「時々手がつけられなくなるけど、勉強はちゃんとやってますよ。そう考えると結構忙しくしてたな。地元の学校へもちゃんと通って、サッカーのクラブもやって、ここではポルトガル語やブラジルの歴史を勉強してるんだから。すんなり学校に溶けこめたのは、やっぱりサッカーのおかげでしょうね。ブラジル生まれだからってこともあるだろうけど、なかなかのものでしたよ。そういうところから、子どもたちの関係は自然に上手くいくようになるんでしょうね」

　ふと思いついて質問を重ねた。

「カズキ君が学校で仲良くしていた友だちの名前は分かりますか？　日系の子じゃなくて、日本人ですけど」

「それは、分からないでもないけど……」島袋が言い渋った。

「教えて下さい。誰かが何か知っているかもしれない」

「どうしてそう思いますか？」

「何か問題があった時、子どもは親がいなければ先生か友だちに相談するでしょう。でも、ブラジル人の友だちに相談していれば、あなたの耳にも入ってきてもおかしくないでしょう。それがないというのは、日本人の友だちに相談していたからかもしれない」

「そうですか」声を潜めたまま、島袋が打ち明けた。「例の轢き逃げ事件ですけど」

「ええ」

「亡くなった子は、カズキと非常に仲が良かったんです」

「そうらしいですね」

「十歳ぐらいの子どもに対してこの言葉を使うのが適切かどうかは分かりませんが、親友でした。親同士も友だちだったんですよ。マサさんが、カズキの親友を轢き殺したということでしょう？　分かりますね？」私の同意をしつこく求める言い方が気になった。

「何か気にかかることでもあるんですか」

「いや、それは……とにかく、微妙な緊張感はまだ消えていないんですよ」誤魔化されたような気がしたが、これ以上突っこむと彼の口を閉ざすことになるかもしれない。

「それでカズキ君が仲間はずれにされたり、苛められたりということはなかったんですか」

「そういうことはなかったと思います。ただ、あの事故があってから、カズキは人が変わったように落ちこんでましたし、学校にも行ってませんからね。自分の父親が親友を轢き殺してしまったんだから、ショックを受けて当然でしょう」

「被害者の父親はどうしてるんでしょう。子どもを轢き殺されて、相当怒ってるんでしょうね」

「そこも複雑なところでね。自分が貸した車で事故が起きたわけでしょう？　半分ぐらいは自分の責任だと気に病んでるそうなんですよね。仕事もずっと休んで、親戚のところに身を寄せてると聞いてますよ」

「勤務先はイシグロさんと同じ工場でしたよね」

「ええ。だからこそ、彼も辛いでしょうね。あなたの場合、轢き逃げ事件を調べてるわけじゃないから、彼と会うことはないかもしれないけど」

「それは分かりません」

「どうしてですか」

「どこで何がつながっているか、分からないから」

そう言いながら、私自身、もつれた糸の先がまったく見えてこない。

「今日はずっとこっちにいるんですか」

「ええ。学校を訪ねてみるつもりです。担任の先生にも話を聞きたいですからね」

「あなたにこんなことを言う必要はないかもしれないけど、十分丁寧にお願いします」

「いつもそうしてますよ」少しだけむっとして言い返した。

「いや、あなたが考えている以上にデリケートな問題もあるんです。波風が立たないでいるところに爆弾を落としたら、大変なことになりますからね」

「この仕事は、時には爆弾を落とさなくちゃいけないこともあるんです。真相が硬い表面の下に隠れていることも多いですから」

始業時刻に合わせて学校を訪ねることにした。少しだが時間に余裕がある。もう一泊するかもしれないとフロントに予告しておいてから藤田に電話を入れ、八王子にいるカズキの親戚の名前を教えた。それから、ビュッフェ形式の朝食を取るため、一階にあるカフェテリアに入る。昨夜のフェイジョアーダがまだ胃に残っているような感じがしたが、食べられる時に食べておくのは鉄則だ。薄いトースト二枚、乾き始めているスクランブルエッグと向こうを透かして見通せそうなハム、サラダを皿に盛り上げ、後からコーヒーとミルクも席に運んだ。大急ぎで食べていると、ふと目の前に影が射す。顔を上げると、冴がプラスティックの盆を持って立っていた。薄い笑みを浮かべたまま「おはよう」と声をかけて私の前に座る。

「もう出かけるのか？」

「そう、これを食べ終わったら」

彼女の皿は大盛りだった。それを、下品な様子もなく勢い良く食べ始める。

「相変わらずよく食べるな」

「ありがたいことに、太らない体質だから。腹筋も割れてるわよ。見る？」

「遠慮しておく」

冴が鼻で笑い、料理に戻った。卵を食べ終えたところで顔を上げ「何か分かった？」と訊ねる。

「俺を情報源にしないでくれ」

「美鈴に聞けばいいってことね」

黙ってうなずく。八王子の親戚が分かったことは、美鈴にもまだ話していないのだが。

先に食べ終えた私は、そそくさとコーヒーを飲んだ。

「随分急いでるのね」冴の目に、この状況を面白がるような色が浮かぶ。

「いろいろやることがある」

「そう。何か分かったら連絡するわ」

「俺に、じゃなくていい」

「あなたに。鳴沢に」

一瞬私たちの視線が絡み合った。彼女の真意が読めない。仕事のことなのか、あるいは——首を振りながら、カフェテリアを後にする。冴の視線がずっと背中を突き刺しているような気がしてならなかった。

「カズキ君ですか」春江(はるえ)と名乗った担任が顔をしかめる。顎の下の髭の剃り残しが気になった。上は濃紺のジャージ、下は薄いグレーのスラックスという格好で、校長室の横にある会議室に姿を見せた瞬間、腕時計を気にし始める。立ったまま座ろうとしない。

足元はいかにも軽そうなマラソンシューズだった。学校の先生というのはよくこういうちぐはぐな格好をしているが、その理由は私には分からない。

「時間がないんですね」

「ええ、すぐ一時間目が始まりますんで」

「お座り下さい。すぐに済ませます」

ようやく腰を下ろす。私たちの間に横たわる会議室のテーブルは広過ぎ、声を張り上げないと会話が成立しそうもなかった。

「私はイシグロカズキ君を捜しています」

「はい」

「彼と親しかった子どもさんに話を聞きたいんです」

「うちの児童にですか？　いや、それはちょっと……」

「迷惑はかけません。最大限気をつけてやります。何だったら、そういうことの専門家を連れてきてもいい。私が話をすると怖がるかもしれませんからね」

「専門家って、どういう人ですか」

「少年事件を専門に扱っている刑事がいます。女性です」

「ええ、それはまあ……」春江が禁煙用のパイプを取り出し、口の端に銜える。神経質そうにぴくぴくと動かしながら、腕時計にちらりと視線を落とした。

「お吸いになっても結構ですよ」

「校内は全面禁煙なんです。今必死に禁煙しようとしてましてね」

「私の同僚も禁煙にチャレンジ中ですよ。毎晩『明日から禁煙する』と言って、次の日の朝には『やめた』って叫んでますけどね」

「そういうもんです」春江が唇の端から小さな笑みを漏らした。「本当にやめるなら、医者に相談すべきなんでしょうけど、まあゲームみたいなものですから」

私たちの間に流れる緊張感が、少しだけ緩んだ。その隙を突く。

「どうですか。外には情報が漏れないように気をつけますし、子どもさんには十分気を遣います。そういう条件で協力していただくことはできませんか」

「弱ったな……」春江がパイプを唇の端でぶらぶらさせながら天井を見上げる。ゆっくりと首を下げると、目を細めたまま私に助けを求めてきた。「今は個人情報の問題とか、世間もいろいろ煩(うるさ)いですからね。確かにカズキが行方不明になってるのは心配ですけど、できれば子どもたちは巻きこまないで何とかしてもらえませんか」

「最大限配慮します。ここで私たちが愚図愚図言ってるうちに、手遅れになる可能性もあるんですよ」

「手遅れって……」春江の喉が大きく上下する。私は両手を組み、二人の間を隔てる空間を何とか狭めようと身を乗り出した。

「何か事件があってからでは遅いんです。いなくなった前後の状況、学校の外の人と接触していなかったどうか、そういうことを知りたいんですよ。子どもたちの方がよく知ってると思います。どうでしょう」

「じゃあ、こうしましょう」妥協点を見つけ出したのか、春江の声の緊張はやや緩んでいた。「校長と話して下さい。校長がイエスと言えば、私も協力します。だいたいこういうことは、私が一人でオーケーを出しても駄目ですからね」

「分かりました」

「校長と話をしたら、もう一度私に言って下さい」壁の時計に目をやる。つられて自分の腕時計で時間を確認する。

「どんな子なんですか、カズキ君は」

「元気な子ですよ。サッカーが上手くてね。この学校のクラブでは大活躍してました。体は大きくないのに、上級生に交じっても負けませんからね」

「日本語は喋れたんですよね」

「ぺらぺらってわけじゃないですけどね。一年生の時に来日したんですけど、その時は全然喋れなかった。それで学校から遠ざかっちゃう子もいるんですけど、彼はなかなか頑張り屋さんでしてね。今は普通の会話なら全然問題ないし、授業も遅れてません」

「そうですか」

「ああ、じゃあ私はこの辺で。もう時間なんです。校長には……」

「ご紹介いただくには及びません。一度お会いしてますから。直接話をします」

「そうですか。ではまた後ほど」慌てて立ち上がったが、言い残した台詞を私に与えるだけの余裕はあった。「私だって心配なんです。自分が担任してる子ですからね。それだけは分かって下さい」

「もちろんです」

春江の背中を見送ってから、会議室に続く校長室のドアをノックした。はい、という返事を待ってドアを開ける。校長の石垣光江(いしがきみつえ)は、一度追い払ったはずの刑事がまた顔を出したので、露骨に嫌そうな表情を浮かべた。眼鏡を外し、立ち上がる。淡いグレーのパンツスーツは明らかにサイズが小さく、ポケットが浮いていた。

「ご相談があります」

「春江先生では役に立ちませんでしたか?」

「校長先生に直接お願いした方がいいと思いまして」

「そうですか、まあ、どうぞ」校長室の片隅にある応接セットを指差す。彼女が座るのを待って私も腰を下ろした。

「先ほど申し上げたイシグロカズキ君のことなんですが」

「ええ」

「学校としては何もしていないんですか」

「何がおっしゃりたいのかしら」細い目を糸のようにし、睨みつけてくる。

「子どもさんが行方不明になってるんですよ。警察に相談するなりしたんですか」

「それは家族がやることでしょう」

「家族はいないんですよ、彼には。妹が一人。それも知り合いが預かってる状況です。ある程度は、学校が面倒を見るべきじゃないんですか」

「そういうことを警察の人に言われる筋合いはありません。そうじゃありませんか」神経質そうに口元を引き締める。

「私たちはもう、動いているんです。何としてもカズキ君を捜し出したい」

「ええ、それは警察のお仕事ですからね。一生懸命やっていただかないと」皮肉を含ませて言った。

「言われるまでもありません。それで、カズキ君と親しかった子どもさんを紹介して欲しいんです。いなくなった前後の事情を聴きたい。どうでしょう？」

「そういうことは、あまり」案の定渋り始めた。

「個人情報を心配されてるわけですね」

「もちろんです。いろいろ神経質になってる親御さんもいらっしゃいますから」

「カズキ君は一人きりでどこかにいるんですよ。犯罪に巻きこまれている可能性もある。そうなってから慌てても遅いんです。何も起こらないうちに手を打っておくべきですよ。我々を悪者にすればいいじゃないですか。警察に無理矢理言わされたってことでどうですか」

「だけど、それでは……」

「一人の少年が危ない目に遭っているかもしれない。それを見過ごすわけにはいかないんです」

「しかし、いろいろとですね……」

「分かります。もしも必要なら、教育委員会でもＰＴＡでも、どこにでも相談して下さい。このまま待ちます」

沈黙が流れた。どこかのクラスが音楽の時間なのか、童謡がかすかに流れてくる。校長がようやく口を開いた。

「仕方ないですね。どうしたいんですか」

「カズキ君と親しかった子どもさんに話を聴かせて下さい。授業の邪魔にならないように、終わった頃にお伺いしますから」

「春江先生に準備してもらいます」

「ありがとうございます」頭を下げ、再び彼女の顔が目に入った時に私が見たのは、苦笑だった。押し切られた悔しさ、これからのトラブルを心配する懸念、そういうものが入り混じっている。こういう表情に幾度対面したことだろう。「何時にお伺いすればいいですか？」

「二時においで下さい」

「ちゃんと専門家を連れてきます。子どもさんが怖がらないように」

「その方がいいですね」皮肉のつもりか、彼女が私に同調した。それを無視してもう一度頭を下げ、校長室を辞去する。

　駐車場の隅に停めたレガシィに向かって歩き出す。明るいところで見ると、窓の罅割れは嫌でも目だった。仲村がいいと言っているのだからいいのだろう、そう自分に言い聞かせてみても、どうにも釈然としない。空は高く蒼く、それだけに寒々とした空気が身に沁みた。常に漂う埃っぽい風はここでも吹きすさんでおり、校庭の土埃が混じっているだけ、さらにざらざらした感じがする。何日も雨は降っていないはずで、土色を通り越して灰色になった校庭はいかにも硬そうだった。携帯電話を取り出し、藤田ではなく美鈴に電話をかける。

「今、大丈夫かな」

「ええ。署にいます」

「藤田は？」

「カズキ君の親戚を当たっています」

「昨日、あいつに言い寄られたんだって？」

「やだな」美鈴が笑いを爆発させる。屈託ない笑い声を聞くのは初めてだった。「そんなんじゃありませんよ。食事をしようっていう話になっただけで」

「子どもさんが熱を出したっていうのは、もしかしたら言い訳じゃないのか？」

「違いますよ。それは本当です」大慌ての口調が、彼女の嘘を証明していた。

「嫌ならちゃんと言えばいいじゃないか。別に悪いことじゃないよ」

「鳴沢さん、そういう話をするために電話してきたんですか」

釘を刺され、即座に「すまん」と詫びを入れた。気を取り直し、本題に入る。

「助けが欲しい。君も小曽根に来てくれないか」

「何事ですか」子どもたちに事情聴取したいのだ、ということを話したが、彼女は乗ってこなかった。「それぐらい、鳴沢さんでもできるでしょう」

「俺は子どもに怖がられるし、こっちで他にすることもある」

「でも、この件で何人も投入するのは、上がいい顔をしないでしょうね」

「上は関係ないさ。やるべきことはやらなくちゃいけない」

「カズキ君に関して、何か情報はないんですか？　そっちでどんな風にしていたか……」

「苛めに関しては、はっきりしないな。子どもたちに直接聞いたわけじゃないから、あったともなかったとも言えない。預かっていた人はきちんと面倒をみていたようだけど」

「小曽根署は、カズキ君の件はどう見てるんですか」

「黙殺、だな」言った瞬間、棘のような痛みが胸に芽生えた。それが今後怒りに成長することは、経験から分かっている。「地元の日本人に迷惑をかけない限りは、勝手にしてくれって感じなんだ。カズキがいなくなったことも無視しているし、逆に日系コミュニティーの方でも警察には相談してない」

「それで私立探偵なんか頼んでるんですね」

「そういうことだ」

「冴さんから電話がありましたよ」

昨夜のうちに電話をしたのか、今朝一番か。いずれにせよ、エンジンがかかり始めた冴を止めるのは不可能だ。肩に手をかけても、そのまま引きずられるのがオチである。

「そうか」

「私に聴かれても困るんですけどね」

「知り合いじゃないのか」

「一緒に仕事をしたことがあるわけじゃありませんから。もちろん知ってますけどね。あれだけ綺麗な人だし、仕事でも……」口を閉ざす。次に飛び出した言葉は「すいません」だった。

「どうして」

「だって、鳴沢さん……」

「昔の話だよ。それより、彼女には何か話したのか」警察社会は噂の上に成り立っている。数年前、彼女と組んでいた時期のことを積極的に誰かに話したことはないが、基本的に隠し通すことは不可能だ。

「大したことは話してません」

「今度連絡があったら、話せる範囲で教えてやってくれないかな」

「どうしてですか」

「今のところ、カズキは事件に巻きこまれたと決まったわけじゃない。ただの家出みたいなものだし、それだったら小野寺の守備範囲じゃないか。彼女の方が上手く捜すかもしれないよ」

「いいんですか？」

「誰が見つけてもいいじゃないか。カズキが無事でいることが一番なんだから」

「分かりました」あまり納得していないような口調だった。「小曽根に行くことは、上と相談させて下さい」

「相談じゃなくて、報告で押し切るんだ。一時半までにはこっちにきて欲しい。事情聴取をする前に、少し打ち合わせをしたいから。八高線は結構時間がかかるぞ」

「分かりました」

「出張の許可が出たら電話してくれ」

「出なかったら？」

「出なくても電話して欲しい。その時は俺が何とかする」

「また地震を起こすつもりですか」

「まさか」

遠ざかる美鈴の笑い声を無視して電話を切ると、その途端に鳴り出した。仲村の携帯の番号が表示されている。運転席に滑りこみながら電話に出た。

「ああ、鳴沢さん。今ちょっといいですか」心なしか声が弾んでいる。

「ええ」

「イシグロが拘束されましたよ」

「どこで?」急な展開に、かすかな戸惑いを感じた。

「もちろんブラジルで、です。県警本部に連絡が入ってきました」

「そうですか」それがカズキの問題にどう影響するか、素早く考えた。すぐに、直接の影響はないだろうという結論に達する。

「やっぱり、嫁さんがいる街に行ってたみたいですね。そこに現れたところを拘束されたんです。まあ、日本とは法律が違うからどうなるか分からないけど、これでちゃんと裁判にかけられて、処罰されるでしょう。どこにいても悪いことはできないんですよ」まるで代理処罰の制度を考えたのが自分だと言わんばかりの、自信満々の口調だった。

「イシグロは何と言ってるんですか」

「そこまではまだ分かりません。第一報が入ってきただけですから」仲村の口調に疑念が滲む。「それが何か問題でも？」

「いや、何でもない」

「気になるなあ。何か言いたいことがあるなら言って下さいよ」

「何でもありませんよ」

「そうですか？　で、そっちの方はどうなんですか」

「カズキは八王子にいる親戚を頼って行った可能性がありますね」

「何だ、じゃあ簡単な話じゃないですか」

「そう簡単にいけばいいんだけど」

「違うんですか」

「本人の行方が分かるまでは、何とも言えないんじゃないかな」キーに手を伸ばす。エンジンをかけると、温風が直接顔に当たった。それを浴びながら続ける。「ちょっと待って……キャッチフォンです」

「どうぞ。待ってますよ」

切り替えると、甲高い通りの良い声が耳に飛びこんできた。

「鳴沢さんですか？　弁護士の宇田川と申します。朝早くから申し訳ありません」

「ああ、申し訳ない。今電話中なんですよ。これ、キャッチフォンなんです」

「お時間は取らせませんが――」

「悪いけど、今は大事な仕事の話し中なんです。こっちからかけ直してもいいですか」

「いや、本当にすぐ済むんですが」

「かけ直します。番号は分かってますから。失礼」電話を切り、仲村との会話に戻る。

「とにかくこっちは、もう少しカズキの行方を捜してみます。イシグロの件で何か分かったら、また教えてもらえますか」

「構いませんけど、それは鳴沢さんの事件じゃないでしょう」

「気になるだけですよ。それより、俺が知るとまずいことでもあるんですか」

「そんなことはないですけど」口調の端々に不満を滲ませながらも仲村が言った。

「それと、午後には応援が来ますから」

「ええ?」仲村が声を張り上げる。「大袈裟にしないで下さいよ」

「大袈裟じゃなくて、やる必要があるからやるだけだ。また連絡します」

まだ何か言いたそうな仲村を無視して電話を切り、車を出す。後は八王子の親戚か……もしかしたらヒントを摑めるかもしれない。何でも知っている人間というのはいるものだから。しかも教え魔。問題は、まだ向こうが私に好意を持ってくれているかどうかということだ。

宇田川に電話をかけ直さなければいけないということを、その時点ではすっかり忘れていた。

「ああ、鳴沢さん」城所智彦が、警戒感を露にしながら言った。私の名前が災厄を呼ぶきっかけになるとは思っていないだろうが、黒猫が目の前を過ぎるぐらいの不吉な予感は感じているかもしれない。

「ご無沙汰してます」

「そうですね。何か月ぶりになりますか」

「ほぼ半年ぶりです」

「そうですか、そんなになりますか。あなたとは、つい最近会ったばかりのような感じがするんですがね」それはたぶん、私たちが濃い時間を共有したからだ。ニューヨークの研修から戻って西八王子署に配属された直後に知り合った城所は、私にとって八王子の街を知るための格好の教師であり、事件の情報源でもあった。長年市役所に勤め、定年で辞めてからは地元の歴史好きのグループである「多摩歴史研究会」の幹事を務めている。地元の事情に通じていて、当時私が係わった、ある代議士を巡る事件では様々な情報を提供してくれた。それが行き過ぎて、彼に不快な気分を与えてしまったのも事実だが。短い期間に何度も会ったのだが、その後は自然に距離を置くようになっている。

「最近も散歩してるんですか」長い散歩が彼の日課だ。初めて会ったのも、その途中である。

「いや、一月前に足を怪我しましてね」

「それはまた、どうして」

「転んだんですよ」

「それはいけないな」

「捻挫（ねんざ）なんですが、意外に長引いてましてね。骨折よりも捻挫の方が厄介だそうですね。とにかく、年を取るのは嫌だな」

「そんなことを言うお年じゃないでしょう」

「お世辞は結構ですよ。実際、怪我の治りが悪くなると、年を取ったことを実感しますね。それより、どうしました」

「少し知恵を貸して欲しいんです」

「そう、ですか」それまで軽い調子で話していたのが、すっと引いてしまった。

「難しい話ではないんです。城所さんなら、もしかしたら知っているかもしれないと思って」

「私はそんなに物知りじゃないですよ」

「そんなことはないでしょう」

「まあ、いいです」溜息が電話から伝わる。気取られないようにしたつもりなのだろうが、私はそれをはっきりと聞いた。「で、何なんですか」

「八王子に、ブラジル人の親戚がいる人がいませんか」

「何ですって？　随分おおまかな話ですね」

「日系ブラジル人の親戚がいる人です。名前は安部正利さん。住所は分からないんですが……」

「ちょっと待って」城所が沈黙の向こうに消えた。「安部さん、ね」

「ご存じですか？」

「いや、うーん、待って下さいよ。安部さん……安部さんって、『阿る』の方の阿部じゃなくて『安い』安部さんですか？」

「そうです」

「ああ、思い出してきましたよ」城所の声が弾んだ。

「ブラジルに移民した人なんですか」

「そうそう、そうです。移民したんだけど、何年かして日本に戻って来た人がいる……

そうか、市役所にいた頃だ。市民課で働いてた頃、そういう話を聞いたことがあります」

「実際、そういう人の転入の手続きをしたとか？」

「いやいや、違います。自分でやった仕事なら絶対に覚えてますからね」城所の記憶力は驚異的だ。決してすらすら出てくるわけではないが、引っ張り出してきた古い情報が間違っていたことは一度もない。

「かなり古い話のようですね」

「ええ。戦前にブラジルに移民した人が、戦後、出身地の八王子に戻って来たという話じゃなかったかな。そうそう、その人は、本家筋の血筋が途絶えてしまうので、頼まれて仕方なく戻って来たんですよ。移民も、必ずしも上手くいくとは限らないでしょう。それで、向こうで挫折した人たちが、日本の実家にも戻れず、その人――安部さんを頼って八王子に来るようになった、と聞いてますよ」

「八王子に、日系ブラジル人のコミュニティーのようなものがあったんですか」

「そういうわけじゃない……そう、一種の下宿みたいなものじゃないかな。何しろ家が広いから、何人でも面倒をみられたという話です。就職が決まって生活が安定するまで、そこで暮らしてたんですよ。安部さんの実家は、元々八王子でも有名な土地持ちなんです。で、ニュータウン建設の時に土地を切り売りして、相当の資産を手に入れたらしい。今でもその辺に住んでるんじゃないかな」

「ああ、土地長者ですね」私の大家と同じだ。多摩ニュータウンは社会の教科書に載るぐらいの——今の教科書では都市計画の失敗例とされているかもしれない——大規模開発だったので、何の役にも立たない土地を持て余していた田舎の地主たちが、瞬く間に大金を手にしている。

「そういうことです。ああ、段々思い出してきましたよ。そういうことが昭和四十年代から五十年代にかけてしばらく続いたんじゃないかな。さすがに今は、下宿人はいないでしょうけどね。確か、本人ももうかなりの年寄りのはずですよ。そう、七十歳は超えてるんじゃないかな。八十歳近いか」

「本人がブラジルに移民したのは子どもの頃なんでしょうね」

「そういうことになりますね。私の記憶が確かならば」

「どこかのルートで紹介してもらうわけにはいきませんか」

「うーん。いや、ちょっと私にはつながりがないですからね。コネをたぐってみてもいいけど、それなりに時間がかかると思いますよ。直接訪ねてみたらどうですか？　警察なんだから、仕事でって言えば協力してくれるでしょう」

「誰でも城所さんみたいに協力的なわけじゃありませんよ」

「まあねえ」

「分かりました。助かります」

「いやいや、あまりお役にたてなくて」

「怪我、気をつけて下さいね。近いうちにお見舞いに行きます」

「そんな大袈裟な」城所が苦笑した。「別に入院してるわけじゃないし、それじゃ本当に大怪我みたいじゃないですか。大丈夫ですよ。ご心配なく」

「いずれにせよ、お伺いします。久しぶりにゆっくり話がしたくなりました」

「そうね。できたら仕事じゃない話の方がいいけど。あなたと話すのは楽しいですけど、仕事のことになると目の色が変わるから。ああいうことがもっとさり気なくできるようになったら、あなたも一皮むけるでしょうね」

「今さらそれは無理じゃないでしょうか」

「もっと柔軟におやりなさいよ」城所が柔らかい声で厳しい忠告を発した。「どんな仕事でも、常に正しいやり方なんてないんですから。その時々でいろいろ変えてみる必要もあるでしょう。それに、変えること——変わることはそんなに難しくないですよ」

「ご忠告、ありがとうございます」

「竹になんなさいよ」

「竹、ですか」

「硬いだけじゃ駄目なんだな。どんなに硬くて大きな木でも、台風が来ると折れる。でも竹は、しなやかに曲がって、結局最後は真っ直ぐに戻るじゃないですか。経過はどうでもいいんです。最後の立ち姿が問題なんですよ」

　年長者の言葉はいつでもためになる。少なくとも今の私は、そういう言葉を馬鹿らしいと排除してしまうほど傲慢(ごうまん)ではない。

　電話を切ってすぐに、藤田に電話を入れた。

「安部の住所は割り出したぞ。ニュータウンの方だ」彼の方から切り出してきた。

「ああ、こっちでも今分かったところだ。だけど、カズキの親戚筋というわけじゃないかもしれない」

「どういうことだ」

　城所からの情報を伝える。藤田は無言で耳を傾けていたが、私が話し終えるとすかさず釘を刺した。

「それは、信頼していい情報なんだろうな」

「情報源としては最高の人間だ」

「分かった。あんたがそう言うなら間違いないだろう。それを頭に入れて話を聞くことにするよ」

「そうしてくれ。かなりの年寄りらしいんだが……」

「年寄りの相手は苦手じゃないよ。で？　そっちはどうなってる」

「カズキが行方不明になった前後の状況を、学校の同級生たちから聞くことにした。山口が手伝ってくれる」

「美鈴ちゃんが？」藤田が頭から抜けるような声を出した。「ちょっと待てよ。彼女、小曽根に行くのか」

「そのつもりで調整してもらってる」

「じゃあ、俺も行く」

「ガキみたいなこと、言うなよ」思わず笑ってしまった。「そっちにキャッチャーがいなけりゃ、こっちはマウンドに立てない」

「自分はピッチャーのつもりかよ。まったく……おい、彼女に手を出すなよ」

「心配するなって」とうとう噴き出す羽目になった。「そんな暇はないから」

電話を切って、小学校の駐車場から車を出した。しばらく走って事故現場に近づくと、一台の車が大きく右側に膨らんで中央車線をはみ出し、私を追い越していく。随分危ない運転だ。そのまま道路の左側にある家の前に停まる。文句を言ってやろうかと思いながら今度はこちらが追い越したが、下りてきた男の様子が気になった。がっくりと肩を落とし、足を引きずるようにして家に近づいて行く。

その男に付き添っていたのは仲村だった。

5

三十代後半から四十代前半。年齢を見積もるのに十歳の幅を取らざるを得なかったのは、彼の全身を覆っているのが加齢による外見の変化なのか疲労感なのか、にわかには判断できなかったからだ。元々背は高いようだが、上から押し潰されたように猫背になっているために、やけに小柄に見える。きつい北風が、半ば白くなった髪を吹き飛ばさんばかりの勢いで吹きつけ、目を開けているのも辛そうだった。風にはためくコートが、ぼろ布のように体にまとわりつく。受難、という言葉が頭に浮かんだ。

仲村が私に気づく。小さくうなずいて手招きしたので、その場にレガシィを残したまま、小走りで彼の元へ駆け寄った。

「こちら、藍田尚幸(あいだなおゆき)さんです。亡くなった俊(しゅん)君のお父さん」

仲村が紹介してくれたので私も名乗ったが、藍田はぼんやりとした視線を向けてくるだけだった。まるで私が幻であるかのように。仲村が私の顔をじっと見て、どうする、と無言で問いかけた。

「私もお話を伺っていいでしょうか」

許可を求めたが、藍田は無言だった。魂を抜き取られ、肉体だけが車で送り届けられてきた様子である。仲村が私に近づき、腕を取って藍田から引き離す。放っておくと北風に倒されてしまいそうだったが、彼の近くにいてはできない話のようだった。

「藍田さんはね、事故以来ずっと親戚のところに身を寄せてたんですよ。辛かったんでしょうね。何しろたった一人のお子さんだったんだから」

「それが戻って来たのは――」

「イシグロの身柄が拘束されたからです。私が連絡して、署に来てもらいました。これでやっと、元の生活が戻ってくるでしょうね」

「辛かったでしょうね」

「そりゃあ、そうですよ」憤然と仲村が言い放った。「大事に育てた子どもがあんな目に遭って、まともな精神状態でいられるわけがないでしょう。それに、車を貸したのは自分なんだから、責任の一端があると考えてもおかしくないでしょう。実際、それをずっと悔やんでる」

「そうですか」

「藍田さんには、イシグロの身柄が拘束されたことに関して、私が詳しい事情を報告しました。それでここまで送ってきただけですからね。あなたが家に上がりこむのは構いませんけど、余計なことは言わないで下さいよ」

「被害者を傷つけるようなことはしませんよ」両の掌を彼の方に向けて、顔の横に手を上げる。

「そうですか？」疑わしそうに言って、仲村が足元に視線を落とす。意を決したように顔を上げると私を睨みつけ、「とにかく、大人しくしていて下さいよ」と再度忠告を飛ばした。

藍田はほとんど何もできず、仲村が鍵を借りてドアを開けてやらざるを得なかった。玄関に入ると、外よりもさらに冷たく重い空気が襲いかかる。この家は、時の流れを封じこめた冷蔵庫だ。仲村が藍田の背中にずっと手を当てたまま、勝手知ったる様子で居間に連れて行く。まだ新築の香りが残る一戸建てで、ソファの上にはサッカーボールと子ども用の小さなユニフォームが無造作に置かれていた。背番号は「7」。学校のチームではレギュラーだったのだろうか。仲村は藍田をダイニングルームのテーブルに着かせ、自分はその向かいに座った。私は立ったまま、二人から距離を置く。仲村が一つ身震いして、側にあったエアコンのリモコンを取り上げた。ほどなく、暖かく埃っぽい空気がエアコンから吐き出される。藍田が大きく溜息をつき、顔を両手で覆った。そのまま前屈みになり、両肘をテーブルにつけて頭を支える。ほどなく、低い嗚咽が漏れ始めた。仲村は背中を真っ直ぐにしたまま、静かで重苦しい時が過ぎ去るのを待っていた。仲村の携帯電話が鳴り出す。慌てて部屋を出ていったが、戻って来るまでの短い間、私は濃縮された悲しみを全身で受け止め続けた。

嗚咽は五分ほども続いただろうか、ようやく顔を上げて「すいません」とつぶやいた彼の声は、疲労でかすれていた。

「一つ、残念なことをお聞かせしなくてはいけません」丁寧な口調で仲村が切り出した。「イシグロがブラジルで身柄を拘束されたのは、先ほどお伝えした通りです。その後また連絡が入ってきまして、否認しているようなんです。自分は何もやっていない、と」

「動転してるんでしょう。仕方ないですよ」

藍田の口から出た台詞が、私の興味を引いた。まるでイシグロを庇うような言い方ではないか。

「ブラジル当局がどこまでやってくれるかは、分からないんです。私もあまり希望的なことは言えません——これは言い訳に聞こえるかもしれませんが」

「いいんです。ご面倒おかけしました」

「どうしても法律的な、いや、外交上の問題がありまして、日本で裁判をするのと同じようにイシグロを裁くわけにはいかないんです。ただ、あの男がどんなに否認しても、こっちは絶対的な物証を提供してますから、有罪になるのは間違いありませんよ。その辺りはブラジルの司法当局もしっかりやってくれるでしょう」

「あいつも可哀相なんです。俺が車さえ貸さなければ、こんなことにはならなかったんだから」また嗚咽が漏れ始める。鼻水と涙が混じり合って零れ、テーブルに小さな水溜まりが生じた。

　奇妙な状況だ。どうしてイシグロではなく自分を先に責める？　子どもを殺された親としては、まず相手に憎しみをぶつけるのが普通ではないだろうか。車を貸したのは事実だとしても、轢き逃げをしたのはイシグロなのだ。それとも、イシグロと藍田は何か特別な関係にあるとでもいうのか。思わず質問が口を突く。

「あなたは、イシグロと知り合いなんですよね」

「鳴沢さん」仲村が鋭く忠告を飛ばす。私は口をつぐんだが、ほんのわずかの間部屋を埋めた緊張を、藍田が自ら崩した。

「彼が日本に来た時からの知り合いです」

「藍田さん、別に話をする必要はない——」

「いいんです」仲村の台詞を遮り、藍田が続ける。真っ赤になった目で私の顔を真っ直ぐに見詰めた。「たまたま同じラインになって、毎日顔を合わせて仕事をしてました。彼はほとんど日本語が話せなかったけど、子どもが同じ年で同じ学校に通うことになったし、飯を食ったり、私が日本語を教えたりしているうちに親しくなったんです」

「車を貸すぐらいに？」仲村がまた刺すような視線をぶつけてきたが、それを無視して質問をぶつける。

「彼は車を持っていませんから」

「イシグロは、どうして車が必要だと言ったんですか」

「それは訊きませんでした」

「どうして？」

「急いでいる様子でしたし、別に理由なんか聞かなくても車ぐらい貸しますよ……それがあんなことになって」鼻を啜り上げ、両の拳を目に押し当てる。「車なんか、貸さなければよかったんだ。あいつも、何も逃げなくても……」

「子どもさん同士も仲が良かったんですね」

「同じサッカーチームで……」嗚咽が声を押し潰した。ソファに置かれたユニフォームを見つめる。半白の髪がかすかに揺れた。「二人ともミッドフィルダーで、いいコンビだったんです。私はいつも試合を観に行きましたよ。ねえ、ずっと同じチームでやってきて……息子にもいい経験だと思ってました。違う国の人と知り合うチャンスなんて、なかなかないし……」

「鳴沢さん、その辺で」静かだが押さえつけるような口調で仲村が言った。

「ちょっとトイレをお借りします」やってしまった。この場では私は完全に異邦人であり、轢き逃げ事件に口を突っこむ権利は微塵もない。そんなことは分かっていたのに、つい好奇心に負けて質問を連ねてしまった。私に対してまだ何か言いたそうな仲村を残し、玄関脇にあるトイレに向かう。

用を足し、手を洗っている時に、ふと小さな染みに気づいた。手洗いの下の床、それと壁紙に茶色い小さな染みがある。血のようにも見えたが、そう言い切るだけの自信はない。どんな家でも、小さな血の染みのようなものぐらいあるだろう。ましてや子どもがいる家だ。擦り傷や切り傷を作ったり、鼻血を出したりというのは珍しいことではない。

トイレから戻ると、仲村は話を終えたようで、既に立ち上がっていた。深々と頭を下げてから、藍田の肩を叩く。

「お世話になりまして」藍田が震える声で礼を言った。

「あまり役にたちませんでした」

「とんでもない。簡単には気持ちの整理はつきませんけど……とにかくありがとうございました」

仲村がもう一度頭を下げ、部屋を出て行く。私の横を通り過ぎる時に、厳しい一瞥をくれるのは忘れなかった。

藍田は見送りには出て来なかった。仲村は背中を丸め、無言で自分の車に歩み寄ったが、ドアに手をかけると顔を上げて「ちょっと乗って下さい」と私に呼びかけた。言われるまま助手席に滑りこむと、ドアが閉まるのを待って仲村が深い溜息をつく。

「あなた、ここへ何しに来たんですか。子どもを捜してるだけなんでしょう。轢き逃げの件とは何の関係もないじゃないですか。ようやく犯人が捕まって、これから何とか立ち直ろうとしている人に対して、ああいう質問をする神経は信じられないな」

「藍田さんは別に、話しにくそうにしてたわけじゃなかったでしょう。彼だって喋りたいこともあるんじゃないかな」

「そうかもしれないけど、それをあなたに言う必要はないでしょう。どうせすぐいなくなるんだし、ちょっとした好奇心で首を突っこまれたら、こっちはたまりませんよ」

「彼は落ちこみ過ぎてませんか」

「当たり前、です」一音一音を破裂させるような喋り方だった。「子どもが殺されたんですよ。しかも犯人は海外へ逃げちまった。捕まったと言っても簡単には納得できないだろうし、子どもは戻ってこないんです。精神的に不安定になるのも当然でしょう」

「それにしてもひど過ぎる。彼の責任じゃないのに、まるで自分が悪いように喋ってた」

「それは本当にそう思ってるからじゃないですか。私は彼を責める気は毛頭ないけど、気持ちは分かりますよ。確かに、自分が車を貸さなければあんなことにはならなかったんだし。しかもイシグロは、友だちと言っていい存在だ。彼はいろんな事情に引き裂かれてるんですよ」

「イシグロはどうして車を借りたんですか」

「知りませんよ、そんなことは」ハンドルをきつく握り締めたまま、仲村がそっぽを向いた。

「調べてないんですか」

「それは事件に直接関係ないですからね。だいたい、本人がさっさと逃げちまったんだから、調べようがないでしょう。藍田さんも知らないって言ってたじゃないですか。理由なんか、わざわざ聞いてないんでしょう」

「周囲に当たれば、何か出てきそうなものですよね。それもやってないんですか」

「我々の捜査がいい加減だったとでも言いたいんですか」

「いや。だけど、不完全だったかもしれない」

仲村が息を呑む音がはっきり聞こえた。怒りが津波のように襲ってくるのを感じたが、すんでのところで直撃を免れた。私の携帯電話が鳴り出したのだ。体を捩り、ズボンのポケットから携帯を取り出す。藤田だった。

「今、大丈夫か」

「ちょっと待ってくれ。急ぎか？」

「例の安部のジイサンに話を聞いたんで、その報告だ」

「かけ直す。五分後」

「了解」あれこれ詮索せずに藤田が電話を切った。一瞬の空隙が、仲村に冷静さを取り戻すチャンスを与える。口を開いた時、声はすっかり落ち着いていた。

「とにかく、余計なことはしないで下さい。お願いしますよ」

「分かってます。必要だと思ったことしかしませんから」

「ああやって藍田さんを追いこんだのも、必要なことなんですか」

「彼はこっちの一件でも、ある意味では関係者なんですよ」

「それじゃ答えになってませんよ……まあ、いいか。あなたはここではお客さんだから、あまり失礼なことを言っても何だし。ところで、いつまでこっちにいるつもりなんですか」

「午後、学校でカズキの同級生に話を聞きます。その結果で、これからどうするか考えますよ」

「そうか、応援が来るんでしたね。それで仕事が終わることを祈ります。心の底からね」

　そこまで言われてなお、車にとどまる理由はない。私は無言でドアを押し開け、埃っぽい寒風が渦を巻く中に立った。

　藤田に電話をかけ直すと、かすかな希望が潰えたことがすぐに分かった。

「えらく矍鑠としたジイサンでな。頭もはっきりしてるし、話の内容もすぐ分かってくれた。それで――」

「カズキは来てない、と」

「何で分かった」

「声を聞けば分かるさ」

「さすが、相棒だ。まあ、聞いてくれ。こういうことなんだ。確かにカズキは安部の家を訪ねたことがある。だけどそれは一年ほど前、一度きりだ。何でも、昔安部が面倒を見ていたブラジルからの出戻り組の一人が、カズキの父親――つまりイシグロの、伯父に当たる人なんだそうだ。昭和四十五年ぐらいに日本に戻って来て、その後で日本の国籍を取ってる。その人が今どこにいるか、教えてもらいに来たらしい」

「で、その伯父はどこにいるんだ」

「死んだそうだ。三か月ほど前に」手帳をめくる気配がした。「名前は天野信也。こいつは安部にとってまた従兄弟か何かになるらしいから、安部がカズキにとって遠い親戚っていうのも、あながち間違いじゃないわけだ。最初の情報は、結果的には合ってたんだよ」

「つまりイシグロは、日本の親戚のことを調べるために、八王子まで行ったわけか」

「そういうことらしい。天野に関するデータは安部のジイサンに教えてもらった。一九四〇年、ブラジル生まれの日系二世。正確に言えばサンパウロの出身だ。何でも、サンパウロが一番日系人が多いらしいな。向こうでは農業をやってたんだけど、食い詰めて三十歳の時に日本に戻って来た。最初から帰化するつもりだったみたいだな。それで安部を頼って八王子に来たわけだ。一年ほど安部のところにいて、日本語を勉強したり、帰化するための準備をしたりして、その間に八王子のネクタイ製造会社に就職してる」

「その頃はまだ、八王子の繊維産業も盛んだったんだ」

「郷土史の講義なら結構だよ」笑いながら藤田が言った。「そこで五年ほど働いて……ええと、会社が倒産して、その後は群馬県の方に移ってる」

「まさか、小曽根じゃないだろうな」

「いや、館林（たてばやし）。そこの自動車部品工場に就職したんだ。それも安部の紹介だったらしい。えらく顔の広いジイサンなんだね」

　膝の上で地図を広げた。小曽根から館林までは国道で一本、二十キロほどだ。三十分もあれば着けるだろう。

「亡くなったって言ったな」

「ああ。ずっとその工場で働いてたんだけど、二〇〇〇年に定年で辞めて、その後に肺ガンで亡くなったらしい。えらいヘビースモーカーだったそうだ。俺も気をつけないとな」

「だったら今日から禁煙しろよ」

「明日からだ、明日から」

「しかし、死んでるとなると……」

「まだ話は終わってない。本人は死んだけど、奥さんは健在だ。ただしこの奥さんは、日系の人じゃないぞ。八王子生まれの、正真正銘の日本人だ」

「イシグロはそこを訪ねて行ったのかな」

「安部もそこまでは知らなかったらしい。住所と電話番号は教えたようだけど」

「そうか」

「館林ね……そこから遠くないだろう」

「そうだな」

「行くつもりなんだろう？」

「ああ」

「気をつけてな。午後には美鈴ちゃんと合流するんだろう」

「そうなると思う。彼女と話したか？」

「俺も連れて行ってくれって言ったら、嫌がられた。何でだろう？」

「それが分からないと、再婚への道は険しいぜ」

「一度も結婚したことのない奴に言われたくないな」

「失礼。天野の家の詳しい住所を教えてくれ。電話番号も」

必要な情報を聞き出して電話を切り、もう一度地図を確認した。国道に出てしまえば迷うことはないだろう。先に電話することも考えたが、何も知らせず急襲することにした。その方が良い結果が得られることが多い。窓を開けて空気を入れ替え、エアコンの温度設定を上げて走り出す。とうにいなくなっているはずの仲村が、どこかで私を注視しているような気がしてならなかった。


天野の家は、館林の中心部をやや外れた公園の近くにあった。空っ風で倒れそうな古い家で、何度も塗り直したらしい壁の塗装は、今は茶色だった。それがまた、必要以上に古めかしい印象を与える。車を停められる場所がなかったので、公園まで戻ってコイン式の駐車場を見つけ、五分ほど歩いて家を訪ねる。インタフォンは見当たらない。ドアをノックして返事を待つ間、腕時計をちらりと見下ろした。十一時。一分ほど待っていると、いきなりドアが開いた。迷惑そうな表情を浮かべた六十歳ぐらいの女性が立っている。小柄なので、体をそらすようにして私を見上げていた。

「警視庁西八王子署の鳴沢と申します」

「警視庁……」顔に戸惑いが広がった。

「警察です。東京から来ました。天野さんですね？」

「そうですが、何でしょうか。警察のお世話になるようなことはありませんけど」

「ちょっとお話をお聴きしたいだけです。イシグロマサユキさんのことで」

　その名前を思い出すのに、一瞬間が空いた。「ああ」と短く言ったが、特に興味を引かれた様子もない。

「イシグロさんは、轢き逃げ事件を起こして逃亡しました。今日、ブラジルで身柄を押さえられたようです」

「はい……事故の話は知ってます。でもそれが、私に何か関係があるんでしょうか」

「息子のカズキ君が行方不明なんです」

「何ですって？」拳を口に押し当て、目を見開く。イシグロ本人と息子に対してでは、随分温度差があるように感じられた。

　依然として戸惑いは消えなかったが、彼女は私を家に上げてくれた。腰を下ろすまでに、彼女の名前が華江（はなえ）だということを聞き出す。二人の子ども——どちらも男性——は既に独立し、長男は前橋で、次男は東京で暮らしていることも分かった。華江はコタツに足を入れず、正座したままお茶の準備をしてくれた。ほどなく、熱く濃いお茶が目の前に置かれる。頭を下げて一啜りし、彼女の方で話をする準備ができるのを待った。落ち着きなく視線を彷徨わせ、無意味に湯呑みや急須を並べ替えていたが、やがて深い溜息をつくと煙草を取り上げた。

「吸ってもいいですか」

「どうぞ」

百円ライターで火を点けると深々と煙を吸いこみ、天井を仰いで吹き上げる。煙草を挟んだ指先が細かく震えていた。

「まったく、煙草なんてねえ。亭主をこれで亡くしてるのに」

「信也さん、ですね」

「そう。まあ私も、この年になったらそんなに長生きしても仕方ないから。夫婦で同じ病気で死ぬのも悪くないでしょう」

「まだそんなことを言うようなお年じゃないでしょう」

「お世辞はいいですよ。それよりカズキが行方不明って、どういうことなんですか」

「文字通り行方が分からないんです」

煙草を灰皿に置き、華江が深く溜息をついた。濃い茶色に染めた髪は、根元の白さが目立つ。化粧でも皺は隠せず、赤い口紅だけが毒々しく浮いていた。疲れている。

「何であの子が……」煙草をちらりと見たが、手に取ろうとはしなかった。

「この家を訪ねて来たことはあるんですね」

「ええ、何度か」

「一人で？」

「最初は家族全員で。両親と、子ども二人とね。まあ、いきなり来られても私も……亭主の親戚だっていう話だったけど、そんなこと言われてもぴんときませんね」

「ご主人はブラジル出身ですよね」

「そうですけど、私と会った時にはもう日本の国籍を取ってましたからね。言葉は少したどたどしかったけど、私にとっては日本人ですよ。ブラジルの話をすることもほとんどなかったし。向こうではだいぶ辛い目に遭ったらしくてねえ」

「イシグロさんは、どうしてここを訪ねて来たんですか」

「心細かったんじゃないですか」また煙草に目をやる。手を伸ばしたが、味わうためではなかった。まだ長いまま灰皿に押しつけ、煙が完全に消えるのを待ってから私に視線を戻す。「知らない土地で暮らしてると、いろいろ不安もあったんでしょう」

「でも彼は、日系ブラジル人のコミュニティーに住んでいましたよね。周りは同じ国出身の、同じ言葉を話す人たちですよ」

「日本に永住することも考えていたようですよ。それで、主人にあれこれ相談してたみたいです。ほとんどポルトガル語でのやり取りだったから、私には内容は分かりませんでしたけど、後で主人に聞いた限りではそういうことでした。時々深刻に話しこんでることもあったけど」

「何度も訪ねて来たんですか」

「イシグロさんは二回だけでしたね。でもあの子は……カズキは何度も遊びに来ました。主人も気に入ってたんです。元気のいい子が好きだったんです。こっちへ来ると買い物に連れて行ったり、小遣いを上げたりしてました。うちの人は、ガンだって分かった時にはもう手遅れで、三か月ほど入院しただけで死んじゃったんですけど、病院にも何度か見舞いに来てくれましたよ」

「妹は？」

「ちょっと引っ込み思案な子で、最初に来た後は遊びに来たことは一度もありません」

「カズキ君は？」

「カズキはね、元気で可愛い子でしたよ。ちょうど長男の子どもが同じぐらいの年で。去年の夏休みだったかな、長男がこっちへ帰省してる時に会って、近くの公園で夢中になってサッカーなんかしてました。ねえ、刑事さん、あの子が行方不明って、どういうことなんですか」

「それは、こっちこそ知りたいことなんです」正座を続けていたので足が痺れてきた。長年鍛えたツケは、こういうところに回ってきてしまう。私の筋肉は太いが、柔軟性がないのだ。「カズキ君はまだ十歳です。家族と学校以外の世界はほとんど知らないはずですよね。ですから、あんな事件が起きて、親戚の人を頼ったんじゃないかと思ったんですが……今回は何の連絡もないんですか」

「ないです」華江が唇を噛んだ。「連絡しようと思ったんですよ。でもあの事故が起きてから、家に電話しても誰も出ないし。思い切って行ってみようとも思ったんですけど、私は車の運転ができないんですよ。小曽根の方には知り合いもいないから、ちょっと事情を聴くこともできないし。カズキは大丈夫なんでしょうか」

「それはまだ、何とも分かりません」

華江が深い溜息をつき、新しい煙草を取り上げた。唇に挟み、何度かライターの火を点けたり消したりしていたが、やがて意を決したように火を煙草に移す。再度の溜息と一緒に煙を吐き出した。

「カズキのためなんですよ」

「はい？」

「イシグロさんが日本に定住しようかと考えた理由」

「そうなんですか?」

「イシグロさんは、言葉の問題なんかもあって、なかなか馴染めなかったんだけど、カズキは結構すぐに溶けこんだんですよ。それで、本人もブラジルより日本の方がいいって言い出したみたいで。日本なら、サッカーでプロになれるんじゃないかって思ってたみたいですね」

「そんなに上手かったんですか」

「上手かったけど、もちろん小学生の話ですよ。私はサッカーのことはよく分からないし」華江が苦笑した。「でも、イシグロさんは本気で期待してたみたいですね。せっかく子どもが夢を持ってるんだから、それを叶えてあげたいって……そうそう、そう言えば、一月ほど前にイシグロさんから電話がありました」

「用件は?」

「お金を貸してもらえないかって」

「幾らですか」

「二百万」

「大金ですね」

「でしょう?」煙草を取り上げ、長く吸って肺に煙を溜める。彼女の細胞一つ一つにニコチンが染みこむ様が容易に想像できた。「年金暮らしの人間には無理よって言ったんだけど、随分粘ったわね」

「何のために使うかは、言ってませんでしたか」

「引っ越したいって」

「どこへ？」

「静岡とか言ってたわね。それもカズキのためよ。あの子も、静岡に行きたいって言ってたし」

「それもサッカー絡みですか」

「当たり、ですね」華江が素早くうなずいた。「向こうでサッカーのスクールに入りたいって。浜松辺りには日系の人も多いから、すぐに馴染めるでしょうし」

「なるほど……」イシグロの周辺は何かと騒がしかったようだ。もちろん、これが直接轢き逃げ事件に結びつくわけではないし、カズキの失踪と関係あるとも思えないのだが
――あるいはカズキは、静岡を目指しているのか。憧れのサッカースクールに入るために、一人で西へ向かったのか。考えられない。父親がいない状況で何かしようとしても、誰にも相手にされないだろう。

「カズキ君の行きそうなところに、心当たりはありませんか」

「分からないですね、申し訳ないけど」華江が煙草を揉み消し、ゆっくりと頭を振った。「正直言って、私はあの人たちのことがよく分からない」

「日系の人たち、ということですか」

「ええ。そりゃあ、日本にいた方がお金になるかもしれないけど、苦労するのは目に見えてるじゃないですか。母国なのかもしれないけど、知らない国で暮らしていくのがどれだけ大変か……うちの主人もそうだったんですよ。日本の国籍を取ったといっても、日本語が完全に読み書きできるようになったのはずっと後だし。幾ら手先が器用で仕事が出来ても、言葉の壁は厚いわよね」

「だけど今は、状況も違うでしょう。ご主人のように、一人で苦労しているわけではないですよね」

「そうですね。だいたい、日本の会社があの人たちを呼んで来たわけですしね。汚い、辛い仕事をやりたがる若い人がいないから。でもいろいろ問題もあるわけだし……そういうのは、警察の方の方がよくご存じよね」

「そうですね」

「何か、心配なのよねえ」華江が深々と溜息をついた。「もちろん、悪いことをする若い日系の人たちはいますよ。この辺でも、泥棒に入ったり事故を起こしたり、そういうことはしょっちゅうです。でも、そんなのは日本人だってやってることでしょう」

「じゃあ、何が心配なんですか」

「何となく、ですよ。今は辛うじてバランスが取れてるだけ、みたいな感じがします。もしも何かあったら、風船が破裂するみたいに大変なことになるんじゃないかしら」

「例えば日系の人と地元の人の衝突が起きるとか？」

「まさか、ねえ。まさか」そう言う華江が、自分の否定の言葉を疑っていることは、口調から明らかだった。


小曽根に向けて国道を西へひた走る。車の量は少なく、館林を離れるとすぐに田園風景が広がり始めた。薄い茶色の水田とコントラストを成す、高い空。上州の空っ風がどこか遠くへ雲を吹き飛ばし、蒼いペンキを刷いたような空だった。それだけに、寒々とした気配は一際強まる。

美鈴と落ち合うまでには、まだ時間がある。一度島袋に会っておこう。彼の方にも新しい情報が入っているかもしれない。少なくとも利害関係は一致しているのだから、協力してくれるだろうという読みもあった。途中、国道沿いにあるチェーン店のうどん屋に入り、大慌てで昼飯をかきこむ。早く食べられるだろうと思って冷たいざるうどんを頼んだのだが、そのせいで体がすっかり冷えてしまった。外へ出て、自動販売機でペットボトルの熱い緑茶を買い、それで一息つく。

思い出して電話を取り出し、弁護士の宇田川の事務所に連絡を入れた。またも間の悪いことに、打ち合わせで外に出ているという。しかし、職員——昨日話したのと同じ女性だった——は彼の携帯電話の番号を教えてくれた。ということは、やはり相当急ぎの用件なのだろう。だが、かけてみると留守番電話に応答された。打ち合わせ中なので電源を切っているのかもしれない。もしかしたらこのまま、永遠に彼とすれ違いを続けることになるのではないか、と思った。大したことではないかもしれないが、微妙に引っかかる。

6

「そうですか、館林に親戚の方がいたんですね……それは知らなかったな」島袋が腕を組んだ。自分が知っていれば悲劇を防げた、とでも言いたげである。一口齧っただけの握り飯は机の上に放置されたままだ。外の滑り台で遊ぶ子どもたちの笑い声が、室内に遠慮なく入り込んでくる。それだけで素っ気ない建物が明るく賑やかになったが、彼の表情は暗く沈みこんだままだった。

「八王子の方も、ずっと縁を辿れば親戚と言えないこともないんです。日系の人たちの間では有名な人らしいんですけどね」安部がかつて、ブラジルからの帰国者の面倒を見ていた事情を話す。島袋は一々相槌を打ちながら聞いていた。その度に長い白髪——今日は後ろで束ねていた——が揺れる。

「イシグロさんはここから引っ越そうとしていたようです」

「そうらしいですね」

「知ってたんですか？」思わず身を乗り出すと、逆に島袋は引いた。

「ええ、彼から聞いたことがあります。カズキをここに迎えに来た時に、ちょっとだけね。お世話になったけど、今度引っ越すことになりそうだからって。静岡の方だったかなあ」

「それはカズキ君のためですね、きっと」

「じゃあ、サッカーなんだな」島袋が納得したようにうなずいた。「静岡って、サッカーが盛んでしょう？」

「ええ」

「そっちで本格的にスクールに入れることを考えてたのかもしれません。カズキもよく、静岡のチームの話をしてました。腕試しをしたかったんでしょう」

「引っ越し費用はどうするつもりだったんでしょうね。一家揃ってとなると、百万円ぐらいはかかるんじゃないかな」

「さあ、金のことは聞いてません」

「でも引っ越すことになる、と言ってたんですよね」

「ええ、それが何か？」

「いや」今度は私が腕組みをした。イシグロが静岡への引っ越しを真剣に考えていたのは間違いないようだが、それに加え、妻の出産費用の問題もあったはずだ。ブラジルへの往復の航空料金だけでも、結構な額になるだろう。その費用をどこから捻出したのか。十分な貯金があったとは考えにくい。貯金があれば、華江に借金を申しこんだりしないはずだ。二百万円を貸してくれ、と頼んだのが一月前で――。

「イシグロさんとその話をしたのはいつですか？」

「三週間ばかり前だったかな」

「金策がついたんでしょうか」

「いや、どうかな。人の家の財布のことはねえ……そういう話は気軽に訊くものじゃないでしょう」

「彼は一月ほど前に、ある人に借金を申しこんで断られたんです。その後で貸してくれる人が現れたとは考えにくい。消費者金融から借りたようなことは考えられませんか」

「ありません」突然、島袋が強い調子で断言した。「それは、この町に移り住んできた日系の人たちに、私が一番最初に言うことです。ブラジルにも悪い金融業者はいるけど、日本だって同じだ。言葉が通じないとか、国籍が違うとか、そういう事情も通用しない。とにかく、変なところからは金を借りないでくれってね。私の言うことに反した人は一人もいないはずですよ。変な借金さえ背負わなければ、言葉の通じない国でも結構ちゃんと暮らせるものですから」

「イシグロさんは例外だったかもしれない」

「それは絶対にないです」強い口調は依然として崩れなかった。「彼は基本的に真面目な人間なんですよ。それに、引っ越しがどれだけ大事なことですか？　命に係わる問題じゃない。いくら子どものためだといっても、消費者金融に金を借りてまですることじゃないでしょう」

「そうかもしれませんけど……」

「ちょっと待って下さい」島袋が机の引き出しを開け、バイブルサイズの黒いシステム手帳を取り出した。ぱらぱらとめくってすぐに当該のページを見つけ出したようだが、その後は目を瞑って天を仰いでしまう。やがてはっと目を開け、右の拳を左の掌に打ちつけた。「そうそう、間違いない。ちょうど三週間前ですよ。これなんですがね」

島袋が手帳を逆さまにして私に示した。見開き一週間のスケジュールは、几帳面な細かい文字でびっしり埋まっている。彼が指差しているのは、確かに三週間前の木曜日だった。赤いボールペンで書き綴った文字が目に飛びこんでくる。

「これ、『カズキが熱』って書いてあるでしょう」

「はい」

「そうなんです。カズキが急に熱を出して、それで迎えに来てもらったんですよ。こういうことは必ずメモしておくんです。そう、この時に引っ越しの話を聞いたんだ」

「なるほど……」華江に借金を断られてから、引っ越し資金の目処がつくまで一週間ほど。この間に何があったのだろう。「どこにも借金をしてないとなると、他に臨時収入の当てでもあったんでしょうか」

「それはどうかな」島袋が後頭部に手を伸ばし、ポニーテールをぎゅっと摑んだ。頭皮が引っ張られ、目が細く吊り上がる。

「基本的には工場の給料だけですよね」

「そう。アルバイトをするような余裕はないはずですよ。三交代制で仕事をしてると、時間のやりくりをするだけで大変でしょう」

「それに、奥さんの出産もある」

「謎だな」低く漏らして首を捻る。私は苦笑せざるを得なかった。

「それは私の台詞ですよ」

「や、これは失礼」小さく頭を下げて立ち上がり、手帳を手に取る。左手に手帳を持ち、右手は顎に当てた状態で、狭い事務室の中を8の字を描くように歩き始めた。「何かなあ……何かヒントがあったはずなんだ……」唸(うな)るようにつぶやきながら、同じ動きを繰り返した。

壁の時計をちらりと見る。そろそろ美鈴が着く頃だ。駅まで迎えに行かないと。立ち上がりかけると、突然島袋が立ち止まり「申し訳ない」と頭を下げた。

「何ですか、いきなり」

「いや、ここまで思い出してるんですよ」喉元で掌を水平に動かして見せた。「その時彼が何か言ったような記憶があるんだけど……ちょっと思い出せないなあ」

「思い出したら電話してもらえますか」

「もちろんです。いかんなあ、本当に思い出せそうなんだけど」拳を固めて、耳の上を軽く叩いた。そんなことをしたら、思い出しかけていることをかえって忘れてしまいそうなものだが。

「すいません、何度もお邪魔してしまって」

「とんでもない。でも、親戚の人も知らないとなると、カズキはどこへ行ったんでしょうねえ」

「どうやらまた、スタートラインに戻ってしまったようです」

「心配です」島袋が目を細める。「何とか捜して下さい」

「頼んでいた探偵の方はどうなんですか」

「八王子の方に行くという話でした。でも、親戚の方がそういう事情なら、無駄足になるかもしれませんね。教えてあげた方がいいでしょうか」

「……そうですね」おそらく彼女は、もう八王子に着いているだろう。

「協力してカズキを捜してもらうことはできないんですか」

「それは、公式にはできないことです。でも、情報交換ぐらいはしますよ」私が、ではない予定だが。

「そうですか……とにかく、また連絡します」膝に両手をあて、島袋が深々と頭を下げる。俺はそんなことをしてもらう人間ではない、という台詞が喉元まで出かかった。

小さな校庭の端に停めた車に乗りこもうとすると、「あの」と声をかけられた。振り返ると、小柄な女性が立っている。後ろで子どもがまとわりついているところを見ると、ここで教えている教師役の人かもしれない。

「はい、何でしょう」車に背を向け、正面から向き合う。

「あの、警察の人？」戸惑うような口調だった。日系の人だ、と見当をつける。

「そうです。地元じゃありませんけど」

「地元？」

地元、という言葉が理解できなかったようだ。女性の目が細くなる。膝に抱きついていた子どもは、いつの間にか建物の方に走り去っていた。

「東京から来たんです。何か私に話したいことでも？」

「ええ、はい、そうですね」はっきりしない。言いあぐねているのか、日本語に自信がないのかは判然としなかった。

「どういうことですか」

「はい、あの、私はイワモトの……」

「サトルさんの奥さんですか」

「そう。アキコです」ようやく表情から緊張感が消えた。しかし逆に私は、やりにくさを感じていた。何を言うつもりか知らないが、これだけ言葉が通じない状態だと、こっちで補ってやらなければならない。それが結果的に答えを誘導することになる可能性もある。

「マサのことですけど……」

「イシグロさんのことですね」

「そうです」

「マサは何もやってません」

　イシグロがブラジルで身柄を押さえられた話は聞いているのだろうか――その情報はまだ入っていないような気がした。警察は、わざわざ日系人コミュニティーに流しはしないだろう。

「彼は、轢き逃げをしたんですよ」

「やってません。やるわけがない」

「どうしてですか」

「マサ、俊ちゃんが好きです」

「ええ」

「殺すわけがありません」

殺す、という言葉はこの場合不適切だ。轢き逃げは二つの要因から成る。一つは車で人を轢いて怪我をさせる、あるいは死なせること。もう一つは事故を通報せずにその場を立ち去ることである。殺意を持って、相手を殺すための道具として車を使ったとすれば、それは轢き逃げではなく殺人になる。そして警察は、そんな基本的なことを見逃しはしない。しかし、こんな話が彼女に通じるだろうか。

「そう。彼は殺していません。殺すというのは、わざとそうしたということです」

「違います、そうじゃありません」

「アキコさん」一度言葉を切り、簡単な言葉で相手を納得させるための方法を考えた。「イシグロさんは俊君を轢いて、そのまま逃げたんです。それは間違いないんですよ」

「違います」激しく首を振る。「そんなことはしてません」

「じゃあ、彼は車を運転してなかったというんですか」

「いえ、それは……」下唇を軽く嚙む。明らかに、説明できない自分に苛立っていた。

「誰か別の人がやったということですか」

「その……」目を瞬かせ、唇を嚙む。指で宙に円を描いた。言葉を捜しているのは明らかだったが、どうしても出てこない様子だった。私の方でも見当がつかない。要は、同じ日系人としてイシグロの無実を信じているのだろう。それを私に訴えたいだけなのだ。

「イシグロさんが轢いたことは間違いないんですよ。それは、簡単には否定できないことです」

「あの、名前」

「名前？」

「名前……名刺、もらえますか」

「構いませんけど、どうして？」

「話すこと、あります。でも私、よく分からない。言葉が分からない。言いたいことあるのに」殴られでもしたかのように、頬を手で撫でた。

「いいですよ」名刺を取り出し、携帯電話の番号を書きつけて――表には署の番号しか印刷されていない――渡す。押し頂くように両手で受け取り、アキコが頭を下げた。

「私、言いたいこと、ちゃんと日本語にします。聞いてもらえますか」

「いいですよ。誰か、代わりの人に話してもらってもいい。ご主人でも構いませんよ。ご主人は日本語が上手ですからね」

「私が自分で話します」

「そうですか……ちょっと失礼」携帯電話が鳴り出した。着信の表示を見ると美鈴である。話しこんでいるうちに、八高線が到着する時刻になってしまったのだ。すぐに迎えに行く、と返事をして電話を切り、アキコに頭を下げる。「私は行かなくちゃいけません。喋ることがまとまったらでいいから、電話して下さい。いつでもいいですよ」「はい」小さな手に名刺を握り締め、深々と頭を下げる。私もつられて頭を下げ、すぐに車に乗りこんだ。

歩道との段差を乗り越え、タイヤを鳴らしながら国道を走り出したが、バックミラーを見ると、アキコはずっと私を見送っていた。そんなに大事なことなのか？　イシグロの無実を証明できるだけの材料を持っているとでもいうのか。そしてそれを伝える相手が、何故私でないといけないのか。

地元の警察を信じられないから。その答えが出てくるのに、さほど時間はかからなかった。もう一つ、私は冴の言葉を思い出していた。カズキを捜すことが七十五パーセント。残る二十五パーセント、彼女は何をやっているのだろう。

「すまん、待たせた」美鈴は小柄な体をさらに小さく丸めるようにして、ロータリーの一角にあるベンチに座っていた。脛まであるダウンのコートにブーツという格好だが、それでも小曽根の寒さに早くも敗北しかけている様子だった。のろのろと立ち上がると、脚の長さが揃っていないのか、ベンチががたりと音を立てる。

「動きが鈍いな」

「待ってる間に凍りましたよ」

「申し訳ない。熱いお茶でも奢ろうか？」

「もう持ってます」コートのポケットからペットボトルを取り出した。「役にたたないですね、これぐらいじゃ」

「使い捨てのカイロでも用意するか」

「それがいいかもしれません」ロータリーを強風が吹き抜け、美鈴をその場に釘づけにした。さらさらとした髪が吹き上がり、額が露になる。表情は強張っていたが、それは寒さのためばかりではないだろう。「時間は大丈夫ですよね」

「ああ。課長は何か言ってたか？」

「諦めてました。でも、これで何もなかったら本当にまずいですよ」

「だから何か、手がかりを摑まなくちゃいけない」何かある、という漠然とした手ごたえはあった。イシグロがどこで金を調達したかという問題もそうだし、先ほどのアキコの態度もある。詳細に話してみたが、美鈴はぴんと来ないようだった。

「どうでしょうねえ。どれもカズキ君には直接つながりそうもないですよね」

「そうだな」

「でも、何もないよりはましですかね」

「そう思う。ところで、その後小野寺から何か言ってきたか？」

「こっちへ来る途中に留守電が入ってました」コートのポケットから携帯電話を取り出し、顔の前で振ってみせる。「後でまた電話するっていうメッセージだけでしたけどね」

「彼女は八王子に向かった」

「何で知ってるんですか」

「たまたま同じホテルに泊まってたんだ」

「へえ」関心なさそうに言って、美鈴が車の横に立つ。ロックを解除すると、さっさと助手席に滑りこんだ。私が運転席に落ち着くと、短く忠告する。「鳴沢さんが誰とつき合おうと勝手ですけど、仕事に関しては小野寺さんとあまり係わらない方がいいですよ」

「どうして」

「私立探偵なんて、そんなに信用できる仕事じゃないでしょう」

「一般的にはそうかもしれないけど、彼女は信用できる」

「鳴沢さんがそう言いたくなる気持ちは分からないでもないですけど……昔の相棒ですからね。でも、あくまで昔の話じゃないですか。人はいつまでも同じってわけにはいかないでしょう」

　冴は変わらない。絶対に。そう強調したかったが、私は言葉を呑みこんだ。あまり庇っても不自然に聞こえるだろう。確かに一時、ほんの一時、私と冴は特別な関係にあった。彼女が警察を辞めてしまった以上、当時のことを人に知られても不都合はないのだが、今はまずい。今回の件について、誰が情報を漏らしたのだと犯人探しが始まった時、私が第一容疑者にされてしまう——容疑者どころか、実際には犯人そのものなのだが。

「学校の方とは話がついているんですね」美鈴が話題を変えてきた。

「ああ」

「話を聴く相手、何人ぐらいいますか？」

「どうだろう。同じクラスの全員というわけじゃないだろうから……とにかく、カズキと仲が良かった子を何人か、紹介してもらうように頼んである」

「仲が悪かった子は？」

「え？」

　美鈴が小さく溜息をつく。そんなことも分からないのか、と言いたげだった。

「仲の悪い子——例えばカズキ君を学校で苛めている子がいたとしたら、そういう子の方が事情を知ってたりするんですよ。知っているから苛めるわけですから」

「あんな小さな田舎の学校で、苛めがあるとは思えないけどね」

「そんなこと、ないですよ。学校の規模とか立地条件とかは一切関係ありません。カズキ君は、日系ブラジル人というだけでマイナス要因を背負ってるんです。子どもって、基本的に残酷ですから。大人だったら陰口を叩くだけのことが、物理的な攻撃につながることもあります。よくあります。鳴沢さんが想像してる以上に」

「そんなものか」

「そうです。子どもの世界は、大人の世界とは違う部分もあるから」

「さすが、専門家だ」

「褒めても何にも出ませんよ」美鈴がまた溜息をつく。先ほどよりもわずかに大きく聞こえた。嫌がられているついでに、ずっと心の中に滞っていた質問をぶつけてみる。

「君は、山口さんの娘だよな。公安の山口さん」

「そうですけど」驚いたように私の方を見て目を見開く。「父とどこかで一緒だったんですか？」

「そういうわけじゃない。何度か会ったことがあるだけだ。そろそろ定年じゃないか」

「来年です」

「なるほど」

「父には随分迷惑をかけました」何も訊ねていないのに、独白するように話し始めた。「私、大学を卒業してすぐ結婚したんですけど、子どもが生まれる直前に主人が事故で亡くなって……親は、孫の一人ぐらいいくらでも面倒見てやるって言ったんですけど、私は親がかりにならないで、自分でちゃんと働いて子どもを育てたかったんです。だけど、父には面倒かけました。警察官になること、だいぶ反対されましたよ」

「仕事に親は関係ないだろう」

「でも、反対するのは当然ですよね。父はこの仕事のきつさを知ってたわけですから。何も娘が、それも小さな子どもを抱えた娘がこんな厳しい仕事をすることはないって、随分きつく言われました。でもその時は、他の仕事は考えられなかったんです。結局私は、父の背中を見て育ったっていうことなんでしょうね」

どこかで聞いたような話だ。家族の姿を見て、子どもの頃から話を聞かされて、いつの間にか自分の将来が決まってしまう。レールに乗ってしまったわけではなく、あくまで自分の意思によってではあるが。私は祖父と父の背中を見て、自分の一生の道を決めた。何度も紆余曲折は経ているが、その決断は間違っていなかったという結論に、今は揺らぎはない。

「お父さんは元気か？」

「そうですね。年齢なりに疲れてますけど」

「そうか」

彼女はまだ何か言いたそうだったが、私の方で口をつぐんだ。ぎこちない会話の余韻を苦く味わいながら、小学校に向けて車を走らせる。


渋面を浮かべた春江が私たちを出迎えてくれた。職員室の隅で、悪さをした子どものように注意を受ける。

「出来るだけ短い時間でお願いします」

「承知してます」美鈴が短い、きっぱりした口調で応じた。

「今回の件では、子どもたちもショックを受けてるんです。急に友だちが一人死んで、しかも一人行方が分からなくなっている。皆動揺してます」

「分かってます」美鈴が繰り返した。早くも声に苛立ちが混じっている。

「カズキと特に仲の良かった子、五人に話を聴けるようにしました。できたら一人五分かそれぐらいで……」

「五分じゃ、冗談一つ言ってる間に終わってしまいますよ」口を挟むと、春江と美鈴の両方から睨まれる。拳を口に押し当てて咳払いをし、その場を美鈴に任せることにした。

授業が終わって空いた教室を使わせてもらうことにした。職員室や会議室など、慣れない場所では子どもが緊張するから、と美鈴が提案したのだ。春江もそれに従い、私たちはカズキと俊の教室に入った。

「先生は遠慮してもらえますか」

「それは困ります」美鈴の指示に、春江が顔を歪めた。「子どもたちだけなんて……」

「大丈夫です。私は慣れてます」自信に満ちた一言で、美鈴は春江を黙らせてしまった。時間を引き延ばすように春江が教室を出て行く。廊下で待機することに決めたようだ。すりガラス越しに、落ち着きなく歩き回っているのが目に入る。

美鈴が、校庭を望む窓から一列置いた場所に席を取った。前から二つ目の机。一番前の椅子を逆さにして置き、自分と向き合うようにする。私は彼女の斜め後ろ、窓に背中を預けて立っていたが、すぐにたしなめられた。

「座って下さい」

「立ったままでいいよ」

「鳴沢さんが立ってると、子どもたちが怖がるんですよ。無意味に大きいんだから」

「無意味に大きいわけじゃない。これは適切なトレーニングで――」

「いいから座って下さい」主導権を渡すことにして、彼女の指示に従う。腰を下ろした瞬間、最初の少年が入ってきた。これから練習なのか、サッカーのユニフォームを着て元気一杯に歩いているが、私たちと目を合わせようとはしない。

「ここへ座って」わずかに腰を浮かせて美鈴が椅子を勧める。私は会話に加わらず、メモ帳役に徹することにして、窓の外に視線を投げた。風に砂埃が舞う校庭では、やはりこれからサッカーチームの練習が始まるようだ。学年も体格も違う少年たちが――数人の少女も混じっていた――揃いの青いユニフォームを着て、ある者はボールを蹴り、ある者は追いかけっこをしている。真面目に柔軟体操をしている者もいた。美鈴の前に座った少年の視線もそちらに注がれているのに気づく。

「なあ、早く練習したいよな」声をかけると、びっくりしたように目を見開いた。「ちゃんと質問に答えてくれよ。そうしたら早く終わるから。いいね？」

「鳴沢さん」前を向いたまま、美鈴が溜息とともに言葉を押し出す。私は反射的に掌で口を覆った。それを見た少年がにやりと笑う。これから一緒に叱られる、共犯者の笑みだ。うなずいてやってから、私は美鈴の尋問に耳を傾けた。

彼女のやり方は巧みだった。相手が子どもなので、答えの三分の二は「分からない」だったし、時には注意力が散漫になって質問そのものを聞いていないこともある。それでも粘り強く言葉をぶつけ、何とか答えを引き出そうとした。

努力に報いるような結果は出なかった。学校でのカズキの様子。二年生になる頃までは日本語がほとんど喋れなかったけど、サッカーが上手いから皆とは仲が良かった。少し煩いけど、元気だった。成績は中よりは下。給食が好きで、ブラジル料理はあまり好きじゃなかったみたい。だって、一年に一度ブラジル祭りがあるけど、その時だってブラジルの食べ物はほとんど口にしないから。カズキが「転校するかもしれない」と打ち明けていたことも分かったが、どこへ行くか、いつになるのかなど具体的な話は、誰も聞いていなかった。俊とは一番の親友。サッカーのチームでも二人がエースだったし、家が近いからよく一緒に学校に来たり、帰ったりしてた。クラブ活動が終わってから、二人だけで練習していることもよくあった。カズキに日本語を一生懸命教えたのは俊。休みの日なんかはほとんど二人で遊んでた。俊の家でサッカーのゲームをやるか、試合のビデオを観てた。二人とも好きなチームはインテル。

四人まで話を聴き終えた時には、教室に早い夕暮れの冷たさが忍び寄っていた。美鈴がゆっくりと首を回す。

「最近の子どもは、ヨーロッパのサッカーチームの話なんかするんだ」

「しますよ。うちの子も、イタリアのサッカーとか、大好きですからね。ワールドカップよりユーロの方がレベルが高い、なんて生意気言うんですよ」

「ユーロ？」

「欧州選手権。知らないんですか？」非難するように眉を吊り上げる。刑法の条文を諳んじられなくても、これほど厳しい目つきを向けることはないだろう。

「俺みたいなラグビー経験者にとって、サッカーは天敵なんだ」

「どうして」

「ルーツは同じなのに、向こうの方が人気があるから」

美鈴が白けた笑いを漏らした。小さく息を吐いて肩を上下させ、表情を引き締める。

「次で最後ですね」

「いい話がないな」

「そう簡単にはいきませんよ。私が悪いのかもしれませんけど」

「いや、俺がやってたら、今頃皆泣き出してたかもしれない」

それはそうですね、と彼女が口の中でつぶやいたのがはっきりと聞こえてしまった。

美鈴はバツが悪そうにうつむいたが、文句をつける気にもなれない。子どもたちの話を聴いているだけなのに、私も疲れ切っていた。

最後に入ってきたのは、十歳にしては大柄な少年だった。膝下でカットした濃いベージュのカーゴパンツにハイカットのバスケットシューズ、白とエンジ色のラガーシャツにダウンベストという格好で、髪は明らかに散髪が必要だった。下唇を突き出すようにして、長くなり過ぎた前髪を額から吹き飛ばしている。美鈴の前に座った時にはきちんと膝を揃えてそこに両手を置いていたが、すぐにだらしなく姿勢を崩して足を組んだ。数年後には、日系ブラジル人の若者たちを挑発しながらチキンレースでもしかけそうなタイプである。

「清水翔太君ね」美鈴が手帳に視線を落として確認する。翔太は虚ろな目でうなずくだけだった。手帳から顔を上げた瞬間、美鈴の肩の辺りが強張るのが分かった。翔太はダウンベストのポケットからガムを取り出し、音を立てて噛み始める。五年生にしては大柄で、もう生意気な態度が目立った。

「学校でガムはいいの？」美鈴が訊ねると、翔太が馬鹿にしたように「歯にいいから」と答えた。

「翔太」私は前屈みになり、体を乗り出した。忙しなく動いていた翔太の顎がぴたりと止まる。「ガムを噛んでても何をしててもいいけど、ちゃんと答えてくれよ。人の命がかかってることなんだ。分かるか？　カズキに何かあったらどうする」

少しだけ真面目な顔つきになり、翔太がうなずいた。美鈴が振り返って顔をしかめる。余計なことを、と言いたそうだった。こんな時でなければ、私の尻に蹴りを見舞っていたかもしれない。

「カズキと俊が話してた」

「いつ？」美鈴が上体を乗り出す。

「あの日」

「事故が起きた日？」

「そう」

「何を話してたのかな」

「ちゃんと聞いてないけど」

「あなたが聞いただけでいいのよ」

「よく分からない」

翔太が顔を背け、校庭に視線を投げた。かなり詳しく聞いたはずだ、と私は確信した。

美鈴が、低い、落ち着いた声で畳みかける。

「二人で何か相談してたの？」

「そう」

「どっちがどっちに？」

「俊がカズキに……じゃなくて」自分の語彙（ごい）の少なさに苛立つように、翔太が唇を鳴らした。「カズキが俊に何か聞いてた」

「場所は？」

「この教室。練習が始まる前」

「カズキ君は何を聞いてたのかな」

「俊のユニフォームを脱がして……」

「脱がした？」

「腹のところをこうやってまくり上げて」翔太が自分のベストの裾を摑んで少しだけ上に持ち上げた。「腹を見てたみたいだけど。それで、『どうしたんだ』って聞いてた」

「俊君、どうしたのかな。あなたは何か知らない？」

「何も」うつむいて指をいじり始めた。

「怪我でもしてたのかな、俊君は」

慌てて翔太が顔を上げた。一瞬唇が開いたが、すぐに固く結んでしまう。

「ねえ、もしかしたらそのことが、カズキ君がいなくなったことと関係があるかもしれないのよ」

翔太が口を真一文字に結ぶ。両手が赤くなるほどきつく握り締めた。美鈴がすっと尋問の手を緩め、背中を椅子の背に預ける。小学生用の椅子なのに、彼女の体にはぴったりのサイズだった。

「喋ろうか、翔太君。大丈夫だから」優しげな声だったが、翔太の顔は強張った。どんな表情で迫っているのか、前に回りこんで確認したかったが、そんなことをしたら張り倒されかねない。

「……俊は怪我してた。腹に赤い傷があって……こういう、長い傷」自分の腹の辺りで、右手を左から右へ二十センチほど動かす。「赤い傷だった」

「どんな傷？　切り傷かな、それとも擦り傷みたいな感じ？」

「細くて、腫(は)れてた」

「あなたはそのこと、いつ気づいたの？」

「その、カズキが見てた時に。俺もどうしたって聞いたけど、二人は何も言わなかった」

二人だけの秘密にすることに決め、後から割りこんできた翔太には何も話さないことにしたのだろう。もしもそうなら、カズキと俊の関係は、他人が入りこむ余地のない深いものだったことになる。死ぬ数時間前、俊は何を打ち明けていたのか。それがカズキの失踪に何の関係があるのか——計算が合わない。カズキが行方をくらましたのは、俊が死んでしばらく経ってからなのだから。

「カズキ君は、その怪我がどういうことか知ってたのね？」

「たぶん」

「その後君は、カズキ君と話した？」

「話してない。俊が死んで……」翔太の声が震えた。が、辛うじてショックを乗り越えて言葉をつなぐ。「カズキも学校に出てこなくなったから」

「俊君、学校ではどんな感じだったの？　カズキ君とは仲良くしてたのよね」

「そう」

「俊君に何があったと思う？」

「それは――」

　鳴り出した私の携帯電話が、二人の会話を断ち切った。振り返った美鈴がすさまじい形相で睨みつける。私はそそくさと立ち上がり、廊下に退避した。待ちくたびれた春江が、壁に寄りかかるようにして立っている。私の顔を見て、ぎょっとしたように直立不動の姿勢を取った。何でもないと言う代わりに頭を下げ、電話に出る。

「俺だ」藤田の声は黒く塗りこめられていた。

「どうした」聞いてはみたが、答えを待つまでもないような気がしていた。私の勘はよく当たる。特に、悪い予感がしている時には。

電話を切り、教室のドアを引きちぎるように開ける。美鈴と翔太が同時にこちらを見た。

「翔太、どうもありがとう」

「まだ終わってません――」

「緊急事態だ」抗議を途中で断ち切ると、美鈴はたちまちことの重大性に気づいたようだった。コートと荷物をまとめて立ち上がり、翔太に「じゃあね、ありがとう」と声をかけて教室を飛び出す。呆気に取られた春江が「何事ですか」と声をかけてきたが、走りながら後ろを向き、「すいません、緊急です。後でまた連絡します」と叫んで振り切った。

「何なんですか、鳴沢さん」音を立てて廊下を走りながら美鈴が訊ねる。

「ちょっと待ってくれ」

「何ですか、いったい」

「ここを出るまで待ってくれ」

それ以上質問を続けず、美鈴は私の後をついて来た。歩幅の違う二人の足音が重なり合い、不規則なリズムを作る。短距離なら私は自信があるが、美鈴はさして苦労もせずに追いかけてきた。

レガシィに乗りこむと、息を切らしながら美鈴が訊ねる。

「鳴沢さん、いったい――」

「カズキの死体が見つかった」

無言で、美鈴がダッシュボードに拳を打ち下ろす。鈍い音がすると同時に車内に埃が舞い、乱れた彼女の髪が、顔に浮かんだ怒りと悲しみを覆い隠した。

第三部　隠された悪意

1

仲村に電話を入れる。何か仕事に忙殺されている様子で、最初の応対はぞんざいだったが、用件を伝えるとすぐに低い呻き声を漏らした。

「どういうことなんですか」

「まだ何も分からない。ただ、状況からすると殺しの可能性が高いんです」

「クソ、何で――」

「申し訳ない、こっちもまだ詳しい状況が分からないんだ。それより、この車をこのまま借りられないですか」

「ええと、それは……」

「お願いします。どっちにしろ、小曽根には戻って来ることになるだろうから、その時に間違いなく返しますよ」

「分かりました。上には言っておきます。でも、こういうのはあくまで特例ですからね」

「うちの上の方からも電話をかけさせます。それで筋は通るでしょう」

「仕方ないですね。何か分かったら連絡してもらえますか」

「……そうします」あんたの領分じゃないだろう、という台詞を何とか呑みこんで電話を切る。

ハンドルを握った美鈴がこちらをちらりと見た。何か所か電話をしなくてはならないので、彼女に運転を任せている。

「何か変じゃないですか、この車」

「何が？」

「妙に涼しいんですけど、窓、閉まってますよね」

「石を投げられたんだ。ガラスが割れてる」

「初めて来た町でいきなり嫌われたんですか？　何やってるんですか、まったく」

「日系の若い連中が、時々警察に悪さをするらしいんだ。それに、この車が小曽根署の車だっていうこともばれてる」

「変な話ですね」道路の前が開く。美鈴が深くアクセルを踏みこむと、スピードメーターの針がほぼ直立し、「八十」と「百」の間を指す。

「どれぐらいかかりそうだ？」

「関越から圏央道に入って、空いていれば一時間ぐらいじゃないかと思います……それにしても」小さく溜息をつき、美鈴が拳を口元に押し当てる。横を見ると、かすかに目が潤んでいるのが見えた。

「俺のせいだ」悔恨の念は私の心を食い荒らし、黒く塗りこめようとしている。彼女も同じだろう。「俺がもう少し気を遣っていれば、こんなことにはならなかった」

「それを言うなら、私たち全員の責任でしょう。病院にだって責任がありますよ。だけど今は、そういうことを言ってる場合じゃないと思います。責任なんか、後で考えればいいじゃないですか」

「そうだな」

だが、喋るのをやめてしまうと、またも罪の意識に押し潰されそうになった。カズキの顔が何度も頭を過ぎる。私は、あの子に勇樹の面影を重ねていたのだ。同じ年で、本来の環境からは離れて暮らし……だったら、もっと親身になって面倒を見てやればよかった。それこそ自分の家に引き取るとか、それができなくても、心を開いて喋れるような環境を作ってやるとか。そう、カズキは日本語が喋れたのだから。

「カズキ君は、何か知ってたんですよ」突然美鈴が口を開いたので、私は現実に引き戻された。

「何かって？」

「何か、です。具体的には分からないけど」

「確かに、あれだけ意地になってたのは、何か秘密を隠すためだったかもしれない」

「例えば俊君が死んだことに関して」

「例えばあれは轢き逃げじゃなかったとか」

「もしもイシグロが、意図的に俊君を殺したとしたら。それを知っていたらどうするかしら」

「間違いなく口をつぐむだろうな。轢き逃げと殺しとどっちが罪が重いか、きちんと分かってたとは思えないけど」

「そうですね。そうだとしたら……」大きな溜息。「とにかく私は、悔いが残ります。もっと話を引き出す努力をすべきでした」

「総括は後にするんじゃなかったか？」

「分かってますよ」

幸いなことに、関越道も圏央道もがらがらだった。あきる野まで戻って高速道路を下りたところで、藤田の携帯に電話を入れる。

「こっちは今、署に戻って来たところだ。死体を運んでな」真夏に怪談でも読み上げるような口調だった。

「他殺に間違いない？」

「首を絞めた跡がある。親指の跡がくっきり残ってるんだ」

「死後どれぐらいだ？」

「二十四時間前後」

「クソ」思わず拳を腿に叩きつける。私が小曽根で何の手がかりも摑めずうろうろしている間に、彼は殺されてしまったのだ。

「かりかりするな」そう言う藤田の声も、苛立ちで強張っていた。

「無理だ」

「責任の話は後だぜ」美鈴と同じようなことを言う。おそらく彼も責任を感じている。うちの事件じゃない、と何度か言ってしまったことは、彼の記憶に深く刺さっているはずだ。「とにかくさっさと戻って来い。これは捜査本部事件になるぞ」

「分かってる」電話を切り、署へ向かうよう美鈴に指示した。

「分かりました」アクセルを踏む彼女の足に力が入り、景色が灰色に流れる。あきる野のインターチェンジは滝山(たきやま)街道に直結しており、途中から細い脇道に入って中央道(ちゅうおうどう)を越えれば、すぐに西八王子署だ。だが、道幅の狭い滝山街道は例によって渋滞している。私は無意識のうちに、指先で腿を叩き始めていた。美鈴が警告する。

「いらいらしても早く着くわけじゃありませんよ」

「よく冷静でいられるな」

「冷静じゃありません」と冷静な声で美鈴が言った。「子どもが死んで冷静でいられる人間なんか、いませんよ。カズキ君は、うちの息子と同い年なんです」

「そうか……」

どうしようもない、やり場のない怒りが胸の中で渦巻き、体を破って飛び出してしまいそうだった。それはパンドラの箱かもしれない。私の胸の中から飛び出すのは、怒りや憎しみといった負の感情になるだろう。そういう感情が、人の歴史を悲しみに彩られたものに変えてきた。幾つの箱が開かれたら、歴史はこんなに悲惨なものになるのだろう。

駐車場の一角、時に霊安室代わりに使われるガレージの中で、私はカズキの遺体と対面した。服装は保護された時のままだが、泥だらけになり、枯葉があちこちにくっついている。頬には赤い擦り傷ができ、目を閉じた顔には苦しみが閉じこめられているようだった。手袋をはめた藤田が、Tシャツの襟元を少しだけ伸ばしてみせる。薄らと、赤茶色の扼殺痕(やくさつこん)が確認できた。大人の指だろうが、それは詳しい検視の結果を待たなければ断言できない。横に立った美鈴が無言で目を閉じ、頭を垂れた。基本的に、このような形でしか弔慰を示さない刑事は多い。相手の宗教が分からないからだ。十字を切ったり手を合わせたりすることで、かえって死者の気持ちを傷つけないように、という配慮である。私も頭を下げるだけだ。目は開けたまま。死者の悔しさや苦しみを脳裏にはっきり焼きつけるためだ。

三人揃ってガレージを出た。足元から震えがくるほどの寒さなのに、いつの間にか額には汗がにじんでいる。藤田が煙草に火を点け、思い切り煙を吸いこんだ。今は禁煙がどうこうと言えない。煙草の先が二度、真っ赤になるまで煙を吸うと、藤田がおもむろに説明を始める。

「一一〇番で通報が入ったのが午後二時過ぎだ。実際の発見は一時半頃だったらしい」

「随分間隔があいてるな」

指摘すると、藤田が面倒臭そうに顔の前で煙草を振った。

「現場は高尾の山の中なんだ。通報してきたのはその山の持ち主で、遺体があったのは家の裏庭みたいな場所だった」

「それで、三十分の空白は――」

「真面目な話、腰を抜かしてたそうだ」藤田が私の言葉を遮った。「死体を見つけてびっくりして、その場でひっくり返ってしばらく動けなくなってたんだな。その後でおっかなびっくり降りて来たから、通報まで時間がかかったのさ」

「そういうことか」

「現場へ行きませんか」

美鈴が申し出ると、藤田が大袈裟に両手を広げて反論した。

「おいおい、これは刑事課の仕事なんだぜ。行方不明の子どもを捜すのとは訳が違う」

「今回の件は、私の責任でもあるんです」先ほど「今、そういうことは言うべきじゃない」と言っていたのを、美鈴が自らひっくり返した。

「そういうの、やめようや」藤田がアスファルトの上に煙草を投げ捨て、靴底で思い切り踏みにじった。「これは殺しだ。捜査本部もできる。だから俺たち刑事課の仕事になるんだよ。こんな所で縄張り意識をむき出しにするつもりはないけど、個人的な感情だけで突っこんじゃいけないな」

いつの間にか、藤田の口調は完全に冷徹になっていた。あれほどむきになって美鈴の尻を追いかけ回していた男とは思えない。

「私も捜査に加えて下さい。課長に——熊谷さんにかけあいます」

「やめておけって」庁舎に向かって走り出そうとする美鈴の前に、藤田が回りこんだ。両肩を押さえつけ、諭すように言う。「気持ちは分かるよ。子どもを持つ母親として、いたたまれなくなるのも理解できる。それに、俺たちがカズキを早く見つけていれば、こんなことにはならなかったかもしれない。だけど、個人的な感情に流されるな」

「とにかく、熊谷さんと話をさせて下さい」藤田の戒めからすり抜け、美鈴が走り出した。自由になった藤田の両手が、ぱたんと脇に落ちる。情けない笑みを浮かべて私の方を振り向くと「逃げられちまった」と自嘲気味に言った。

「あんな説教をするなんて、あんたらしくないぞ」

「説教じゃない。彼女に傷ついて欲しくないだけさ」肩をすくめる。「感情的になり過ぎてる。思い入れが強過ぎるんだ。そういう状態で捜査に参加したら、ろくなことにならないだろう」

「そうかもしれない。俺たちは——」

「俺たちは現場だ」藤田が新しい煙草に火を点ける。「一課の連中が来て騒がしくなる前に、さっさと手がかりを見つけようぜ。犯人も見つけられればもっといい」

「何か手がかりがあるのか」

「まさか」藤田が肩をすくめる。「気合を入れただけだよ。今の段階で犯人が見つかれば、捜査本部にしなくて済むだろう。そうすれば、予算の節約にもなる。西八王子署の予算なんか、高が知れてるからな。年度末のこの時期に捜査本部なんかできると、署長が頭を抱えるぜ」


車の中で、藤田はしきりに文句を言った。どうして煙草を吸っちゃいけないんだとか、何でこんなに寒いんだ、とか。

「借りてきた車で煙草を吸うなよ。それと寒いのは、穴が開いてるから仕方ない」

「穴？」

説明すると、藤田が「そんなに早く嫌われたのか」と、美鈴と同じような皮肉を飛ばした。そんな状況ではないのに、私は思わず苦笑を漏らしてしまった。

「彼女も同じようなことを言ってたな」

「美鈴ちゃん？」

「ああ」

「なるほどね。お前に対する世間の評価は定まってるわけだ。しかし、群馬県警から借りた車で現場に行くのはまずいかな」

「仕方ない。こっちへ戻るのに、車が一番早かったんだ」この車を仲村に返しにいけるだろうか、と心配になった。捜査本部ができると、どうしても署に縛りつけられるものだから。

「せめて暖房をもっと効かせてくれよ」藤田がエアコンに手を伸ばし、設定温度を上げる。噴き出す温風の音が大きくなり、それで満足したようだった。「よし、そこを右へ曲がってくれ」

現場はJR高尾駅の西、甲州街道から入る細い都道を五百メートルほど行った所だった。道路の南側には集落が広がっているが、北側にはほとんど家がなく、すぐに小高い丘——山と言うには迫力不足だった——が迫っている。私たちが車を停めた先に、パトカーが二台、捜査車両の覆面パトカーが三台停まり、赤色灯が毒々しい灯りを振りまいていた。野次馬はいなかった。死体が運び出されるという、現場の緊張した雰囲気がピークを過ぎたからかもしれない。五台の車は都道の右側——北側に固まるようにして、一般の車の通行を遮断していた。

「この先にまだ道があるのか？」車のすれ違いも難しそうな細い道にレガシィを乗り入れながら、私は訊ねた。

「山の上まで続いてる。ちょうど、通報者の家の裏手に出られるんだ」

にわかには信じられなかった。急なカーブを描く道路の傾斜はきつく、上に行くに連れてさらに細くなり、左右からはみ出した雑草がレガシィのボディを擦る。

「本当かね」

「大丈夫だって、一本道だから。俺もここを通って行ったんだ」

藤田の指摘した通り、程なく私たちは開けた場所に出た。一台の覆面パトカーと、鑑識のワンボックスカーが停まって道を塞いでいる。熊谷が腕組みをして、道路から斜面を見下ろしているのが見えた。木に覆われてはっきりとは見えないが、眼下は崖のように切り立っているのではないだろうか。私に気づいて、熊谷が顔をしかめた。腕を解き、ゆっくりと近づいて来る。

「何か言うことはないのか」自分の内側に沈みこむような口調だった。

「ありません」

「もう少しちゃんと捜していたらとか、何とか」

「今さらそんなことを言っても手遅れですから」

「自覚はあるようだな」

皮肉を吐いてから、熊谷が唇を噛む。顔を背け、下から吹き上げるような寒風に、目を細めて対抗しようとした。無駄な努力に終わることは分かっているはずなのに。

「ここから降りたんですかね」私はガードレールに近づきながら言った。高さは一メートルほど。十歳の少年を担ぎ上げて投げ落とすのも難しくないだろう。

「ガードレールの指紋は取らせてるが、無駄じゃないかな」熊谷が私の横に並び、下を見下ろした。常緑樹で視界が塞がれた中、鑑識の係官の青い作業服が幾つか、もぞもぞと動いているのが見えた。

「下までどれぐらいですか」

「高さで言えば二十メートル」

「発見場所は?」

「通報者の家の裏手から、五メートルばかり上がったところだ」

視線をずっと下に向ける。予想通り勾配が急なのはすぐに分かった。例えば、カズキが既に死んでいたとしたらどうか。死体を担いで降りていくのは相当難しいだろう。下から上ろうとすると、発見者の家の敷地内を通っていかなくてはならないはずだ。仮に夜中だったとしても、犯人がそんな危険なことをしたとは思えない。このガードレール越しに投げ落としたと考えるのが常識的だ。死体はたまたま、斜面に立ち並ぶ木に邪魔されず、家の近くまで転落した。そう考えれば、カズキの死体に葉や枯れ枝が絡みつき、土で汚れていたのも理解できる。

「ちょっと降りてみます」

「鑑識の邪魔になるなよ」熊谷が警告を飛ばした。

「気をつけますよ」ガードレールを跨ぎ越し、慎重に斜面に足を踏み入れる。湿っているわけではないが柔らかく、靴底がわずかに沈みこんだ。合皮の靴を履いてきたのは正解だった。歩き回る仕事で足元は最も大事で、以前は靴にだけは金をかけていたものだが、たまたま高価なものを何足も駄目にしてしまう失敗が続いた。そうなれば、さすがに私も学習する。ぼろぼろになった靴を嘆くことはなくなったが、磨く楽しみが消えたのは痛い。安い革は、どれだけ磨いても深く鈍い光を放ってくれないのだ。

　いきなり足が滑った。慌てて手を突いて転落を防ぐ。頭の上で、藤田が小さく笑うのが聞こえた。見上げて「笑ってないで降りて来い」と挑発したが、藤田は一言「やなこった」と言って背を向けてしまった。一つ深呼吸してから、慎重に降り始める。すぐに、犯人はカズキを担いでいったのではない、と確信した。カズキの体重は三十キロか三十五キロ……それぐらいだろう。よほど鍛えた人間でないと、それだけの重さのものを担いでこの斜面を降りるのは困難である。しかも死体は運びにくい。たとえ子どもであっても。

木に摑まりながら何とか五メートルほど降りると、鑑識の係員と出くわした。準備がいいことに、ロープを腰に回し、その先を太い木に結びつけて命綱にしている。私に気づくと、にやりと笑った。海老原というベテランの係官である。四十歳をとうに過ぎているが贅肉はまったくなく、動きも俊敏だ。肉体の衰えを感じさせるのは唯一、眼鏡だけである。去年の年末までは裸眼で押し通していたのだが、ついに近視に負けたのだ。それを冷やかすのは、しばらく刑事課の日課になっていた。今はその眼鏡の奥の目尻に薄く汗が溜まっている。

「準備が足りないな、鳴沢」喋ると、顔の周りに白い息がまとわりつく。

「普通はロープなんか持ってないでしょう」

「ただのロープじゃないぞ。フリークライミングの連中が使う本格的なやつだ。神保町まで行って仕入れたんだよ」

「大袈裟ですよ」樹皮が掌に突き刺さる痛みを我慢しながら、私は自分の体重を支えた。

「だいたい、何でそんなものを」

「こっちには山もあるからな。俺たちはどこへ行かされるか分からんし」

「見上げたもんですね」

「馬鹿にするなよ……おい、そのでかい体をこっちに持ってこられるか」

「何とか」斜面を這うように横に進む。右足を下の方に置いていたので、ずっと曲げっ放しの左足が悲鳴を上げ始め、動きが鈍くなった。海老原はにやにやしながら眺めている。

「どうした、体力派は返上か？」

「こういうところは、体重が重い方が不利なんです」荒い呼吸を悟られぬよう、ゆっくりと話した。「どんな具合ですか」

「これを見ろ」海老原が自分の右手の方向に向けて手を掲げた。既に日が落ちかけている上に、鬱蒼（うっそう）と斜面を埋める樹に邪魔されて視界は悪い。目を凝らすと、辛うじて異変に気づいた。

「ここから滑り落ちたんですね」

「たぶんな。下草が倒れてるし、枝が折れてるところもある。ひどい話だよ。死体をゴミみたいに捨てやがって……」

「下まで転がり落ちたんですね」

「そういうことだろうな」斜面に踏ん張ったまま――命綱があるので、それほどきつそうではなかった——今度は下手に向かって顎をしゃくる。「大きい杉の樹があってな、その根元に引っかかる格好で止まってたんだ。見つけた人はたまげただろうね」

「腰を抜かしたって聞いてますけど」

「それは分かるよ」青いキャップの下で、海老原の顔が曇った。「さて、下まで降りてみるか？　何だったらロープを貸すけど」

「結構です」我ながら無意味だと思ったが、意地を張ったまま斜面を下って行った。途中、何度も足を滑らせそうになりながら踏ん張り、その都度脹脛（ふくらはぎ）に緊張を溜めこむ。一息入れて天を仰ぎ、木々の隙間から昼間の最後の名残が消え行く瞬間を目に入れた。カズキ、お前が最後に見た光景は何だったんだ。それを俺に教えてくれ。曇りがちな冬空だったのか、犯人の顔だったのか——体の中に刺すような痛みが生じる。その痛みはやがて全身に広がり、私は両手で自分の体を包むように抱きしめた。ほどなくそれが痛みではないことに気づく。悔い。私は何度も失敗を犯しているが、これはその中でも最大級だろう。警察の中で問題にならなくても、私は一生自分のミスを額に入れて掲げ、そこから生じる痛みを甘んじて受けることを覚悟した。

冴はどうしているだろう。カズキが死んだことを知らず、今も走り回っているのか。あるいは別の——残り二十五パーセントの狙いを追っているのか。もう少しきちんと、彼女と協力することもできたかもしれない。そうしていれば、カズキの背中に追いつけたかもしれないのに。今、私の体の九十パーセントは後悔で埋まっていた。残りの十パーセントが怒りだ。やがてその比率が逆転することは、経験から分かっている。

カズキの遺体が見つかった杉の樹の根元に辿り着いた。そこでも鑑識の係員が三人、はいつくばって現場検証をしている。邪魔にならないように距離を置いたまま声をかけたが、有益な情報は返ってこなかった。杉の樹を大きく迂回して、発見者の杉本の家の裏手に出る。全身に泥や細かい枯葉がこびりついていた。両手を使って叩き落としながら、刑事たちに囲まれている杉本に近づいた。六十歳ぐらいだろうか、小柄で背中もわずかに丸まっている。両手をきつく揉んでいるのは、恐怖感を押し潰すためかもしれない。ごま塩頭に、黴のように生えた髭。濃いベージュ色のズボンはだらしなくずり下がって裾を引きずり、スニーカーには泥がこびりついていた。

「鳴沢」いつの間にか下へ降りて来ていた藤田が手招きする。呼ばれるまま家を迂回し、道路に出た。

「みんなで取り囲んで同じ質問ばかりしてても仕方ないだろう」

「分かってる」

「先に言っておくけど、あのオッサンは何も見ていない。遺体が投げ捨てられたのは、昨日の夜から今日の朝にかけてだと思うけど、ご覧の通り、この辺は静かだ。夜中になったら車も通らないし、犬が吠えただけで近所の人が全員飛び起きるような場所だよ」

「だったら、上から死体が落ちてきたら気づくんじゃないか」

「ところがあのオッサン、昨夜は出かけてて家にいなかったんだ。奥さんを亡くして一人暮らしなんだが、板橋（いたばし）の方にある息子さんの家に泊まりがけで行ってたそうだ。何でも新築祝いだったらしい」

「じゃあ、誰も何も聞いてない――見てないんだな」

「今のところは、な。でも、まだ全部潰し切れたわけじゃない。実際、事情聴取は全然進んでないんだよ。この辺、結構都心まで勤めに出てる人もいるんだな」

「そりゃそうだ。中央線で西八王子から新宿まで一時間もかからないんだから。十分通勤圏だよ」

「そういう人たちが戻って来る頃を見計らって、聞き込みをやらないとな。今夜は長くなるぜ」

「分かってる」

そういう通常の捜査に巻きこまれてしまっていいのか。病院からいなくなった後のカズキの足取りについて、私は何か見逃しているのではないだろうか。もっと早く、直接的に犯人に結びつくような材料はないのか。

駄目だ。昨日から今日にかけ、私は小曽根で何をやっていたのか。情けない。相手が日系ブラジル人社会という特殊な事情であったことが、必ずしも壁になったとは思えない。もしかしたら、中途で事情聴取を打ち切らざるを得なかった翔太が、もっと多くの秘密を知っていたのではないだろうか。いや、彼が喋っていたのはカズキではなく俊のことだ。

結局は足を棒にするしかないのか。しかしいつものように疲れ切っても、それは単なる自己満足に過ぎないのではないかと私は懸念を胸に抱いた。

夕食が用意してある、と熊谷から連絡が入ったのは午後七時過ぎだった。捜査一課からも待機班が投入され、現場付近での聞き込みは本格的に始まっていただけに、私はその申し出を断ろうとしたが、彼は何故か頑なだった。杉本の家の前に数台の覆面パトカーと鑑識車が停まったままで臨時の前線基地が作られていたのだが、そこではなく、少し離れたＪＲ高尾駅の駅前まで来い、という奇妙な指示である。

「何だい、あのオッサン」仲村から借りてきたレガシィに向かいながら、藤田が首を傾げた。「飯どころじゃないだろうが」

「何か用事があるんだろう」

「何かって、何だ」

「口裏合わせとか」私は車のキーをきつく握り締めた。かすかな痛みが怒りを鮮明にする。「今回の件は俺のヘマだからな、本部の連中にその辺のことを知られたくないんだろう。要するに保身だよ」

熊谷は、去年混乱した西八王子署の刑事課を立て直す——騒ぎを収拾するために派遣されてきた男である。ここで私がヘマをしたという報告が一課に上がれば、自分の首も危なくなるだろう。

「保身じゃなくて、お前を庇おうとしてるのかもしれないぜ」

「俺を庇っても、一文の得にもならないよ」

「馬鹿言うな。自分で考えてるより、お前には味方が多いんだぞ」

「知らなかったな」

「鈍い男だ」

「それは間違いない」

高尾駅までの短いドライブの間、私たちは終始無言だった。指示された交差点の近くに一台の車が停まっているのを見つけ、その先に回りこんでレガシィを停める。すぐに後ろのドアが開き、熊谷と美鈴が乗り移ってきた。

「冷えるな」後部座席で、熊谷が盛んに手を擦り合わせる。エアコンの温度を上げてやると、小さく溜息を漏らして、シートに背中を埋めた。

「飯はどうしたんですか、課長」常に飯は抜かさない、をモットーにしている藤田が助手席から声をかけた。

「用意してあるよ」がさがさと音を立てながらビニール袋を突き出す。藤田がすかさず手を突っこみ、握り飯を取り出した。話をするのは自分の役目でないと言わんばかりに、会話に加わろうとはせずに食事に専念する。

「それで、だな」熊谷が咳払いをして話を切り出した。「こっちが被害者の行方を追っていたことは、一課にはもう報告してある」

「当然ですね、隠しておけることじゃない」熊谷の言葉は、私の神経を逆撫でした。

「いいか、俺たちはミスしたわけじゃないんだぞ」

「いや、ミスです」

「勝率十割の刑事なんか、どこにもいないんだよ。とにかく俺たちは、きちんと手を尽くしてあの子の行方を捜していた。やり方は間違ってなかったんだ。ただ、ちょっと力が及ばなかっただけだ」

「みすみす殺されてしまったんですよ」

「そう言うのはお前の勝手だが、そんな泣き言は誰も相手にしないぞ。人はミスをする生き物だし、今回の一件はミスじゃない。それは一課も了解してる。この件でバツ印がつくことはない。だから、落ちこんでる暇があったら犯人を捜せ」

「別に落ちこんでませんよ」

「だったらどうして飯を食わない」

「腹が減ってないだけです」言った途端に、今日は昼よりも随分前にうどんを食べただけだったことを思い出す。しかし、ここで握り飯を恵んでもらういわれもない。

「ちゃんと食え。食える時に食うのは基本だろうが。藤田を見習え」

「たまげたな」藤田が握り飯を頬張ったまま、不鮮明な口調で告げる。「見習えなんて言われたのは初めてですよ。俺も捨てたもんじゃないわけだ」

「冗談言ってる場合か。いいか、今回は特別に、山口を生活安全課から借りた。行きがかり上、一緒に仕事をしてもらう」

「そうですか」

「しっかりしろ、鳴沢」

「しっかりしてます」

「面子のことなんか忘れろ——いや、面子のために仕事をしろ。あの子を殺した犯人を見つけるのが俺たちの仕事だろうが。その仕事をきちんとやらないと、面子が丸潰れになるぞ。それにお前は一人じゃないんだ。責任を全部背負いこむな」

無言で車を下りた。「どうした」と言う熊谷の声が追いかけてくる。聞こえなかった振りをしてドアを閉め、後続車から浴びせられるヘッドライトとクラクションを無視して車に体を預けた。凍りついた風が頬を叩き、ともすれば私を凹まそうと、その場で氷漬けにしようとする。拳を握り締めたが、それを叩きつける相手は今はいない。そして、いつまでも空気を握り締めているわけにはいかないのだ。この拳を叩きつけるべき相手は必ずいる。そいつを捜し出さない限り、カズキは浮かばれない。

アメリカにいる時、私は事件に巻きこまれた勇樹をぎりぎりのところで救い出したことがある。あの時は、あちこちに衝突しながらも結果的には上手くいった。今回はどうして駄目だったのだろう。カズキが身内ではないから気合が入らなかった？　そうだったとは考えたくない。何かに油断していたのだろうか。そんなことはない。しかし、何かがおかしかった。微妙な狂いが、私の動きに誤差を生じさせた。

微妙に狂った歯車を元に戻すには、しばらく時間がかかるだろう。しかし、狂ったままでも走り続けなければならない時がある。とにかく前へ進むこと。かつて味わったことのない屈辱を嚙み締めながら、私はさらにきつく拳を固めた。今、そこにあるのは空気。だが必ず、カズキを殺した犯人の魂を握り潰してやる。いつの間にか、寒さを感じなくなっていた。まるで風が私だけを避けて吹いているようだった。

2

署に戻るという熊谷を見送った後、残った私たちはレガシィの中で作戦会議を開いた。握り飯のおかげで空腹が遠のいたせいか、少しは冷静に頭が働くようになった。

「ヒントは、ここにはないな」ハンドルに両手を乗せたままつぶやくと、藤田が私に同調した。

「そうだな。目撃者の線は当てにできそうもない。この辺には縁のない子どもだし」

「やっぱり小曽根ですね」美鈴がつぶやく。私はうなずき、言葉を継いだ。

「カズキの生活範囲は狭い。あの子に関係のある人間は、全部小曽根に住んでるはずだ。分かった限りで一人だけ例外はいるけど」

「館林にいる親戚ですね」と美鈴。

「ああ。ただし彼女も、カズキが行方不明になっていることは知らなかった。それが嘘だとは思えない」

「俺は、父親の金のことが気になるな」藤田が煙草に火を点け、窓を開ける。煙が冷気に溶けこんだ。他人の車だから吸うな、とは言えない雰囲気になっている。

「それは俺も考えてた。もしも誰かに借金をしたりして、それが子どもを殺すきっかけになるということは……」

「飛躍し過ぎですけど、考えられないことじゃありませんね」美鈴が私の言葉を支持した。「殺人の動機なんて、そんなにたくさんありませんから」

「そういうことだ」藤田も同調した。「カズキの周辺を洗うのが一番手っ取り早いな。そのためには小曽根に行かなくちゃいけないけど、どうしたもんかね。捜査会議でこのことを言っても、取り合ってもらえるかどうか微妙だぜ。今の段階じゃ、あまり説得力があるとは言えない」

「やるだけやってみよう。それで駄目なら——」

「いつもの暴走か」藤田が溜息をついた。

「何とでも言え」むっとして言い返すと、藤田がにやりと笑った。

「ま、やばいと思ったら俺がブレーキを踏んでやるよ」

「藤田さん、鳴沢さんに影響を受けてませんか？」疑わしげに美鈴が言った。「もちろん、悪い影響ですけど」

「そうかもな」藤田が認める。「仕方ないよ。近くにいれば染まってくるもんだから。この男は、俺の影響をまったく受けてないみたいだけどな」

「とにかく、今夜の捜査会議で進言してみよう。その前に、やらなくちゃいけないことがある」私は携帯を取り出し、それで膝を叩いた。「カズキが死んだことを知らせなくちゃいけない相手がいる」

それは車内の自在な議論を圧死させ、甲州街道の喧騒を忘れさせる提案だった。


「島袋さん？」

島袋が沈黙する。それはあまりにも深く、私は彼が電話の向こうで気絶してしまったのではないかと心配になったほどだった。

「島袋さん、大丈夫ですか」

「ああ」ようやく声が戻ってきた。だがそれは、私がかつて聞いたことのない、怒りと冷徹さを感じさせるものだった。「申し訳ない。何と言ったらいいか……」

「申し訳ないのはこっちです。もう少し早くあの子を見つけていたら、こんなことにはならなかった」

「いや」島袋は否定したが、無理に本音を押し殺しているのははっきりしていた。「仕方ないことなんでしょう」

「そういう言い訳は警察には許されません」

「今時そんなことを言うのはあなたぐらいじゃないですか。普通は、自分の責任にならないように上手く逃げますよね。それともあなたは、普段から謝罪の仕方を練習してるんですか」

無言で唾を呑み下し、強烈な皮肉に耐えた。こちらは反駁できる立場にはない。

「明日にでも、またそちらに伺います」

「どうしてまた」

「カズキ君を殺した犯人を捕まえなくちゃいけないからです」

「そうか……その件は、あなたが捜査するんですね」

「もちろんです。彼の遺体は八王子で見つかったんですから、我々が責任を持って捜査します」

「信頼していいんでしょうね、警視庁の皆さんを」

「ええ」彼はわざわざ「警視庁の」と言った。何故だ？　どうして単に「警察の」ではいけないのか。「島袋さん、小曽根署と何かあったんですか？　日系の人たちとあまり上手くいってないのは分かりますけど」

「それは若い連中のことでしょう？　あいつらも悪いんですよ」いつの間にか、島袋はいつもの調子を取り戻していた。「警察を挑発しちゃいけないですね。自分たちが強いということを見せつけたいのか、警察を馬鹿にし切っているのか分かりませんけど、そのうち面倒なことになるでしょうね」

「私も車に石を投げられました」

「そういうことは珍しくもないですよ。悪いことをしたら、ちゃんとお灸をすえてもいいのにね、小曽根署の人たちも。結局、係わり合いになりたくないんでしょう。コミュニティーの中で何が起きても、そこが日本じゃないみたいに無視してますからね。乗り出してくるのは、日本人が被害者になった時だけだ」

「今回の轢き逃げのように」

「ああ……」語尾がすっと消える。

「島袋さん、轢き逃げの件で何かご存じなんですか」

「具体的なことは何も知りません。それに私は、無責任なことを言いたくない」

「何か噂があるんでしょう」

「どうしてそう思うんですか」

「あなたは、『具体的なことは何も知らない』と言った。逆に言えば、具体的じゃないことは知ってるんじゃないですか。例えば噂話とか」

「そう追いこまないで下さい」島袋が大袈裟な溜息をついた。「私はこれから、いろんな人にカズキの話をしなくちゃいけないんですよ」

「申し訳ない」

「代わってもらうわけには……いかないでしょうね。それは私の仕事なんだから」

「無理しなくてもいいんですよ。こちらから小曽根署にも連絡が行きますから、遺族には彼らが説明するでしょう」

「遺族っていっても、こっちにいるのはもう妹だけじゃないですか」

そうだった。いったいどうするつもりなのか。コミュニティーの中では助け合いもあるだろうが、死んだ兄、ブラジルで身柄を押さえられた父、乳飲み子を抱えた母は、彼女にとってははるかに遠い存在である。帰国させるにしても、どうやって金を工面するのか。

「とにかく、私が話します。警察からそういう話が流れると、また反発する人間もいるでしょうからね」

「でも、それを受け止めるのも警察の仕事なんですよ」

「軽く見ない方がいい。日本ではあまり例がないから、あなたは実感できないかもしれませんけど、暴動にでもなったらどうするんですか」

「そうなったらその時にまた考えます。とにかく、できるだけ早く小曽根に入ります。またお目にかかると思いますすけど……」

「騒ぎにならないといいんですけどね。私が無事でいることを祈って下さい」

「私は祈りません」

一瞬、島袋が言葉を切った。次に彼の口を突いて出てきたのは、「あなたは無神論者ですか」という非難のニュアンスを帯びた言葉だった。

「今はそんなことを話している場合じゃないと思います。ただ、神が万能だとしたら、どうしてカズキが殺されるような世の中を作ったのか、不思議ですね」

「それは、有史以来ずっと繰り返されてきた質問です。答えは一つ。それも神の御業だから、と言うしかない」

「議論はそこでお終いですね。でも、人が人を殺すような世の中を作ったのが神なら、私はそういうものを信用しない。会ったら、お前はひどい奴だって言っておきます」

「罰当たりですよ」

「そもそも罰当たりな人間なんです、私は。カズキを救えなかったんだから」

「結局そこに戻るわけですか……でも、私も同罪ですね」

「二人で反省するのは後にしましょう。今はやることがある」

電話を切った瞬間、助手席の藤田の携帯が鳴り出した。短い相槌を打ちながら相手の言うことに耳を傾けていたが、すぐに電話を切って私に告げる。

「一時間後から捜査会議だ」

「何か情報は？」

「今のところ、なし。出張の用意でもしておくか？」

「そうだな」今夜中に小曽根入りすることを考えた。夜なら道路も空いているはずだから、一時間で着くだろう。そうすれば時間を無駄にせず、明日は早朝から動ける。

会議では延々と報告が続いた。その場の主役を張ったのは熊谷である。事情が複雑なので、話が長くなるのはある程度仕方ないことだが、要点はきっちり押さえていた。こういう非常時を共にするのは初めてだったが、私は彼に対する評価を上方修正した。

報告が終わると、捜査本部を仕切る本部の捜査一課管理官が、明日以降の仕事の割り振りを指示する。ところが、私と藤田、美鈴の名前は呼ばれなかった。外すつもりか？手を上げようとした瞬間、捜査の初日ということで現場入りした一課長が立ち上がって私たちに正対した。幾つかの事件を通じて私と何かと因縁のあった水城（みずき）。ほぼ二年に亘（わた）

って一課の刑事約三百六十人を率いたこの男は、間もなく発令される年間最大規模の異動で、西新宿署長への栄転を噂されている。おそらくこれが、一課長として最後の捜査本部事件になるだろう。

「残念なことに子どもが犠牲になった」分厚い胸板を膨らませて深呼吸した水城が、沈痛な声で切り出す。太い眉毛は怒りで震えているようだった。「今回は日系ブラジル人の少年という、少しだけ特殊な被害者だ。日系の人たちにいろいろ問題があるのは諸君らも承知していると思う。住民とトラブルが起きている地域があるのも事実だ。しかしこの際、そういうことは関係ない。諸君らの中には、亡くなったイシグロカズキ君と同じぐらいの年の子どもがいる者もいるだろう。今さら言うまでもないが、命に軽重はない。自分の子どもの顔を思い浮かべろ。絶対に成仏させてやるんだ」

声にならない声が会議室を満たした。水城が腰を下ろしたところで、管理官が会議の終了を告げる。小曽根での捜査を進言するために立ち上がった瞬間、水城が私を手招きした。会議用に並べられた折り畳み式のテーブルを縫うように、部屋の前に陣取る彼の元に足早に向かう。藤田と美鈴もその後に続く。水城が長いテーブルの中央に座り、右側を西八王子署の署長と熊谷、左側を一課の管理官が固めていた。

「久しぶりだな、鳴沢」

「はい」足を肩の幅に広げ、後ろ手を組んで彼と相対する。いつも厳しい表情を浮かべていた水城の顔に、わずかな緩みを発見した。それも仕方ないことだろう。二年間、警視庁で最も厳しい管理職を務めたのだ。そこから解放されることになってほっとしない人間はいないだろう。

「珍しいな。こんな田舎の署で一年のうちに二回も捜査本部が立つのは」彼が指摘する二回のうちのもう一件は、西八王子署の刑事課を激震が襲う原因となった、去年のある事件のことだ。

「確率の問題は関係ないと思います」

「お前が事件を運んできたんじゃないのか」私は思わず目を剝いた。こういう気安い冗談を言うタイプではないと思っていたのだが。一課長の座を外れる安堵感は、人柄さえ変えてしまうのだろうか。

「そんなことはありません」

「しかし今回の件も、お前の動きが発端だった」

「申し訳ありません」素早く頭を下げ、彼の顔を正面から見据える。今度は水城が目を見開いていた。

「俺が一課長をやってるうちに、お前が頭を下げる場面を見るとは思わなかった」

「ミスをしたと思えば頭ぐらい下げます。とにかく今回は、俺の努力が足りなかった結果、こうなったんです」

「結果論だ」水城が両手を組み合わせ、テーブルに肘をついた。「そういうことを愚図愚図言っても何にもならない。やるべきことは一つしかないんだからな」

「分かってます」

「それなら結構だ。さて、君たち三人には群馬まで行ってもらう」

「はい？」藤田が間の抜けた声を上げた。それはそうだろう、私たちはそれなりの覚悟を決めてこの会議に臨んだのに、先手を打たれた格好になったのだ。小曽根に出向くよう、幹部を説得する。それに失敗したら、そのまま闇に紛れて出発してしまおうと合意していたのに、あっさり先を越されてしまった。

「小曽根と言ったな、その現地に飛んでくれ。状況によってはさらに人を投入する。今のところ、そこにしか手がかりがなさそうだからな。現地にはもう連絡済みだ。好きに動いてもらって構わない」

「課長――」

「向こうの所轄から車を借りてるそうじゃないか。さっさと返してこい。そして、しっかりやってくれ」私の言葉を遮った水城がにやりと笑う。私としても一言言い返さざるを得なかった。

「言われなくてもやるべきことはやります」

水城が苦笑を浮かべて手を振り、私たちを会議室の出口に追いやる。背中に風をくらったように、私たちはその場を後にした。


夜のドライブは一時間ほどで終わった。途中、昨日私が泊まったホテルに電話を入れて三人分の部屋を予約する。着いたのは十一時半。分乗してきた二台の車を駐車場に預け、チェックインする。中途半端な時間で、今からでは動けない。気持ちは急いたが、明日の朝八王子を出発したのでは、半日時間を無駄にすることになるのだ、と自分を慰める。

私の部屋に集合し、翌日の手順を確認する。学校でもう一度子どもたちの話を聴くこと。島袋に協力を仰いで、コミュニティーの中で事情聴取をすること。必要なら、工場の方に当たってもいい。話す人間が見つかったら、という前提だが。

「その、島袋っていうオッサンは使えるのか」藤田が、部屋に備えつけのコーヒーハウスのメニューを広げながら訊ねる。

「今日の日中までは協力的だった」

「何だよ、それ」

「カズキが殺されたことを伝えたら、俺のことが嫌いになったみたいだ」

「好きか嫌いかは捜査に関係ないんだよ。ところでここの朝飯、バイキングだよな。美味いのか？」

「食べたけど、味は分からなかったな」

「情けない。食ったものの味ぐらい覚えておけって……飯は六時半からか。集合はその時間にしよう。三十分で飯を食って、七時から動き出す」

「了解」

「今夜はこれで解散でいいですか」腰を上げた美鈴の声は疲労で曇っていた。

「もちろん」煙草のパッケージを弄(もてあそ)びながら藤田が立ち上がる。「今のうちに休んでおこう。明日も長くなりそうだぜ」

「じゃ、失礼します」冷徹に言い放ってから立ち上がり、美鈴が私に向かって一礼し
――藤田は無視された――部屋を出て行った。ドアが閉まるのを見送り、藤田が舌打ちして煙草に火を点ける。

「この部屋、禁煙だぞ」

「おっと、失礼」慌てて周囲を見回し、灰皿がないのを確認すると、ポケットから携帯

灰皿を取り出して煙草を揉み消す。その目は、美鈴が消えたドアを恨めしそうに見ていた。「だいぶへばってるな」

「当たり前だ。お前もだろう?」

「正直言えばね」両手で顔をごしごしと擦った。「いろいろ、やり切れん事件だよ」

「今夜はゆっくり休んでくれ」

「了解。そうするよ」

疲れた言葉を残して藤田も部屋を出て行った。取り残された私は靴も脱がずにベッドに転がった。眠い。眠いが妙に目が冴えていた。ちゃんと体を動かしていないせいだろう。かといって、ここで一人、腕立て伏せを百回するのはひどく馬鹿馬鹿しく思えた。目を閉じ、頭の中でカズキの様々な表情を再現する。しかし、どの表情にも一貫して浮かんでいたのは疑念だ。誰かを疑っている——そうではない。私に会っていた時は、私が信用できるかどうか見極めようと、あんな顔になっていたのではないか。

話すつもりになっていたら、何を打ち明けるつもりだったのだろう。秘密。そう、秘密だ。その秘密は自然と、彼の父親が起こした轢き逃げ事件に結びつく。もしかしたらカズキは、父親の無実の証拠を知っていたのではないか。信じられる人間に話そうと足掻いているうちに、その事情を明かされてはまずい人間に追いつかれ、殺された。

事情を明かされてはまずい人間――それは轢き逃げ事件の本当の犯人なのか？　自分の犯行が発覚するのを恐れて、唯一の目撃者であるカズキを始末しようとした――シナリオとしては悪くない。だがこのシナリオには重大な問題点がある。小曽根署がミスをしたことを証明しなくてはいけないのだから。

考えても仕方がない。思い切ってベッドから起き上がった。少し外を歩いてみよう。冷たい風に当たって頭を冷やし、明日のために少しでも眠る。そう言えば、今日は急に出てきたので着替えもない。せめて下着ぐらいは新しいものに替えよう、そう思って部屋を出る。ホテルの左手、百メートルほど先にコンビニエンスストアがあった。足元から這い上がる寒さに震えながら早足で歩き、着替えの下着とペットボトルの水を買いこむ。夕飯は握り飯だけだったが、空腹はさほど感じなかった。そもそも、こんな時間に何かを口に入れるのは犯罪に等しい。

買い物を済ませて店を出た途端、「鳴沢」と呼び止められる。顔を上げると、冴の険しい表情に出くわした。開いたままの自動ドアを挟んで、私たちはじっと見詰め合った。寒風が店に吹きこみ、店員がレジから身を乗り出して「すいません、閉めて下さい」と注意を飛ばす。私たちは揃って右に動き、ドアが閉まるのを待った。冴の表情がわずかに綻ぶ。何を言いたいかは容易に想像できた。馬鹿じゃない？　ドアを挟んで睨めっこなんて。

私が先に店を出た。冴は外で立ったまま私を出迎え、「買い物してくるけど、待ってるつもり、ある？」と訊ねる。無言でうなずき、ビニール袋を体の前でぶら下げたまま、彼女が出てくるのを待った。吐く息が顔にまとわりついて鬱陶しい。地方の都市に特有の深く沈みこむような夜の闇が、私の全身を包みこんだ。コンビニエンスストアは灯台のようなものであり、ここを離れると行く先を見失ってしまいそうな暗さが街を支配している。行き交うのは車だけで、人の姿はまったく見えない。

ほどなく冴が、巨大なビニール袋をがさがさ言わせながら店を出て来た。私の横に並ぶと、黙って温かいお茶のペットボトルを取り出す。受け取り、手の中で転がした。

「飲めば？」

「奢ってもらう理由はないけど」

「じゃ、返して」

「いや、いい」キャップをねじ取り、口をつける。冴がじっと見守っていることを強く意識した。彼女に顔を向ける。「いつこっちへ戻って来たんだ」

「夕方。同じホテルに逆戻りよ」

「……知ってるんだな」

「そう。依頼人から連絡を貰ったわ」冴の声は淡々と事務的で、本当に私と話をしたいのだろうか、という疑問が持ち上がってきた。

「何か言いたいことがあるんじゃないか」

「分からない」

「君らしくないな」

「私はね、警察を辞めてから、物事を簡単には断言できなくなったのよ」

「どうして」

「寄りかかるものがないから、かな」

「組織とか」

「法律とか」

冴が口をつぐむ。自分の分のお茶を取り出し、両手で包んで暖を取った。奇妙な感じがする。カズキの件は、明らかに私の失敗だ。彼女の性格からして、この状況に激怒してもおかしくないのに——コンビを組んでいた頃なら、間違いなく爆発していただろう。酒を呑んで荒れていたかもしれない。だが今の彼女からは、あの頃私にぶつけてきた爆発的なエネルギーが感じられない。何かを諦め、怒ることすらやめてしまったようだ。冴がお茶を一口飲み、立ち位置を変えて私に向き直った。

「この前、警察という立場じゃなくて捜査することについて、話したでしょう」

「人柄が大事」

「そう。それもあるけど、一番大きいのは物の見方が変わったことね」

「例えば？」

「私は、法律のためじゃなくて、特定の人間の利益のために動く。ビジネスだから」

「それでいいのか？」

「何もしなくても給料が貰えるわけじゃないのよ。でも、依頼人の利益が第一と言っても、何でもかんでも引き受けるわけじゃないわ。実際、一度仕事を引き受けてから途中で断ったこともあるぐらいよ。無駄足になってお金も貰えないし、依頼人に恨まれることもあるけど、それはそれで仕方ないでしょう」

「例えば違法な依頼とか」

「そういうの、少なくないのよね。探偵なんて、お金さえ貰えれば平気で法律も破るだろうって考えてる人、多いわ」

「そういう依頼は全部断ってる？」

「それを、警察官であるあなたには言えないわね」冴が肩をすくめた。「とにかく私は、そもそも仕事の入り口から自分で考えなくちゃいけないの。それは、警察時代にはなかったことね」

「逆に俺たちは、舞いこむ仕事を無視するわけにはいかない。そんなことをしたら、世間から袋叩きにあうからな」

「そうね」

「今回の件は……」

「あなたが警察の人間じゃなかったら、カズキは死ななかったかもしれないわね」

「まさか」笑い飛ばしたが、我ながら勢いがなかった。

「あなたは警察官の目でしかあの子を見ていなかった。日本に仕事を求めて渡って来た日系ブラジル人の子、轢き逃げ事件の犯人の息子。あなたにとってカズキは、それだけの存在でしょう」

「それが何かまずいのか?」

「よく考えて。調べて」

「何が言いたい?」

「それは私の口からは言えないわ」冴が疲れた笑みを浮かべる。風が彼女の長い髪を躍らせた。目にかかった細い筋を指に絡ませながら続ける。「少なくとも私が聞いて知っているカズキは、あなたが考えているような子どもじゃなかった。あの子は、そう、い

い子だったはずよ。人のことを自分のことのように心配できる子。十歳ぐらいでそうい
う気持ちを持てる子どもなんて、そんなにいないんじゃないかな」

「それがカズキの失踪と何か関係あるのか」

「ノーコメント」真顔だった。「私たちには守秘義務はない。喋らないでいられる権利
はない。だから、そういうことで逮捕されるかもしれないっていう覚悟もできてるわ。

とにかく言えない。依頼人との信頼関係があるから」

「そもそも君の依頼人は誰なんだ」

「ノーコメント」

「俺には分かってる――」

「それでもノーコメント。これで三回目ね。スリーアウト」

アンパイアの真似をして親指を上げてみせたので、仕方なく首を振る。完全に彼女の
ペースにはまっているし、突き崩すだけの材料は今の私にはない。

「カズキを偏見の目で見ないで欲しかった」

「偏見？　冗談じゃない」

「ごめん、言葉が悪かったわね。偏見じゃなくて、警察官の目で見ないでってこと。そ
ういう見方じゃなくてあの子と話していたら、今とは違う展開になってたかもしれな

い」

「何が言いたいんだ？　君はカズキを捜す他にもやってることがあるって言ってたよな」

「そう。二十五パーセントはね。カズキが死んで、今はそれが百パーセントになった。私はそれに全力を注がなくちゃいけない」

「その二十五パーセント——百パーセントは何なんだ」

「表面上のゴールは同じでも、私とあなたは正反対の目的を持っているかもしれない」

「どういうことなんだ」

「それを言えば、あなたは私を止めると思う。邪魔するかもしれない。あなたには、そういうことをして欲しくない」

「何を言ってるんだ」私の頭は混乱し、謎掛けのような冴の喋り方に、次第に苛立ちを感じ始めた。

「群馬県警が何をしたと思う？」

「きちんと捜査したじゃないか。轢き逃げ事件に関しては」

「分かってないな」ゆっくりと首を振る。「警察は絶対ミスをしないと思ってるの？」

「単なる轢き逃げ事件だぜ？　普通にやれば、ミスはあり得ない」やる気のない仲村の態度を思い出しながら、私はつい彼らを庇ってしまった。

「そういう決めつけ、今の私にはできないわ……警察官じゃないから」冴が小さく溜息をつく。白い息が顔にまとわりつき、寒さを一層強く感じさせた。「あなたは猟犬だと思ってた。事件の臭いを嗅ぎつけるのは本能みたいなものだって。だから刑事になったんだし、事件に入りこんできたんじゃない？　少なくとも私はそう思ってた。偏見や決めつけとは関係なく、信念に従って仕事をする人だと思ってたけど」いつの間にか鋭く尖った冴の視線は、私に反論を許そうとはしなかった。

「仕方ないわよね」冴が、東京では望めない、澄んだ星空を見上げる。全ての星がごく近くにあり、手を伸ばせば触れられそうだった。「私も警察を辞めて結構長くなるし、あなたと考え方がずれちゃうのは当たり前よね。でも、お願い。今回の件はもう一度白紙に戻して考えて。そうすれば答えが見えてくると思う」

「君は何を知ってるんだ」

「さあ」左手にビニール袋、右手にペットボトルを持ったまま、器用に肩をすくめる。

「知らないっていうことじゃないわ。言えないのよ。法的な後ろ盾はないけど、私なりの守秘義務。それは分かって。それに私が摑んでいることは、あくまで感触でしかない。証拠は何もないわ。もしも私たちが今でもパートナーだったら、すぐ話してるけどね。

二人であれこれ話を転がしているうちに、見落としていたことに気づいたり、いいアイディアが出てくることもあるでしょう。でも、今は違う。私たちは別の鉄道会社に属してるのよ。今はたまたま相互乗り入れで同じ線路を走ってるかもしれないけど、いずれは離れる」

「それでもヒントがあれば――」

「ごめんね」

寂しげな笑みを浮かべて冴が首を振る。自分では如何ともしがたい深みにはまってしまっているようだった。手を伸ばしてくれれば、私は引っ張り出すことができる。しかし彼女は、何とか自分で自分を助け出そうとしているのではないか――あるいは自ら泥沼にはまろうと覚悟を決めたのか。

「たぶんこの事件は、今私が考えている通りに動いて、あなたはきちんと解決する。手がかりはいくらでも転がっているんだから、難しい話じゃないわよ。でも私は、あなたと一緒に仕事をすることはできない」

「目指すところが同じでも？　一緒に動けば早く解決できるかもしれない。そもそも、情報を交換しようって先に言ったのは君の方なんだぜ」

「無理」力なく首を振った。「どっちが悪いわけでもないんだけど、私はやっぱり、あなたと同じ道を歩けない。さっきも言ったけど、たまたま今は同じレールの上を走ってるだけなの。この街を離れたら、もう二度と会わないかもしれないし」

「理想を同じくしない人間とは仕事はできないっていうことか」

「そんな青臭いことを言うつもりはないけどね。もちろん、あなたにはこの事件を解決して欲しい。私が真相に辿り着いたって、どうにかできるわけじゃないんだから。民間人だからね」

「ああ」

「じゃあ」

「何か分かったら連絡してくれ」

「それは無理かな」

　短い言葉で、冴が細いが鋭い線を引いた。踵を返し、ホテルに向かって歩き出す。無理？　そうかもしれない。そもそも線を引いていたのは私の方ではないか。私立探偵と一緒に仕事をするなど、とんでもない。自分に火の粉が降りかからないように、彼女に情報を渡そうとせずに、話を美鈴に押しつけてしまった。結局私は、いつの間にか保身を考えていたのかもしれない。もしも最初に冴に会った時、胸を開いて情報を全て交換し合っていたら、カズキは死なずに済んだかもしれないのだ。

牙の背中が闇夜に溶け始める。だが完全に消える前に、一瞬動きが止まった。ホテルの方から歩いてきた人間と一言二言言葉を交わす。それが美鈴だということはすぐに分かった。肩を落とし、うつむいたままとぼとぼとこちらに歩いて来る。私を認めると小さく頭を下げげた。店に入る前に私の横に並び、寒さを封じこめようとでもするように背中を丸める。コンビニエンスストアの白い照明の中、彼女は妙に幼く、頼りなく見えた。若くして夫を亡くし、子どもを育て、きつい仕事をしてきた苦労は影を落としていない。

「悪い癖ですよね」

「何が」

「ついコンビニエンスストアに寄ってしまうこと」

「確かに」私は自分のビニール袋に目を落とした。

「何でだろう。出張とかに行って、ホテルの近くにコンビニエンスストアがあると、必ず寄っちゃうんですよ。買うものなんか何もなくても」

「ああ」

「夜中にデートですか」

「偶然だ」いきなり切りこまれ、単なる事実を告げることにも私は非常な緊張を感じた。

「君こそ、今、彼女と何を話してた」

「謝られました」

「どうして」

「知りませんよ」肩をすくめる。「いろいろ迷惑かけたわねって、それだけ。別に迷惑でも何でもないいんですけどね」

「君から情報を取ろうとしたことだろう」

「でも、大して喋ってませんから。カズキ君が殺されたことがショックだったんじゃないですか」

「ショックを受けない奴なんかいない」

「そうですね。でも私たちは違う。これは仕事なんですから。ショックを受けても、とにかく犯人を捜さなくちゃいけないし、お互いに愚痴を零しあえばショックも和らぐかもしれない。でも冴さんには、そういうことを話す相手もいないんですよね……もしかしたら、鳴沢さんがそういう相手なんですか？」

「違う」

「別に鳴沢さんの私生活に興味はありませんけど――」

「だったら、余計な詮索をしないでくれ」

捨て台詞を吐いてその場を後にする。まずかったな、と後悔したが、一度口から出た言葉を取り消すことはできない。こうやって私は、小さな緊張感を日々背中に積み重ねていく。いずれはそれに押し潰されるかもしれないと密かに恐れながら。

3

島袋は憔悴し切っていた。昨夜は家に戻らず、学校に泊まったのだという。しかし見たところ、事務室には体を横たえられるソファすらない。そのことを指摘すると、あちこちに巣食った痛みを和らげようとするように、体をもぞもぞと動かしながら言った。

「椅子でうとうと……ほとんど寝てませんよ」両手を挙げて大きく伸びをする。そのまゆっくり手を下ろして顔を擦った。

「何があったんですか」

「遅くまで、いろんな人が入れ替わり立ち替わり来ましてね。これが揃いも揃って興奮してるから、相手をするだけでげっそりです。最後の人間が帰ったのは朝の四時ですよ」

思わず壁の時計を見上げる。彼がささやかな睡眠を貪ったのは四時間にも満たないだろう。しかし不機嫌でも必要以上に攻撃的でもなかった。疲労は隠しようもなかったが、一晩経って怒りが鎮まったのかもしれない。

「今回の件は、本当に申し訳なかったと思ってます」

「いやいや」島袋が立ち上がり、首を左右に倒す。枯れ枝の折れるような音がした。

「昨夜はね、いろんな人からいろんなことを言われましたよ。そのほとんどが警察批判でした。でも、そうやってむきになって言われると、こっちはかえって冷静になる。それにだいたい、あなたは何も悪くないでしょう。進んでカズキを捜してくれたんですから。結果はどうあれ、感謝して然るべきじゃないかと思います」

「感謝されるような立場じゃないですよ」

「まあ、そう言わないで……とりあえず、コーヒーでもいかがですか。きついのを飲まないと目が覚めない」

「そうですね。いただきます」

島袋が長い髪をゴムで束ね、コーヒーの準備をした。ほどなく、狭い事務室にコーヒーの香りが満ちる。大振りのマグカップに注いで渡してくれた。一口飲んでみると、金属を浸すと化学反応でも起こしそうな強烈な濃さだった。私が顔をしかめるのを見て、島袋が口元を綻ばせる。

「島袋流の特別濃いやつですよ。これであとしばらくは頑張れる……それで、これから

「どうするんですか」

「カズキ君が殺された事件については、警視庁の方で正式に捜査します。現場が東京ですからね」

「そうですか」

「彼は逃げたんですか」

「はい？」島袋がコーヒーの湯気越しに私を見た。「どういう意味ですか」

「どうして小曽根を出る必要があったんでしょう。それが分からないんです。もちろん彼は、父親が事件を起こして逃亡したことを理解していたでしょう。十歳の子にとって、それは大変なショックだったと思います。でも、ちゃんと面倒を見てくれる人もいたし、妹も一緒だった。逃げ出す理由が分からないんです」喋っているうちに、自分の中に芽生えた疑念が次第にはっきりした形を取り出すのを意識した。「逃げた……逃げる理由は間違いなくあったんです。でもそれが何なのか、私には分からない」

「そうですか」島袋が突然、無表情な仮面を被った。

「何かご存じなんですね」

「いえ」私の質問に被せるように答えた。返事が早過ぎる。コーヒーを持ったまま、島袋が狭い事務室の中をうろうろと歩き始めた。かと思うと突然立ち止まり、今見る必要もなさそうな書類をぱらぱらとめくる。時間稼ぎをしていることは一目瞭然だった。ようやく意を決したように、私の前の椅子に慎重に腰を下ろす。

「鳴沢さん、私は時々、自分のアイデンティティが分からなくなります」

「はい？」

「私はブラジルで生まれました。日本に来るまでは、日本のことなんかほとんど何も知らなかった。それが今では完全な日本人です。ブラジルを捨てたわけじゃありませんよ。今でもあの国は愛してます。何といっても自分が生まれた国ですからね。でもどういうわけか、子どもの頃の記憶が日々薄れていくんですよね。自分が向こうで何をしていたか、どんな友だちがいたか、思い出そうとしても霞(かす)んでしまうこともある。老化の始まりかもしれませんけどね」寂しそうに笑って言葉を継ぐ。「それは冗談だとしても、日系の人たちとも馴染めなくなっているような気がしています。もちろんそういう人たちを助けたいから、こういう仕事をしてるんだし、日々深くつき合ってるんですが、それでも馴染めない感じは強くなってるんですよね。正直言えば、時々鬱陶しくなることさえある」

「どういうことですか」

「ブラジル人気質って言うんですかねえ……何に対してもあけっぴろげで大袈裟なんで

す。何でこんなことで騒ぐんだっていうぐらい煩いし、思いこみも激しいんですよね。何の根拠もなく、噂に飛びついては大騒ぎする。いい悪いの問題じゃなくて、それが国民性なんでしょうけどね。でも、そういうのが段々疎ましくなってきたのは事実です。それに気づいたのが、そう、今から三年ほど前でしたかね。たまたまブラジルに行く用事があって、ニューヨーク経由で向かったんです。その時、機体整備の関係でニューヨークでほぼ半日、足止めされました。ようやく乗る段になった頃には疲れ切って、さっさと眠りたかったのに、ブラジルの人たちはお構いなしなんです。やっと飛行機が動き出した時は、大歓声を上げて盛り上がってるんですよ。盛り上がるところじゃないと思うんですけどねえ……何というか、あのノリにはもうついていけません」

「ええ」話の行き先が読めないまま、私は相槌を打つに止めた。

「結局私は、もうすっかり日本人になってしまったんでしょうね。日系の仲間が騒いでいても、それを真に受けることができない。そんなの単なる噂だろう、そういうことで騒ぐなよって、冷静に受け止めてる自分がいるんです。もちろん表面上は、連中に同調して話を聞くんですけど」

「何か噂があったんですね」

「まあ、それは」それまで能弁だったのが、ゼンマイが切れたようにぼそりと言った。

「噂でも何でもいいんです。私はとっかかりが欲しい」

「鳴沢さん、私が自分が日本人なんだって感じるのはこういう時です。いい加減な噂を口にしたくない。無責任なことは言わない」

「日本人だって、根拠のない噂で騒ぎ立てる人はいますよ」

「私が聞いている、昔からの日本人の姿は、そうじゃないですね。慎み深い。隣人の悪口は言わない。そういうのはもう時代遅れなんでしょうか」

「そうかもしれません」

「失礼、余計な話でした」いきなり島袋が立ち上がった。「そろそろチビたちが来る時間です。面倒を見てやらないと……学校に行かない子どもたちのレッスンも、朝からやってるんですよ」

「もう少し話をさせてもらえませんか」

「申し訳ない」深々と頭を下げた。「私が適当なことを言わなくても、あなたはすぐに耳にするでしょう。あの探偵さんも、もう知っているはずですよ。ただ彼女は、警察官じゃないですからね。噂だけで、どこまで調べられるか」

やはり冴は何か知っているのだ。昨夜の中途半端な決別が悔やまれる。彼女の口から、事件につながる情報が聞けたかもしれないのに。それにしても彼女は、これからどうするつもりなのだろう。仮にカズキを殺した犯人に辿り着いたとしても、逮捕はできない。私たちに犯人の名前を明かし、「所詮警察なんてこの程度よ」と皮肉に鼻を鳴らすつもりなのか？　そうとも思えなかった。彼女は皮肉を言わない。そんな回りくどいことをせずに、いきなり真正面から鼻に強烈なパンチを見舞うはずだ。冴自身、迷っているのではないかという予感がある。ということは、そんなに単純な筋書きではないのかもしれない。彼女の決断を迷わせる事情、それを知りたいと私は切に願った。

学校での聞き込みに回った二人と合流し、校内の駐車場に停めた車の中で打ち合わせをした。美鈴は強引に手を回して、再び翔太から事情聴取を行っていた。

「関係が薄いな」藤田は成果を認めようとしなかった。「確かに、俊とカズキの間に何かがあったのは間違いないと思うけど、それが失踪に結びつかない」

「カズキ君は、何かまずいことを聞いたのかもしれません」と美鈴。「それこそ、この町にいると危ないと思えるようなことを」

「俺は島袋の態度が気になる。何かを隠してるんだよ。だけど本人は、どうしても言いたくない感じだった」

「小さな町ですからね、何かあれば噂は広がるはずなんですけど……」

「この町は二つに分かれてる」

「それだよ」助手席で胸に顎を埋めるようにだらしなく姿勢を崩していた藤田が、急に体を起こした。「日本人の間で噂されてることなら、俺たちの耳にも入ってくるはずだ。それがないっていうことは……」

「日系の人たちの間に流れてる噂が問題だ。そんな噂があれば、だけど」私も応じる。あるのは間違いないと分かっているのだが、はっきりと言えない自分に苛々する。

「あるんだよ。島袋って男は間違いなく知ってるぜ。知ってるけど、いい加減なことは言いたくないって感じだったんだろう？　奴さんを絞り上げてみるのも手だぞ」

「少し時間を置こう。空手のまま話を聴きに行っても、彼も頑なになるだけだ」

「材料か……日系人に直接事情聴取するのは無理だろうな。仮に俺たちがポルトガル語を話せても、だ」

「警察は信用されてないから」

「そういうこと。かといって、何もしないわけにはいかない。とりあえず、工場に回ってみるか？　そこで日本語が分かる奴らを紹介してもらう手はある」

「じゃあ、二人は工場の方を頼む」私は手帳を探って、先日貰った長澤の名刺を取り出した。「人事の係長だ。この人を突破口にすればいい」

「お前はどうする？」

「小曽根署に行く」

「どうして」

「あの連中も、絶対に何か情報を握ってるはずだ。だけどそれを表に出さない。軋轢を怖がってるからだ」

「揺さぶってみるつもりか」

「そういうこと」

「揺さぶり過ぎると地震になるぞ」

「必要があればそうする」

藤田が深い溜息をついてドアに手をかけた。体を捻って私をちらりと見ると、「液状化に気をつけろ」と忠告した。

「何だ、それ」

「地盤が弱いところで地震を起こすと、自分まで巻きこまれるっていう意味だよ。死ぬぞ」

「今までも、そういうことはいくらでもあった。でも生き残ってきたからな」

「確かに。あんたはそういうやり方しかできないしな」

「お二人とも自爆するのは勝手ですけど、私を巻きこまないで下さい」後部座席から、美鈴が冷静に声をかけてきた。

「そう言うなって」藤田が懇願するような口調で声をかける。「こうなったら一蓮托生じゃないか。地獄の底までつきあってくれよ」

「地獄の底に落ちたら、犯人を捕まえられませんよ」

私と藤田は、顔を見合わせて黙りこんだ。彼女の言葉は百パーセント正しい。

小曽根署に近づくと、緊張した空気を感じた。テレビの中継車が何台か、庁舎の前の道路を占領している。黙って中に入り、そのまま交通課に足を運ぶ。私が入り口に顔を見せると、制服姿の仲村が立ち上がった。レガシィの鍵を鳴らしてみせると、嫌そうに近寄って来る。

「外で話しませんか」

「ここでいいじゃないですか」

「他の人に聴かれたくないんだ」

「嫌な感じですね」

「こういう仕事をやっていれば、耳の痛いこともある」

仲村は露骨に嫌そうな表情を浮かべたが、断る理由は見つからないようだった。ひどくのろのろした足取りで付いてきたので、署の裏手にある駐車場に出るまでの間、二度ほど後ろを振り返って彼の顔を確認せざるを得なかった。

「こっちに停めたんですか」しばらく立ち止まっていると、仲村が追いついてきた。

「正面でよかったのに」

「テレビの連中が来てるんですよ。交通課から見えなかった？」

「気づきませんでしたね。でも、今回の件は交通課とは関係ありませんから」

「本当に？」

「何が言いたいんですか」

「車に乗りましょう」彼の質問を無視してドアに手をかける。

「返してくれるんじゃないですか」

「ガソリンを満タンにしてから返しますよ」

「いいですよ、そんなことは。レンタカーじゃないんだから。それより、何なんですか」

「ブラジルから何か連絡は？」

「何度か、警察庁経由で入ってきてます。まあ、代理処罰がどうなるかはまだ分かりませんけどね。向こうの法律は日本とは違うし、外交的な問題もあるわけだし。裁判もそれなりに時間がかかるでしょう」

「向こうでのイシグロさんの様子はどうなんですか」

「知りませんよ」仲村が、不貞腐れたようにドアに体を預けた。「通り一遍の報告が入ってくるだけで、細かいところまでは分からない」

「相変わらず否認してる？」

「そのようですね。向こうの警察がきちんと調べてくれているかどうかは分からないけど。俺がやれば、すぐに落とせるんですけどね」

「イシグロがやっていないとしたら？」

「はあ？」

「イシグロが犯人なのは、絶対に間違いないんですか」

「当たり前じゃないですか。鳴沢さんは刑事事件のプロかもしれないけど、こっちは交通事件のプロなんですよ。しっかり物証も揃ってる。日本で裁判になっても、必ず有罪を勝ち取れますよ」

「逆に言えば、物証しかないわけだ」

「それだけじゃ足りないって言うんですか。轢き逃げ事件の捜査では、物証が一番大事

「なんですよ」

「考えてみて下さい。イシグロが実際に車を運転しているところ、俊君を轢いた場面は誰も見ていない」

「しかし、目撃者が——」

「イシグロさんの顔まで見たわけじゃないでしょう。車のナンバーを確認できただけなのだ」自分が単なる推測——いや、想像に任せたまま適当なことを喋っているだけなのだということを強く意識する。しかし一度言葉にしてしまうと、その可能性が高いのではないかという疑念が高まってきた。

「誰か別の人間がやったって言うんですか、あなたは」

「それは分からない。イシグロを直接調べることはできないんだから」

「しかしですね、他に容疑者は考えられないでしょう」

「そうかな」

不意に、藍田の顔が脳裏に浮かんだ。子どもを殺された父親。しかも、国籍の壁に関係なく仲良くつき合っていた男が犯人だ。憔悴しきり、親戚に頼らないと生きていけなかったかもしれない男。俺が車を貸さなければ——自らの行動を悔いる彼の言葉が頭の中であちこちにぶつかった。

「何を考えてるんですか、鳴沢さん」探るように仲村が切り出した。

「轢き逃げ事件で、こういうケースはあるんですか」

「こういうケースって？」

「日系の人が轢き逃げしても、国外にまで逃亡しようと考えるだろうか」

「え？」

「状況によっては、執行猶予(ゆうよ)で済むかもしれないでしょう」

「それはそうですけど、轢き逃げに対しては、概して判決は厳しいですよ。過去にはこういう逃亡のケースもありました」

「俊君が轢かれた場所を考えて下さい」私は手帳を取り出し、現場で書いた見取り図を探し出した。道路の端から少し離れたところにボールペンの先を叩きつける。「ここは歩道じゃないでしょう。横断歩道もない。人が歩く場所じゃないんですよ。例えば、俊君が自分で道路に飛び出してきた可能性は考えられませんか」

「それは何とも……言えませんね」仲村の口調が曖昧に濁る。「目撃者も、直前の状況までは見てないんだから」

「自分で飛び出したか、あるいは誰かに押されたか」

「まさか、カズキがそうしたとか言い出すんじゃないでしょうね。下校の時は一人だったはずです」

「可能性としてゼロというわけじゃないでしょう。ちょっとした悪戯で……それがあんな結果を引き起こしたとしたら、失踪しようという気にもなるんじゃないかな。十歳の子どもだって、それぐらいの事情は分かるはずですよ」

「しかしな……それはいくら何でも」腕組みをした仲村が唸る。

「誰も見ていないっていうことは、何の証拠もないということですよ。直前の状況は誰にも分からないわけだから。そこを調べ直すわけにはいかないんですか」

「無理です」

「面子のことを考えてるなら、そういうのは忘れて下さい」

「面子も何も、轢き逃げはこっちの事件なんですよ」

「カズキの一件と深く係わっているんです」

「勘弁して下さいよ」今度は泣き落としが始まった。「捜査のやり直し？　それがどれだけ大変なことか、鳴沢さんにだって分かるでしょう」

「分かるけど、曖昧なままにはしておけないでしょう」

「それはそうかもしれないけど……」ふいに窓ガラスをノックする音が響き、仲村がびくりと体を震わせた。外を見てノックの主に気づき、急に緊張を解く。交通課長の松永が怪訝そうな表情を浮かべて立っていた。仲村がドアを押し開け、外に出る。寒気が入りこんできて、私は思わず首をすくめた。二人は短く言葉を交わした。仲村は車に戻ろうとはせず、ドアを開け放って私に声をかけた。

「ブラジルからまた連絡が入ったようです。鳴沢さんも知りたいですよね」

「もちろん」

車を出て、庁舎に戻る仲村の後に続いた。彼の背中は疲れに塗りこめられ、肩はがっくり落ちている。自分が完成させた事件を足元から見直すことは、手間がかかる以上にショックなことだ。まるで自分を全否定されたような感じになるだろう。それは分かるが、死んだカズキをそのままにしておくわけにはいかないのだ。

小曽根署に届いたのは一枚のファクスだった。ブラジルの司法当局から警察庁、そこから群馬県警に回されてくる中で、どこかで誰かが訳したのだろう。箇条書きの内容は、私の中にあるもやもやとした感覚をさらに増幅させた。

イシグロマサユキの供述状況。

・知り合いの藍田尚幸から車を借りたのは事実である。理由は言えない。
・自分は少年を轢いたが、自分の責任ではない。
・犯人は別にいる。だが誰かは言えない。

「本気ですかね、こいつは」仲村が吐き捨てた。「滅茶苦茶な言い訳だ。訳が間違ってるんじゃないのかな」

「原文も手に入るんじゃないか？　何だったら、こっちで訳してみてもいいですよ」

「まあ、そこまでは……」仲村が腕組みをし、紙を見下ろした。

「課長」一度挨拶しただけの松永に声をかける。「この件は、小曽根署としてはどう対応するんですか」

「今のところは動きようがないな。ブラジルに代理処罰を依頼しているから、当面これ以上のことはできないんですよ。そのうち向こうの司法当局と連絡を取り合う必要は出てくるかもしれないけど。それが何か？」

「いえ」再捜査すべきだ。そう進言したかったが、明らかに自分の権限を逸脱した行為である。仲村に言うのと松永に言うのでは言葉の重みが違う。間違いを正す必要はあるが、具体的な材料がない状態でそんなことを言ったら、ただの因縁と取られるだろう。

「鳴沢さん、こっちの方は我々に任せておいてもらえませんかね」仲村が素っ気ない口調で言った。「轢き逃げは轢き逃げで、きちんと処理します。心配しないで下さい」

「日系の人たちから話は聴いたんですか」

「どうして」仲村が目を細める。

「関係者じゃないですか」

「轢き逃げ事件の関係者じゃありませんよ」

「しかし、事情はいろいろ知ってるはずでしょう」

「必要があれば当然聴きました。つまり、必要はなかったんですよ」

「そう断言していいんですか」

「いいんです」仲村が爆発寸前になっていることはすぐに分かった。耳は赤くなり、目は充血している。握り締めた拳は小刻みに震えていた。が、意思の力で怒りを抑えこみ、何とか手を開く。二度、握っては開いてを繰り返し、顔に何とか笑みに近いものを浮かべた。「刑事課に用はないんですか。殺しの捜査なら、連中が手伝ってくれるでしょう」

「今のところ、手伝いは必要ありません。警視庁の方できっちりやります」

「結構です」

　何が結構なのか。この男は自分のやったことに絶対の自信を持っているが、それが完璧な捜査に裏づけされたものとは思えない。ただ意地になっているだけだ。間違っているわけがないという、根拠のない信念に支えられているだけなのだ。私が何かを掘り出してしまった時、彼はどんな反応を示すのだろう。それを見るのは怖くもあった。私は過去に、何人もの人生を変えてしまった。その中には警察官もいる。しかし、決して悪い後味を残した結末ばかりではなかった。そうなって当然、という悪意を持った人間もいたのだから。だが仲村には、少なくとも悪意はない。ただ意固地になっている人間を攻撃することにどんな意味があるのか。しかし私が気を遣うべきもののリストにおいて、仲村の優先順位は決して高くない。それだけははっきりしていた。

工場の事務室で、二人は難渋していた。話している相手は、制服姿の日系人らしい。言葉は転がっている様子だが、何一つ内容のない会話のようだった。私が入って来るのを見ると、二人の顔にほっとした表情が浮かぶ。事情聴取には加わらず、ドアの所に立ったままで、話が一段落するのを待った。事情聴取に立ち会っている長澤が、ちらちらと私の方を見る。私は壁の時計と睨めっこをしていた。間もなく十時半。腕にかけたコートの重さが気になりだした頃、藤田たちが事情聴取を終えて立ち上がる。藤田は極めて儀礼的に頭を下げたが、うんざりしている様子ははっきりと見て取れた。

手招きすると、二人ともほっとしたような表情を浮かべてこちらに近づいて来る。そのまま廊下まで誘った。話ができる場所は……二階の廊下は工場をぐるりと取り巻くようなガラス張りの回廊で、所々に長いソファと観葉植物が置いてある。休憩スペースなのだろう。分厚いガラスを通して工場の騒音がかすかに伝わってくるが、小声で話ができない環境ではない。二人をソファに座らせ、私はその前で中腰になった。まず、美鈴に質問をぶつける。

「学校の話なんだけど」

「ええ」

「昨日聴いた翔太の話だ。思い出してくれ」

「思い出すも何も、完璧に覚えてますよ」少しだけむっとした表情を浮かべて、美鈴が答える。

「俊は怪我してたっていう話だったよな」

「そうですね」

「何が想定できる？」

「喧嘩。あるいはサッカーの練習か試合で怪我をした」

「それなら、翔太ももっと詳しく知ってるんじゃないかな。小さな学校だし、チームメートなんだから」

「学校で怪我したんじゃないとでも言いたいんですか」

「仮にそうだとしたら、何だろう。十歳の子どもの行動範囲なんて狭いもんだよな。学校と家が生活の中心だろう」

「塾ってのもあるんじゃないか、最近の小学生なら」藤田が割って入った。

「じゃあ、塾も候補に入れていい。山口、君の経験で、こういう場合何が考えられる？

今までどんなケースがあった？」

「家庭内暴力。虐待」美鈴が低く言った。私が考えていたことと合致する。

「そういうことだ。だから——」

「ちょっと待て」藤田が、転がり始めた私たちの会話にストップをかけた。「轢き逃げされた子どもが家庭内暴力に遭っていた。確かにそうかもしれない。だけど、それが今回の事件にどう結びつくんだ」

「藤田、金の流れを洗ってくれないか」

「例の件か？」

「そう。イシグロは、轢き逃げ事件を起こす直前にまとまった金を手に入れていたんじゃないかと思う。百万か、二百万円か……」

「大金じゃないか」

「その金で、あの一家は静岡に引っ越す計画を立ててたようなんだ。カズキに本格的にサッカーをやらせるためだったらしい」

「現金での受け渡しだったら、証明するのは難しいぜ」

「でも、銀行を調べてみる価値はある。引っ越しの計画は本気だった。イシグロは、遠い親戚にまで金を借りようとしてたぐらいだからな。子どもの才能を伸ばすために、少しでも無理をしようと考えるのは、親として自然なことだろう」

「それは分かる。うちの娘にも、本格的にピアノをやらせようかと思ってるんだ。とんでもない金がかかりそうだけど、何とかしてやろうって気にはなってるよ」

「だったら禁煙して金を節約しろよ」一言釘を刺しておいてから続ける。「とにかく、それまで金に困っていたイシグロが、急に金を手に入れた可能性がある。それで知り合いには『引っ越すことになりそうだ』って説明したんじゃないかな」

「じゃあ、イシグロの口座を調べてみよう。だけど問題は、奴に金を渡したのが誰かってことだぜ」

「まだ分からないか?」

「俺を追い詰めるなよ」憮然とした口調で藤田が反論する。「まあ、想像はつくけど。問題は動機だ」

「それはまだ何とも言えない」実際は分かっていた。少なくともぼんやりと想像はできていた。「自分で考えてくれ。推理するのは、刑事にとって一番楽しい時間らしいよ」

「らしいよって、誰がそんなこと言ってたんだ?」

「誰でもいいじゃないか」

「了解」藤田が膝を叩いて立ち上がった。やはり禁煙する気はさらさらないようで、煙草のパッケージを弄んでいる。廊下の壁に張られた「禁煙」の張り紙――その字の下にあるのはポルトガル語の「禁煙」だろう――を恨めしそうに見やって、「クソ」と短く吐き捨てる。

「私はどうしますか」と美鈴。

「もう一度学校の関係者を当たってくれ」

「家庭内暴力、ですか」

「その実態を知りたい」

「鳴沢さんはどうするんですか」

「もう一度小曽根署を揺さぶってみる」

「車はどうする」階段の方に向かいかけた藤田が声をかける。「俺は一台欲しいな」

「署から乗ってきた車を使ってくれ。俺は小曽根署の車を使う。山口、学校で下ろす。俺の方の用事は長くかからないだろうから、後でピックアップするよ」

「了解です」

「おいおい、おれだけのけ者か？」文句を言ったが、藤田の背中は力強く盛り上がっていた。ようやくエンジンがかかったのだ。ちょっとした文句ぐらい、我慢してやろう。

4

「またですか」仲村がうんざりした表情を浮かべる。自席から立ち上がろうともせず、姿の見えない蠅（はえ）を鬱陶しがるような視線を私に投げかけてきた。

「すぐに済みます」

「そう願いたいですね。我々も、ここでただぶらぶらしてるわけじゃないんですよ。田舎の署だから暇だと思われても困ります」

「西八王子署がどれだけ暇か分かったら、きっと驚きますよ」

「そうですか。で、ご用件は」冷たく咳払いをする。

「俊君の検視調書があるでしょう。死体検案書も」

「当たり前じゃないですか」

「見せてもらえますか」

「どうして」

「見る必要があるから」

「粗捜しですか」溜息をつき、仲村が湯呑みを口に運んだ。一口飲んで中身が冷えているのに気づいたのか、顔をしかめる。

「そういうつもりじゃない」

「そういうことは、上を通してもらわないと困ります」

「そんな時間はない」

「そうですか？」仲村が目を細め、私を睨みつけた。「死人は逃げませんよ」

「犯人は逃げるかもしれない」

「ちょっと待ってくれ」仲村が勢い良く立ち上がる。その拍子に湯呑みが倒れ、広げていた新聞に大きな染みが広がった。「あんたね、黙って聞いてりゃどこまで好き勝手なことを言ってるんだ？　イシグロが犯人じゃないとでも言うのか」

「彼は否認してる」

「本人が言うのと事実は違うんだよ。それとも、俺たちがヘマをやったとでも言いたいのか？　警視庁の仕事は、俺たちみたいな田舎警察を馬鹿にすることなのかよ」仲村が詰め寄ってくる。胸がぶつかったが、体重は私の方がずっと重い。一歩も引かずに受け止めると、彼の体がバウンドして下がった。

「待て待て」奥の席から交通課長の松永が飛び出し、私たちの間に割って入った。「よせ。人がいるんだぞ」

　言われて見回すと、受付で驚いた表情を浮かべている中年の男性の顔が目に入った。ぽかんと口を開け、今にもつかみ合いに発展しようかという私たちの諍い（いさか）を眺めている。交通課の空気は凍りつき、外よりも寒いほどだった。

「二人ともちょっとこっちへ来い」

　私は言われるまま松永の背中を追いかけたが、仲村は憮然と腕を組んでその場に立ち尽くしていた。松永が振り向き、短く怒鳴りつける。「早くしろ！」。それでようやく仲村の呪縛（じゅばく）が解けた。

　交通課の調べ室は、課長席の背後にあった。警務課に続く廊下の片側に二つ並び、ドアは両方とも開け放たれている。松永は迷わず、左側の部屋に入った。緊張した表情を崩さずにいたが、それでも何とか礼儀を保って私に椅子を勧め、自分は向かいに座る。後から入って来た仲村が、閉めたドアに背中を押しつけて立ったが、自分は関係ないとでも言いたそうにそっぽをむいたままだった。彼を一睨みした松永が、デスクの上の電話を私の方に押しやる。

「とりあえず、あんたの上司に電話してもらえませんかね」

「書類を見たいだけなんですよ。電話なんかしてる暇はありません」

「焦る気持ちは分かる。事件に入りこんでると、いろんな手続きが面倒になるよな。でも、こういうことはきちんとしておきたいんだ。然るべき人間に電話してくれるだけでいい。正式な要請が回ってくるには時間がかかるかもしれないけど、話だけできれば、あんたが見たいものは出しますよ」

「課長、それはないんじゃないですか」仲村が食ってかかってきた。顔どころか、薄くなった髪の下の頭皮まで赤くなっている。「この人は横紙破りばかりしてるんですよ。そんな便宜を図る必要はないでしょう」

「黙ってろ」松永が一喝すると、仲村が腕を組んで、またドアに背中を預けた。厳しい視線を浴びせかけて仲村に釘を刺しておいてから、松永が電話を持ち上げ、私の前に置く。一つ深呼吸してから、彼の要請に従うことにした。このまま突っぱねていては、それこそ時間の無駄だ。受話器を取り上げ、西八王子署の捜査本部を呼び出す。すぐに熊谷が出た——捜査本部事件では、所轄の刑事課長は留守番役にもなるのだ。第一声が私の神経を粗い紙やすりで擦る。

「何かやらかしたのか」

「何でそう思うんですか」手を広げ、額をやんわりと揉む。「決めつけないで下さい」

「じゃあ、用件は何なんだ」

「今、小曽根署にいます。轢き逃げ事件の検視調書と死体検案書を見たいんで、お願いしてるんですが」

「そういうことは、ちゃんとこっちを通して頼めよ。話をややこしくするな」非難がましく熊谷が言った。

「見せてもらうだけですよ」

「それで揉めたんだろう？　物事には手順ってものがあるんだぞ。人様に迷惑をかけるんじゃない」ここぞとばかりに、熊谷が説教を始める。松永と同じ論理だ。軋轢はできるだけ回避せよ——中間管理職の第一原則。私は彼の言葉を無視し、用件を急いだ。

「とにかく、課長から正式にお願いしてもらえますか。そもそも隠すようなものじゃないと思うけど」

「物事は何でも、手順と礼儀なんだよ。まったく、何で俺がお前のために頭を下げなくちゃいけないんだ」

「それが管理職の仕事でしょう」

「ほざけ。今、替われるか？」

　私は「うちの刑事課長です」とだけ言って、松永に受話器を渡した。険しい顔で受け取ると、顔はそのまま、声だけは愛想よく話し始める。電話はすぐに済み、受話器を架台に戻した松永が一つ溜息をついた。

「あんた、いつもこんな具合なんですか?」

「相手次第です」

「生きにくいだろうね、そういうやり方を押し通してると」

「それでも俺は生きてますからね。だけど、生きたくても生きられなかった子どもがいるんですよ」

松永がもう一度、今度はさらに深い溜息を押し出した。仲村に目を向ける。

「書類を持ってきてくれ」

「しかし――」

「お前もいい加減にしろ」ぴしりと言い放つ。仲村はまだ何か言いたそうにしていたが、私に鋭い一瞥を向けただけで調べ室を出て行った。松永が溜息をつき、両肘をデスクについて身を乗り出す。

「で、何なんですか。イシグロは今回の轢き逃げ事件の犯人じゃないと考えてる?」

「それも可能性の一つです」

「あんたがそう思う根拠が分からないけど、捜査に問題はありませんよ」口調は柔らかいが、言っていることは仲村と同じだ。

「カズキが殺された件と関係があるかもしれません」

「ちょっと飛躍し過ぎじゃないかな」

「今のところは。でも、穴は埋められると思います」

「これ以上日系の連中をかき回したくないんですよ、正直なところ」ついに本音が零れる。言ってもらって逆にすっきりした。「あの連中の扱いは難しいんだよ。もちろん犯罪行為があれば、我々は然るべく捜査する。だけど、こっちがきちんと職務を果たしていても、それについて文句を言ってくる人間もいるわけだ。要するに、警察が弾圧するから若い連中が犯罪に走るっていう理屈でね。いやはや、弾圧とは」

「こっちがどう考えてるかはともかく、連中にすればそう見えるのかもしれません。あるいはブラジルでは、警察はそういう存在なのかもしれない」

「まあ、国によっていろいろだろうね。日本の警察なんか、甘い方だと思うよ」

「甘いとか甘くないとか、そういう問題じゃないでしょう。犯罪者を捕まえる仕事は、どこの国でも同じじゃないですか」

「まあ、そういうことだが……」反論を捜しあぐねたのか、松永が顎に手をやる。私の方でも、これ以上議論を発展させる気はなかった。そうこうしているうちに、仲村が書類を二枚持って戻ってきて、投げ出すように私の前に置いた。勢い余ってデスクから落ちそうになるのを、平手を叩きつけて押さえる。仲村はまた壁に背中を預けて腕組みをし、視線を宙に彷徨わせ始めた。

検視調書から目を通す。署名しているのは仲村だった。

検視時の状況――死体はストレッチャー上に乗せられていた。頭部左側に大きな裂傷が認められ、頭蓋骨(ずがいこつ)が一部露出。顔面左側に大きなうっ血を認める。服装は紺長袖Tシャツ、膝下の長さのカーキ色のズボン。左腕と左足に骨折様の変形が認められる。腹にも傷を確認した。

検視結果による意見――脳挫傷。解剖の結果、体全体の左側に激しい衝突による打撲跡を認む。頭蓋骨骨折、脳内出血が確認され、総合的な所見から死因は脳挫傷と認められる。

不備はない。書類の形式上は。

死体検案書。死亡の原因の欄を確認した。「Ⅰ」の部分。(ア)直接死因――脳挫傷。(イ)(ア)の原因――左側頭部打撲。(ウ)(イ)の原因――車両への衝突。(エ)(ウ)の原因――同上。はねられて道路に打ちつけられたことよりも、車との衝突による衝撃が直接の死因と認められる、と読める。死亡の原因欄を記す「Ⅱ」の項目には、死因と直接関係ない怪我として、左上腕骨と大腿骨の骨折が記してあった。

想像してみる。ふらふらと道路に飛び出す俊。そこへ左側からイシグロの車がやってくる。跳ね飛ばされた俊は、体の左側全体に大きな衝撃を受け、もしかしたらアスファルトに叩きつけられる前に死んでいたかもしれない。それはいい、しかし——検視調書をもう一度読み直す。自分の文章を精査されているのが気に食わない様子で、仲村の険しい視線が降ってくるのを感じた。顔を上げ、疑問をぶつける。

「この腹の傷は？」

「は？」

検視調書の当該箇所を指差すと、仲村が体を折り曲げて書類を覗きこんだ。

「腹にも傷を確認、と書いてありますね。これはどういう傷だったんですか？　死体検案書にはないですよね」

「大した傷じゃなかったんですよ。本当なら書く必要もないぐらいだった」

「どういう傷だったんですか」仲村の言い訳を無視して質問を繰り返した。

「何て言うんですか、ミミズ腫れみたいな……」

「細長い傷？」

「まあ、そうですね。長さは十センチぐらいだったかな。それが二本、平行に走っていた。ちょうどヘソの上辺りですけどね。それが何か？」

「古い傷ですか」

「はあ？」

「古いか新しいか、傷を見れば大体分かるでしょう」

「傷は見慣れているはずですよね」

「それは……」仲村が答えに詰まった。顎に指を当て、壁を睨みながら必死に考える。

「古いと言われれば古い傷だったかもしれないけど」

「この事故でついたものじゃない？」

「俺は検視の専門家じゃないですよ」

「じゃあ、専門家に聞こう」検案書の署名欄を確認して言った。

「ちょっと」仲村が慌てて言った。「解剖をした先生にってことですか」

「その人が一番よく分かってるはずだ。地元の国立大の医学部の先生ですね？」

「そうですけど、それが何になるって言うんですか」

「それは、聞いてみないと分からない」私は電話を引き寄せた。渋い表情を浮かべている松永に向かって、真顔でうなずいてみせる。「きちんとルートを通しますよ。それでいいですよね？」

　反論を許さない提案だということは自分でも分かっていた。こうやって私は、小さな警察署の警官たちを追い詰めていく。それは、彼らのキャリアに決定的なバツ印をつけるかもしれない。しかし、そんなことに気を遣っている場合ではないのだ。

解剖を担当した医学部の教授は、大学のある前橋ではなく伊勢崎に住んでいた。小曽根からさほど遠くはないが、往復の時間を無駄にするのが惜しく、私は電話で話す方を選んだ。松永が間を取り持ってくれるのを待ちながら、狭い調べ室に籠もったまま手帳を広げる。空調は効いておらず、外と変わらぬ寒さが部屋を支配していた。思わず手を擦り合わせたが、かっかしている仲村は寒さを感じていないようだった。怒りの炎を燃やして、何とか自信を保とうとしている。だがそれが、時間の経過とともに薄れてきたのは明らかだった。依然として立ったまま——折り畳みの椅子がもう一脚あったのだが——落ち着きなく視線をあちこちに彷徨わせながら、両足に順番に体重をかける。

「ああ、本庄先生ですか。私、小曽根署の交通課長の松永と申します」電話が通じた。松永が低姿勢に徹して話し続ける。「実は、先日こちらで発生した轢き逃げ事件の件なんですが、東京の刑事さんがちょっとお話ししたいと……ええ、状況を確認したいということなんですよ。よろしいですか？　はい、お手数をおかけします」

松永が受話器を渡しかけ、一瞬手を止めた。送話口を手で覆い、さも重要な事実を告げるように背筋を伸ばす。

「本庄先生は、連合赤軍事件の検視も手がけた人なんだ」

「超ベテラン」

「そう、だから……」

「失礼はないようにしますよ」機先を制して言い、受話器を受け取った。老人特有のかすれた甲高い声が耳に流れこんでくる。ひどく聞き取りにくかった。

「はい、何でしょう」

「警視庁の鳴沢と申します。小曽根の轢き逃げ事件の関係で……」

「ああ、ああ、轢き逃げ事件」思い出すための、必死の鸚鵡返し。大丈夫なのだろうか。

連合赤軍事件は三十年以上も前のことである。その頃彼は何歳だったのだろう。

「死体検案書と検視調書に差があります」本当は食い違いと言いたかったのだが、少しだけ言葉を抑えた。「検視調書には、被害者の少年の腹に傷があると書いてありますが、死体検案書にはありません」

「あんた、普通、交通事故の時は解剖なぞしないもんだよ。死因は一目見て明らかだからね。あの子は車に衝突して頭を潰された、それだけの話だ」

「私がお聞きしているのは腹の傷のことなんですが」

「関係ないね、あれは」

「と言いますと？」

「事故には関係ないということだ」苛立ちを、少しだけ強くなった口調にこめた。頭の悪い学生相手に講義をする時はこういう調子なのだろう。「古い傷ですよ。少なくとも一週間か十日は経ってた」

「それは間違いないんですね」

「あんたねえ、私が今まで何回司法解剖をしてきたか――」

「それは分かってます」彼の不平を断ち切り、質問を続けた。「何の傷ですか？」

「浅い切創、と認められる。ただしほとんど治っていたな。子どもは回復も早いんだ」

「スポーツをやってついた傷でしょうか」

「何のスポーツであんな傷がつくか、私の経験では分からないね」皮肉っぽい口調で言った。「チャンバラでもやればあんな風になるかもしれないが」

「チャンバラ？」

「刃物傷。かといって、それほど鋭利な刃物じゃない」

「何が類推されますか」

「包丁とかナイフとか。それにしたって、刃がなまくらになったものだろうな」

「どうしてそのことを検案書に書かれなかったんですか」

「事故に関係ないからだ。決まっとるじゃないか」

「分かりました」

「これでいいのかね」

「今のところは」

　電話を切り、椅子に体重を預けて溜息をつく。背もたれのバネの勢いを利用して体を前に倒し、息を呑んで見守っていた二人の顔を順番に見渡す。

「あの傷が、何か問題なんですか」仲村が慎重に質問を切り出す。声からはすっかり元気が失せていた。

「何が問題なのか、こっちが教えて欲しい」

「皮肉はよして下さい」せめてもの抵抗のつもりかもしれないが、彼の声には力がなかった。

「本気ですよ。あんたは、腹の傷を見て何だと思ったんですか」

「傷は傷だから、そう書いただけで……ただ、事故には関係なさそうだった。先生もそう思ったから、書かなかったんでしょう」

「関係あるかもしれない」

「どういうことですか」

「それはこれから確認しないと……」携帯電話が鳴り出した。美鈴の名前が表示されているのを確認して出る。

「どうだ？」

「ちょっと変な話が出てきました。昨日翔太君が言ってた俊君の傷の話なんですけど、今回だけじゃなかったみたいですよ」

「というと？」心臓が高鳴る。何というタイミングだろう。

「今までサッカーの練習を休んだことが何度かあったようです。大事な試合に出られなかったことも」

「怪我が原因で？」

「そうらしいんですけど、誰に聞かれてもはっきり答えなかったようです。監督をやってる先生も、この件については何も聞いていません。ただ俊君は、カズキ君には何度も相談していたみたいなんです」

「何だと思う？　君の勘では」

「虐待です。間違いないですね」さらりと断定したが、言葉の端々から怒りが漏れ出ていた。

「そうか」私は藍田の家のトイレで見た小さな染みを思い出していた。あれはやはり血痕だったのではないか。クソ、あの時にもう少しきちんと調べていれば。だがそれは後知恵に過ぎない、と思い直す。あの時には既にカズキは殺されていたのだから。

「カズキ君は親友だったたんです。だから、彼にだけは打ち明けたんでしょう」

「恒常的に虐待が行われていた場合、どうなる？　どんなケースが多い」

「環境が変わらない限り、酷くなりますね」美鈴が暗い声で言った。「学校を替わるとか、親が離婚するとか、大きな変化がない限り、虐待する側はどんどんエスカレートするんです。虐待する方も、精神的に追い詰められて逃げ場がなくなるんですよ」

「殺してしまうことも？」

「私が知っている限りでは、そういうケースはいくらでもあります」美鈴がすっと息を呑む気配が感じられた。「逆に言えば、小さな子どもが親に殺される事件の背景には、大抵虐待があります。たった一度、何かの拍子にかっときて殺してしまうという方が少ないはずですよ」

「分かった」美鈴の説明が腹の底に落ちこみ、鈍い痛みを呼び覚ます。

「藍田に当たるんですか？」

「まだ早い。脇を固めないと」

「学校の方でもう少し当たってみます。虐待の件を先生たちが本当に知らなかったかどうか、突っこんで聞いてみますよ」

「頼む」

「でも、こういうことをなかなか認めようとしないんですよね、先生っていう人種は。家庭のことには立ち入らないようにしてる、なんて平気で言う人も多いし。でも、子どもが怪我をしているのに、学校で気づかないなんてことは絶対にありません。校内での苛めじゃないから関係ないって思ってるのかもしれないけど、それに気づいて何とかしてあげるのも先生の役目です」

「もしも認めなかったら——」

「どうします？」

「奥歯を摑んでがたがた言わせてやってくれ。君がやらないなら、俺がやる」

「大丈夫です。相手の歯を全部引っこ抜いてやったこともありますから……また連絡します」

電話を切り、私は立ち上がった。二人の顔を順番に見て、幾つかの情報を求める。二人とも既に、抵抗する姿勢すら見せなかった。

駐車場に出た途端、強烈な寒風が吹きつける。車に乗りこもうとした瞬間、携帯電話が鳴り出した。

「あの、私、アキコです」

「ああ、アキコさん」イシグロの逃亡後、カズキ兄妹の面倒を見ていたイワモトの妻だ。

「言いたいこと、まとまりましたか」

「はい」

「教えて下さい」手帳を取り出し、構える。たどたどしい言葉で彼女が告げた事実は、私の想像を裏打ちしてくれた。

昼を回ってから三人で集合した。一昨日仲村に連れて来てもらったブラジル料理のレストラン。ずらりと並んだ肉料理を見て、藤田は舌なめずりし、美鈴は顔をしかめた。食事時を微妙に外しているので、店内に他に客はいない。レジに座っている若い女性の店員が妙に鋭い目つきを投げてきたので、顔を寄せ合うように小声で話した。

「銀行の件は間もなく分かる。結果を知らせてくることになってるから」と藤田。

「学校の方は、例の春江先生にも話を聞きました。やっぱり、俊君の怪我のことは薄々感づいていたようです。ただ、きちんと確かめようとしなかった」

「いい加減なもんだな、先生なんてのは」藤田が吐き捨てる。「気づいた時に声をかけていたら、こんなことにはならなかったかもしれないのに」

「それを今言っても仕方ない」私が藤田の文句を封じると、美鈴が報告を続けた。

「藍田は離婚してます。一年前です」

「奥さんはどうしてる？」

「実家に帰ったそうです。伊勢崎ですね」

「近いな」顎を撫でた。中途半端に伸びた髭が掌をちくちくと刺す。「ちょっと行ってみるか。それで、あの家で何があったのか分かるかもしれない」

「それと、例の日系の女……そっちの話はどうなんだ」藤田が訊ねる。

「今までの情報を裏づける話だった。カズキから、俊が虐待に遭っていたという話を聞いていたそうだ」

「ほとんど黒ですね」と美鈴。「ただし、虐待については、ということですよ。それと轢き逃げ事件がどうつながるのか……」

「ちょっと待て」藤田が体を斜めに倒し、ズボンのポケットから携帯電話を取り出した。「藤田です……ああ、お忙しいところすみませんね。どうですか？　ええ」立ち上がり、足早に店を出て行った。すぐに戻ってくると、「間違いない」と告げてから席に着く。

「藍田は金を引き出していた？」

「そういうこと」右手でVサインを作る。

せる。

「二百万？」

「ああ」

「計算は合うな」

「事件が起きる二日前だった。これはつまり――」言葉を捜して、藤田が手を宙で躍らせる。

「報酬」美鈴が言葉を継ぎ、暗い表情で皿に目を落とした。野菜を中心に盛った料理はほとんど減っていない。

「クソ」短く叫び、藤田が猛然と自分の皿に襲いかかった。食べ物を口一杯に頰張ったまま顔を上げ「さっさと食え。早く行こうぜ」と私たちを急かす。しかし私の食欲は完全に失せていた。機械的にフォークを口に運び続けたものの、味はまったく感じられない。

「美味いじゃないか、ブラジルの飯」と藤田が言ったが、完全にやけっぱちに聞こえた。食べ物に対して怒っても仕方ないのに。

三人揃って、離婚した藍田の妻に会いに行くことにした。レガシィを小曽根署に返し、仲村のどこかおどおどした目つきに送られながら走り出す。この男の人生は、今日から変わってしまうだろう、と痛感する。今まで何でもなく、ほとんど習慣のようにやってきたことを否定された事実は、永遠に消えるものではない。

私がハンドルを握り、助手席に座った藤田が道路地図を見ながら道順を指示した。

「途中で国道十七号に入ってくれ。それで伊勢崎の市街地に近づける」

「どれぐらいかかりそうだ」

「飛ばせば三十分」

「離婚した奥さんは、働いています。本屋さんなんですけど、市の中心部からちょっと外れたところですね。近くに工業高校があるから、それが目印になるはずです」美鈴が後部座席から指示した。

「学校でそこまで把握してたのか？　親権は父親が持ってたんじゃないのかよ」藤田が甲高い声で疑問を口にする。

「念のため、かもしれません」

「つまり、何かあるかもしれないってことを予想してたわけだ。要するにアリバイ作りかよ」藤田が舌打ちする。「まあ、学校の責任を俺たちが追及しても仕方ないか。もうちょっと詳しい住所、分かるかな」

美鈴が告げた住所を藤田がメモし、地図と照らし合わせた。街路は記憶できないが、地図を読むことに関しては問題ない。ナビゲーターとしては優秀なのだ。

「オーケイ。十七号をずっと北上して、流通団地前という交差点を左に曲がって真っ直ぐ行けば、その工業高校がある。交差点の目印はコンビニだ」

「了解」

アクセルを踏む足に力を入れた。三十分かかるというなら、それを十分短縮しよう。背中にへばりつく疲労を感じながら、私はハンドルをきつく握り締めた。その疲労は、様々な怒りから生じたものである。最大のものは、自分に対する怒りだった。何も気づかず、事件が最悪の方向に行くのを止められなかった自分に対する怒り。


「ここか」車を下りて、藤田が建物を仰いだ。二階建てだが敷地はやたらと広い、典型的な郊外型の大型書店である。黄色と青の派手なロゴが目立つが、基本的には素っ気ない真四角の建物だった。建物の表と裏に、合わせて百台ほども入れそうな広大な駐車場があり、ひっきりなしに車が出入りしている。足元の砂利を鳴らしながら、藤田が建物に向かって歩き始めた。追いつくと「こういうところの時給、どれぐらいかね」と誰に訊ねるともなく言った。

「どうかな。大した額じゃないと思うけど」

「田舎はまだ不景気なんだよな。働く場所も簡単には見つからないんだろう。こういうところのアルバイトみたいなものでも、仕事がないよりましかもしれないな」

「両親と同居してるんだよな？」振り返り、少し遅れてついて来る美鈴に訊ねた。

「ええ。はっきりとは分かりませんけど、結構高齢のご両親らしいですよ」

「親父の年金だけに頼って暮らすのは気が引けるってわけだ。たまには子どもに服ぐらい買ってやりたいだろうしな」藤田の口調が深く沈みこむ。離婚経験者である彼は、当初とは思いも寄らぬ方向に転がり始めた事件に対して、私とはまた違う思い入れを抱いているだろう。

店に入って面会を求めると、売り場の裏にある事務室に通された。倉庫のような場所を想像していたのだが、案外整然としている。落ち着かない様子の菊池(きくちくみこ)久美子は、なかなかソファに腰を下ろそうとしなかった。美鈴が「座りましょう、久美子さん」と柔らかい声をかけると、初めて気づいたようにソファに尻を沈めた。美鈴がその隣に、私と藤田が正面に位置を取る。藤田と一瞬視線を絡ませ、自分でこの場を取り仕切ることを無言で宣した。

「奥さん……と言っちゃいけませんよね」

「ええ」久美子がほつれ毛を指先で撫でつけた。この店の制服であるモスグリーンのポロシャツにベージュのパンツという格好で、薄く口紅を刷いている他に化粧っ気はない。半袖で十分快適なほど暖房が効いていたが、寒そうに自分の上半身を抱きしめた。

「去年離婚されたんですね」

「そうです」

「俊君のことは残念でした」頭を深く下げたが、すぐに上げて彼女の表情を窺う。淡々としていた表情の一枚下から、焦燥感が滲み始めた。

「事故ですから」諦めるために言っているようなものだ、ということはすぐに分かった。

「答えにくいことをお伺いします」

「はい」目は伏せたままだった。

「どうして離婚されたんですか」

「それは……ちょっと説明しにくいですね」顔を上げて、寂しげな笑みを浮かべる。

「ご主人の――藍田さんの問題ですか」

「そう、と言ってもいいんですけど、それじゃあまりにも一方的かもしれませんね」

「随分気を遣われるんですね」

「いえ」また目を伏せる。私の質問が何かに刺さった、と確信した。

「女性問題ですか」

「違います」

「借金があった？」

「いえ」

「ちなみに慰謝料はどうなってるんですか」

「随分はっきり聞くんですね」久美子が皮肉に唇を歪める。そうすることで悲しみの記憶を打ち消そうとしているのは明らかだった。

「すいません、これも仕事のうちなんです。どうなんですか？」

「慰謝料は貰っていません。私の方が家を飛び出したんですから。お金を貰う権利なんかありません」

「そして藍田さんには借金もなかった。つまり彼は、金に困っていなかったはずですね」

「ええ。そんなに遊び回るわけじゃなかったし。家にはよく友だちが遊びに来てましたけど、家で呑む分にはそんなにお金もかかりませんよね」

「その友だちの中に、日系ブラジル人の人はいましたか」

「そうですね。会社の同僚の人たちはよく来てました」

「イシグロさんはどうでしたか。イシグロマサユキさん」

一瞬間が空いた。名前を思い出しているわけではなく、言いあぐねている。話を再開した時には、声のトーンが一段低くなっていた。

「特に仲が良かった一人です」

「親友と言っていいぐらいにですか？」

「あの」突然久美子が大声を出した。眉間の皺が、質問に対する戸惑いを表している。「何なんですか、いったい？　何があったんですか。轢き逃げ事件の関係なんですか？　イシグロさん、ブラジルで捕まったってニュースで聴きましたけど、違うんですか」

「捕まったのは事実です」

「だったらもう、私には関係ないですよね」目元を押さえる。指先に涙が溜まった。「あの子には何もしてあげられなかったんだから、後は祈るぐらいしか……」

「分かってます。でも、どうしても一つだけ確認させて下さい」

「はい」啜り上げるように言った。

「ご主人は……藍田さんは俊君を虐待していませんでしたか」

「まさか」涙の溜まった目を大きく見開く。「そんなことはありません……ありませんでした」

「あなたが一緒に住んでいた頃は、ということですね。離婚されてからはどうだったんですか。男親が子どもを引き取るのは珍しいと思うんですけど、あなたが親権を要求しなかったのはどうしてですか」

「藍田がどうしても俊を自分のところに置いておきたいって言い張って。私も俊と暮らすつもりでしたけど、とにかく別居する方が先でしたから」

「どうしてそんなに早く離婚したかったんですか」

「それは……」不安を隠そうとするように、不意に目の色が濃くなった。

「暴力、ですね」

美鈴が助け舟を出してくれたが、柔らかい言い方も彼女の緊張を解きほぐしはせず、無言でうつむいてしまう。しきりに両手を揉み合わせ、何とか私たちを騙せる答えをひねり出そうとしていた。美鈴が久美子の背中に手を置く。はっとして久美子が背中を伸ばし、美鈴の顔をゆっくりと見た。力づけるように美鈴がうなずく。久美子は毒を抜くように長く溜息をつき、決然とした表情を作って私を見詰めた。改めて質問をぶつける。

「あなたが暴力を受けていたんですね」

「ええ」認めた。唾を呑み、震える声で続ける。「結婚した頃は優しい人でした。でも、俊が生まれて何年かすると、急に私に手を上げるようになって……会社でいろいろと気に入らないことがあったようです」

「日系の人たちがたくさんいるでしょう？　それが嫌だったみたいです。自分の仕事を取られるって言って」

「具体的には？」

「でも、家によく日系の人たちを招いていたんですよね」

「表面上は、いい顔をして取り繕える人なんです。私には理解できませんでした。日系の人たちが帰ると塞ぎこんで。それは、私には理解できませんでした。友だちづきあいをしてる振りをして、日系の人たちだって、別に藍田の仕事を奪ったわけじゃありません。でも、結局、何か一つの原因じゃなくて、いろいろなことが積み重なってストレスになったんだと思います。私に手を上げて……」痛みを思い出したように頰に手を当てた。「でも、私に対してだけなんです。私に暴力を振るうようになってから、俊にはそれまでよりも優しくなったぐらいですから。家を飛び出したのは私の我儘でした。自分を守るためです。俊のことは可愛がっていたから、あの子が危ない目に遭うようなことはないだろうって……でも、違いました」

「俊君に暴力を振るうようになったんですね」軽く握った拳が震えるのを感じる。

「俊は何も言いませんでした。でも、母親には分かるんです。二人で会った時に、様子がおかしいのに気づきました。何度も聞いたんですけど、あの子、何も言わなくて。あの子があんな事故に遭ったのも、私のせいかもしれません」
「自分を責めちゃいけませんよ」藤田が突然割りこんだ。「人は変わるものなんです。どんなに優しい人でも、何かをきっかけに非情になるし、その逆もありうる。苦しんでるのはあなただけじゃないんですよ。とにかく、あなたは被害者なんだ。何も悪くない。それは俺が請け合います」

5

小曽根へ戻る途中、車内では藤田も美鈴も沈黙を守り続けた。私が割りこむ隙のない、硬く重い沈黙。二人とも配偶者を失っている。片や離婚で、片や事故で。悲しみの度合いに違いこそあれ、久美子の気持ちを、私が感じるよりもずっと自分に近いものとして汲み取れたはずだ。だから美鈴が背中に添えた手が彼女の気持ちを落ち着かせ、藤田の言葉が慰めになった。私は何もできなかった。家族のことを言う資格など何もない、と痛感する。

しかし優美のことを、あるいは勇樹のことを考えている余裕はない。事態は急展開しているのだ。事故以来藍田が身を寄せていたという、小曽根の隣町にある親戚の家に立ち寄る。誰もおらず、近所の聞き込みを続けてようやく、家の主の勤務先を割り出すことができた。藤田と美鈴が車を使ってそちらに向かい、私は藍田の叔母、理子の帰りを家で待つことにした。

夕暮れが間近い街は急速に冷えこみ、ダウンの長いコートもさほど役に立たなかった。電柱の脇に身を寄せ、体重を左右の足に交互に移しながら時間を潰す。時間潰しのために弁護士の宇田川に電話しようかとも思ったが、話が複雑に長引くうちに、会うべき相手が帰ってきたら困る。仕方なしに、張り込みの時のいつもの習慣を遵守することにした。視力以外の感覚を遮断し、時の過ぎ行くままに任せる。

——三十分経ったはずだ。不思議なことに、張り込みの時、私の体内時計は実際の時計とほぼ一致する。コートから手首を突き出して時計を確認すると、確かに三十分が経過して四時半になっていた。顔を上げると、視界の端に動きが映る。自転車に乗った女性が左から右へ過ぎり、問題の家の前で下りた。自転車を押して家の敷地内に消えようとする瞬間、追いついて声をかける。

「藍田さんですね」

女性が振り向く。六十歳ぐらいだろうか、足に張りつくようにスリムなジーンズを穿いて、上半身はもこもことしたダウンジャケットで風を遮断している。綿飴からマッチ棒が二本、突き出ているようだった。ふわりと膨らませた髪が風に揺れ、無意識のうちに手を添えて庇う。自転車の籠(かご)の中は二つのビニール袋で一杯になっていた。念のために繰り返した。

「藍田さんですね」

「はい」自転車のハンドルを握り直して、彼女が認める。不審そうな表情には揺らぎがなかった。

「藍田理子さん」

「そうですけど、何か」

「警察の者です。警視庁の鳴沢と言います」

警察という言葉に、理子が微妙な反応を示した。動きを止めたまま、一瞬私の顔を凝視する。口は薄く開いていたが、言葉が出てくる気配はない。私はゆっくり彼女に近づき、一メートルほどの間を置いて立ち止まった。それでようやく、魔法が解けたように理子が動き出す。自転車のスタンドを立て、私に向き直った。

「あの、警察の方が何か……俊ちゃんの事故のことですか」

「それも関係あります」

「その件は、もう終わったんじゃないですか？　犯人がブラジルで捕まったって、テレビのニュースで見ましたけど」

「その人は、犯人じゃないかもしれないんです」

「まさか」にわかに理子の声が大きくなった。「そんなこと……だって、あのブラジル人が犯人なんでしょう？　あいつのせいで尚幸は全てを失ったんですよ。子どもだけが支えだったのに」

「失礼ですが、尚幸さんのご両親は……」

「私の兄夫婦です。尚幸が成人してすぐ、二年ほどの間に続けて亡くなったんですよ。あの子はその頃から苦労ばかりしてきて。ようやく家族ができて落ち着いたと思ったら、あの女が勝手に出て行ってしまって、それに加えて今度は俊の事故です。踏んだり蹴ったりっていうのは、こういうことじゃないんですか」

あの女。礫のように投げつけられた言葉が、私の心に不快感を植えつけた。

離婚の本当の原因は正しく伝わっていないのかもしれない。もちろん、私たちが妻の側から聞いた情報が間違っている可能性もある。あくまで一方的な言い分に過ぎないのだから。しかし、双方の言い分を天秤にかけてみると、叔母の理子の分が悪い、という印象を抱いた。

「轢き逃げがどうしたんですか」

「その件については、私の仕事ではありません」今のところは、だ。いずれ全ての事情が深く絡み合う可能性があるにしても。

「じゃあ、何なんですか」

「俊君が亡くなってから、尚幸さんはこちらに身を寄せてましたよね」

「そうです。とてもじゃないけど、一人にしておけるような状態じゃなかったんですよ。いろいろ苦労して、いつもはしっかりした子なのに、抜け殻みたいになってしまって……お通夜とお葬式でひどく痩せたんですよ。面倒を見られるのは、私たちしかいなかったんです」

「ずっとですか？」

「はい？」

「事故の後から昨日まで、ずっとですか？　尚幸さんは昨日、自宅に戻られましたよね」

「そうですよ。仕事もずっと休んでました」

「家から一歩も出なかったんですか」

「そういうわけじゃないですけど」

血液が静かに沸騰(ふっとう)し始めた。心臓が高鳴り、体温が上昇するのを感じる。

「出たんですか？」

「ええ、だけど、それは――」

「家を出たんですね？　いつですか」聞き返す理子の言葉を断ち切って、私は質問をぶつけた。理子が怯えたように一歩下がったが、構わず続ける。「この家にいない時期があったんですね」

「そう――です」

「いつなんですか」

逡巡（しゅんじゅん）の時間が惜しい。自分の口から答えを言いたくてたまらなかったが、必死に堪（こら）える。ようやく理子が口を開いた。

「四日前の朝から」

当たり、だ。カズキが八王子に姿を見せたのは四日前である。だが彼女の言葉は興奮を呼び起こすわけではなく、私は氷の壁に背中を押しつけられたような気分を味わった。

「四日前、ですね。ここに帰って来たのはいつですか」

「昨日です」

「それから自宅に戻られた」

「そうです。その時にイシグロが捕まったって警察から連絡が入ったんです。私たちは送ると言ったんですけど、もう大丈夫だからって言い張って……無理をしてたんですね、きっと」理子が目の縁から零れた涙を指先で拭った。

「尚幸さんがどこへ行っていたか、ご存じないですか」

「さあ」

「一人だったんでしょうか」

「そうだと思います。『ちょっと気分転換してくる』って言って、大した荷物も持たないで出かけて。どこか、温泉にでも行ったんだろうと思ったんですよ。俊が、小学生なのに温泉が大好きだったから、その想い出に浸りたかったのかもしれませんね」

「電車ですか」

「いえ」

「自分の車で……」言ってしまってから、彼の車は轢き逃げを起こしたのだ、と気づいた。証拠物件はまだ返してもらっていないかもしれないし、手元に戻っていても乗る気にはなれないだろう。自分の子どもを殺した車。慌てて言い直した。「車ですか」

「レンタカーを借りたんだと思います。うちの車を借りるのは悪いと思ったのかもしれません。尚幸は、そういう気遣いのできる子なんです」三十歳を過ぎた大人に「子」はないだろうと思ったが、もちろん口に出すことはできない。

「どこで車を借りたか、ご存じないですか」

「さあ、そこまでは」指を顎に当て、首を捻る。「でも、この街にはそんなにたくさんレンタカー屋はないですよ」

「このこと、ご主人はご存じなんですか」

「知ってますよ、もちろん」

「分かりました。ありがとうございます」頭を下げたが、理子の質問は止まろうとしなかった。

「ちょっと、いったい何なんですか。尚幸が何かしたって言うんですか」

絶妙のタイミングで携帯電話が鳴り出した。「失礼します」と声をかけて一礼し、背中を向けて歩き出す。理子の視線がなおも鋭く追ってくるのを感じたが、距離が開くに連れてそれは薄れてきた。

「おい、どうした。聞こえてるか?」藤田が不審そうに訊ねる。

「大丈夫だ。藍田が身を寄せていた叔母から事情を聴いたよ。そっちはどうだ?」

「読み通りだったぞ」藤田の声が弾む。「藍田はずっと家にいたけど、四日前から昨日までは出かけていた」

「こっちの情報と同じだな。どこへ行ったかは分かるか?」

「いや、そこまでは。俺たちが事情を聴いた旦那の方は、藍田が自殺するんじゃないかって心配したようだけどな。とにかくずっと落ちこんでたそうだから。レンタカーを借りた話、聞いたか？」

「ああ」

「会社は分かった。このまま行ってみようと思うけど、あんたはどうする？　足がないと動きようがないだろう」

確かに。駅から遠く離れたこの辺りでは、流しのタクシーも摑まりそうにない。藍田の家がある方は住宅が密集しているが、道路を挟んで反対側は空き地だ。それも中途半端ではない。長さ二百メートルほどに亘って、背の高い雑草が生えただけの空間が広がっている。

「俺のことはいい。レンタカーの会社を当たってくれないか」

「了解。駅の近くにある事務所だから、上手くいったらそこで合流しよう」

「分かった。後で連絡する」

バッグに入れておいた地図を取り出し、方角を確認して歩き出した。ふいに大きなエンジンの排気音が背後から聞こえ、振り向くとバスが私の進行方向に向かって走って来るところだった。慌ててバス停を捜すと、五十メートルほど先で見つかった。駆け寄り、駅に向かうバスの路線であることを確認して、息を整えながらバスの到着を待つ。どうやら私には、まだ幸運が残っていたようだ。がらがらのバスに乗りこみ、最後尾の席に陣取る。背中を夕陽が温めてくれた。ふいに、オレンジ色に染まるバスの中が血塗れ(ちまみれ)になったように感じる。悪寒(おかん)が背中を駆け抜けた。

「何だよ、結局同着か」藤田が驚いたように肩をすくめる。私がレンタカー会社の事務所に到着した時、二人はちょうど車を下りたところだった。

「ちょうどバスが来たんだ」

「つきが残ってるみたいだな」

何をもって「つき」と言うのか。彼の軽口に乗りたい気分ではなかった。二人の先に立って狭いプレハブ作りの事務所に入ると、中ではエアコンが暖気を吐き出し、さらに石油ストーブが熱をまき散らしていた。のぼせたように頬が熱くなったが、構わずカウンターの奥に声をかける。ワイシャツ一枚という格好の若い男が出てきて応対してくれた。名札に「谷内(たにうち)」の文字がある。名乗り、藍田の情報を求めた。

「ちょっとお待ちいただけますか」谷内がカウンターの奥の事務室に引っこみ、どこかに電話をかけた。切れ切れに会話の内容が伝わってくる。「ええ、警察の人が……はい、間違いないです……はい、じゃあ……分かりました」

電話を切り、小さく深呼吸をしながら谷内がカウンターに戻って来た。辛うじて笑みのような表情を浮かべている。

「すいません。所長が留守にしているものですから。今、電話で許可を取りました」

「お手数おかけします」

「ちょっとお待ち下さい。データをお持ちします」

谷内が自分の席に着き、パソコンに向き合った。キーボードを叩いてデータを呼び出すとプリントアウトし、紙を逆さまにしてカウンターに置く。

「これが藍田様のレンタカーのデータですね」

「借りた日は？」手帳とボールペンを取り出して構える。

「こちらです」谷内の指が、紙の一番上、名前と住所が書いてある下を指差した。「ええと、四日前になりますね。昨日、戻されてます」

「それは予定通りですか」

「ええ。返す時間を二時間ほど過ぎて、その分の超過料金はいただきましたけど」

「どこへ行ったかは……」

「ご予定では、水戸となっていますね」

「実際に水戸へ行ったんですか」

「それは分かりません。お借りいただく時に行き先は書いていただくんですけど、それはあくまで形式的なものですから。ええと、メーターは……」谷内の指が紙の上を彷徨う。「三百キロ少し、ですね。ガソリンを満タンにして戻していただきました」

「この紙、いただけますか?」

「結構ですよ」愛想よく言って、谷内が私の方へ紙を滑らせた。受け取り、四つに折り畳んで背広の内ポケットにしまう。背後で控えていた藤田が、谷内に「どうも」と声をかけた。私も一礼してその場を去ろうとしたが、谷内に呼び止められた。

「あの」

「何でしょう」足を止めて振り返る。

「もしかしたら藍田さんは、八王子に行かれたのかもしれません」

「何ですって」床を踏み鳴らしてカウンターに詰め寄る。谷内がびっくりして身を引いた。「どうして分かるんですか」

「車に地図をお忘れでして。あの、折り畳み式の市街地図がありますよね」

「こんなものですか」バッグから小曽根の市街地図を取り出す。

「ああ、そうです」目を細めて表紙を確認する。「これと同じシリーズですね」

「その地図、どうしました」

「取ってあります。ちょっとお待ち下さい」

　肝心なことをどうして言い忘れるんだ。文句を呑みこみ、彼が地図を持ってくるのを待った。すぐに、自分のデスクの引き出しから地図を引っ張り出す。

「これなんですけど、お返ししようかと思ってたのを忘れてまして」

「お借りします」カウンターから地図を拾い上げる。藍田は決して優秀な犯罪者ではない。あちこちにぽろぽろと証拠を残している。だが、私はまだ肝心の点には辿り着いていないのだ。本当は何が起こっていたのか。真相に近づく時、私はいつもむずむずするような感覚を胸に抱くのだが、今回は何故か、かすかに刺すような痛みを感じるだけだった。

「あ、もう一つ」また振り向くと、谷内が戸惑ったような表情を浮かべていた。

「何ですか」

「これ、言っちゃっていいかどうか分からないし、関係ないかもしれないんですけど、藍田さん、今日も車を借りていかれましたよ。地図を返し忘れたの、まずかったですかね」

　答える間もなく、私は事務所を飛び出した。奴はまたどこかへ行こうとしている。警察の手が及ばないうちに逃げようとしているのか？　それともまだターゲットが残っているとでもいうのか？


「間抜けじゃないのか、この藍田って野郎は」車に戻ると、藤田が皮肉を飛ばした。駅前のロータリーに停めているので、ひっきりなしにタクシーが脇をすり抜けて行く。

「それは否定できませんね」馬鹿にしたような口調で美鈴が同調する。「こんなにはっきり印を残してるんだから」

運転席に座った私は体を捻り、後部座席で二人が広げた地図を覗きこんだ。掲載されている病院の全てが青いボールペンで囲まれている。その中には、カズキが保護された病院もあった。

「奴がカズキをさらったんだ。それは間違いない」藤田が中指で病院の名前を弾いた。

「ちょっと問題があるな」

私が指摘すると、地図を睨んでいた藤田が顔を上げる。

「何が」

「どうしてカズキが八王子にいるのが分かったのか」

「確かに。それを言えば、そもそもカズキが八王子に来た理由も分からない」

「やっぱり、親戚の人を訪ねて行ったんじゃないかしら。例の安部さん」と美鈴。

「それなら、俺が事情聴取した時に分かっていたはずだ。あのジイサンは協力的だったからね」藤田が反論すると、美鈴が肩をすくめた。

「そうですね。でもそれは、瑣末(さまつ)な問題かもしれません」

「そうだな……行くか、鳴沢」藤田の声に気合が入る。

「ああ」

「何だよ、気乗りしないみたいだな」

「応援をどうしようかと思ってる」

「こっちは三人いるんだぞ」藤田が鼻で笑った。

「その件は心配してないけど、小曽根署の連中にも立ち会う権利があるんじゃないかな……あるいは義務か」

「お前、それはちょっときつくないか？　目の前で自分の間違いを証明されるのはたまらないだろう」

「どうせいずれは直面することになる。後で連絡してみるよ」

「まあ、あんたがそう言うなら」藤田が肩をすくめた。「捜査本部に連絡を入れるけど、とりあえず任意で事情を聴くということにしておいていいんだな？　カズキ殺しで逮捕するにはまだ材料が足りない」

「そうしよう」

藤田が熊谷に報告を入れるのを聞きながら、私は車を走らせた。街はすっかり暗くなっている。駅前は帰宅する学生やサラリーマンで賑やかだったが、五分走ると人気がなくなった。トラックがやたらと大きな顔をして走っている国道に入り、車に鞭(むち)を入れる。焦ることなどないのだと自分に言い聞かせながら、何故か右足に力が入った。


藍田の家の五十メートルほど手前で車を停めた。エンジンはかけたままで、ヘッドライトを消す。一旦車を下りて助手席に滑りこんだ藤田が、グラブボックスから双眼鏡を取り出し、目に押し当てた。

「どうだ？」

「暗くてよく分からん」首を振る。

「ヘッドライト、点けるか？」

「やめよう。気づかれるかもしれない……それより、家の前に停まってる車は藍田のレンタカーじゃないか？」

「誰か乗ってるか」

「いや……人影は見えない」

「ナンバーは？」

藤田が数字を読み上げる。確かに藍田が借りたレンタカーだった。

「どうするよ」藤田が声を潜めて訊ねる。

「行ってみよう。山口はここで待機してくれるか」

「どうしてですか」置いてけぼりを食らわされると思ったのか、後部座席から美鈴が勢いよく身を乗り出す。

「奴は車で逃げるかもしれないだろう。一人残って、すぐに追いかけられるようにしておいた方がいい。運転席で待っててくれ」

「分かりました」納得した様子でドアを開ける。車を囲むように三人で立ち、藍田を引っ張る手順を確認していると、後ろから強いヘッドライトの光を浴びせられた。一瞬目が眩んだが、すぐに灯りが消えて、仲村がやって来たことに気づく。助手席には松永が乗っていた。二人とも制服から、背広にコートという格好に着替えている。嫌そうな表情を隠そうともせず、仲村が車から下り立ち、その後に松永が続いた。こちらは感情の荒れを読ませない、淡々とした表情だった。藤田と美鈴を二人に引き合わせる。

「刑事課の連中も、念のために署で待機してますよ」その事実を認めるのがいかにも嫌そうに、仲村が言った。「だけど殺しに関してはそちらの事件ですからね。お手並み拝見ということで」

「轢き逃げだって殺しかもしれない」私が指摘すると、仲村の目が怒りで細くなった。冷たい空気が緊張で凍りつくのをいち早く察して、藤田が割って入る。

「まあまあ。その辺は藍田を捕まえてみないと分からないんだから」

「あなた、よくこの人と普通に仕事ができますね」仲村が皮肉を飛ばす。藤田はにやりと笑って肩をすくめた。

「慣れれば結構平気ですよ」

「とにかく、イシグロカズキ殺しの一件で藍田に事情を聴きます。藍田は、カズキが殺された前後に八王子にいた可能性が高い。それと、轢き逃げ事件が起きる直前に、銀行から二百万円を引き出しています。少ない金額じゃない」

「それがイシグロの手に渡った可能性が高いんですよ」藤田が話を引き取ると、松永の顔が引き攣った。

「すると何か、その二百万円は報酬だったというわけか」

「そういう可能性もあります」私は認めた。

「つまりあの轢き逃げ事件は、藍田が仕組んでイシグロにやらせた、と」松永の声がはっきりと震えた。初めて、自分たちがミスをした可能性に直面した気分になったのだろう。轢き逃げ事件の捜査など、それほど難しいはずはない、という自信もあったはずだ。それが打ち砕かれ、気持ちが揺らいでいる。

「とにかく全ては、藍田に直接事情を聴いてからです」説明を打ち切り、私は仲村と松永の顔を順番に見た。「正面から行きます。我々がやりますので、バックアップしていただけるとありがたい」

「要するに手を出すなっていうことですよね」仲村がぶつぶつと言った。

「あんた、一々文句が多いね」藤田がからかうように言うと、闇の中で仲村の耳が赤く染まるのが見えた。

　二人を後ろに従え、私と藤田は藍田の家に向かった。ヘッドライトを消したまま、美鈴がのろのろと車でつけてくる。家の十メートル手前で完全に停まった。それを見届けてから、私たちは藍田の家の敷地に入った。

　ちょうど玄関の鍵を閉めたところで、藍田が私たちに気づいた。カーキ色のズボンのポケットに鍵を落としこむと、相変わらず憔悴しきった表情を浮かべて顔を上げる。目尻にはさらに皺が増えたようだ。

「藍田さん」立ち止まり、声をかける。門灯のオレンジ色の灯りに照らされ、藍田の顔が斑に染まった。「覚えておられますか。警視庁の鳴沢です。一度、こちらにお伺いしました」

「ええ」落ち着いた低い声で藍田が応じる。声を聞いた限り、パニックに陥っている様子はなかった。

「ちょっとお話を伺えますか。カズキ君のことです。イシグロカズキ君」

「何でしょうか」藍田が一歩を踏み出した。藤田が右から、私が左からアプローチする。だが、接触まであと数メートルというところで、藍田がいきなり走り出した。レンタカーのドアを引きちぎるように開けると、中に閉じこもってロックする。

「おい！」藤田が叫び、運転席の窓に拳を叩きつける。私は前に回りこんだが、ボンネットに手をついた瞬間、エンジンが始動する振動が伝わってきた。藍田が激しくタイヤを鳴らして車を発進させ、私の体はボンネットに乗り上げた。慌てて体を丸める。一旦フロントガラスにぶつかってボンネットから滑り落ち、背中からアスファルトの上に落ちた。一瞬息が詰まったが、すぐに立ち上がる。

「クソ」藤田が短く悪態をつき、私の横に並んだ。「怪我は？」

「大丈夫だ」

美鈴が、私たちの背後に車を停める。乗りこんだ時には、藍田の車は夕闇の中で既に赤い小さな点になろうとしていた。背後で赤いライトとサイレンが緊急事態を告げ始める。美鈴が車を出すと、尻に噛みつきそうな勢いで仲村が追ってきた。

「美鈴ちゃん、もっと飛ばしてくれ」助手席に座った藤田が注文を飛ばす。

「これ以上飛ばすと危ないですよ」後部座席からスピードメーターを見ると、針は百二十キロを指している。それなのに、藍田の車は私たちをさらに引き離していた。俊が轢かれた交差点にさしかかると、突然、藍田の車のテールランプが消えた。

　何かが気になっていたのだろう、私は後ろを振り向いた。一台の車のヘッドライトがあっという間に大きくなり、仲村たちのパトカーの背後に迫る。警察と競走をしようとしているのだ。顔を見ることはできなかったが、誰だかはすぐに分かった。冴。彼女は何も諦めていなかったのだ。自分なりの捜査を続け、核心に迫っている。止める術がないのは分かっていた。私のブレーキ役を自認する藤田でも、冴には通用しないだろう。

「左に曲がった」藤田が低い声で指摘する。美鈴はほとんどブレーキをかけずに、細い交差点に車を突っこんだ。藍田の車はさらに遠ざかっており、道路端の土埃が巻き上げられるのがかすかに見える。

「やばいぞ」

「何が」藤田が私の言葉に敏感に反応して振り返った。

「どこかへ逃げるつもりなら、高速を使うだろう。方向が逆だ」

「奴がどこへ行くつもりなのか、分かってるのか」

「サトル・トミタ・イワモト」

「誰だっけ?」

「カズキ君を預かっていた家ですよ」美鈴が割りこんだ。

「ああ、そうか。でも、方角的にそっちの方というだけだろう? 何がやばいんだよ」

「その家にはカズキの妹がいる」

「おい、まさか……」首を捻ったまま、藤田が顔を蒼くした。

「分からない。でも、最悪の事態を想定しておいた方がいい」電話を取り出して、仲村の携帯を呼び出しておいてから、藤田に告げる。「できる限り応援をもらおう。俺たちは、あいつを追いこんでしまったのかもしれない」

「冗談じゃねえぞ、おい」藤田が露骨に舌打ちした。「クソ、あそこで捕まえておけば……」

「終わったことを悔やんでも仕方ない」仲村はなかなか電話に出なかった。ようやく応対した時は、ほとんど怒鳴り声になっていた。

「――はい、仲村」

「鳴沢です。奴は、イワモトさんの家に向かっているのかもしれない」

「イワモト？」

「カズキの妹がそこにいるんだ」

「それは分かってますけど、どうして」

「もしかしたら妹も、何か事情を知ってるかもしれない」

「証拠隠滅？」

「あるいは。刑事課からも応援を貰えますか？　とにかくあいつを押さえこまないと」

「分かりました」怒ったように言って仲村が電話を切る。

「あ！」美鈴の叫びに、私は顔を上げた。運転席と助手席の間に顔を突き出すと、藍田の車のブレーキランプが一瞬光ってすぐに消えた。

「何だ？」

「あそこを曲がろうとして、どこかの家の塀にぶつかったみたいです」美鈴がさらに深くブレーキを踏み、私の体は後部座席に押しつけられた。激しく上下する視界の中で、藍田の車が砂埃に包まれるのが見える。どうやら体勢は立て直したようだ。そして、イワモトサトルの家はすぐ近くにある。

「あそこだ」私が指差す先に向けて、美鈴が車を突進させる。やはりサトルのアパートだ。藍田の車は駐車場を斜めに塞ぐ形で停められている。美鈴がそのすぐ後ろまでつけようと車を進めたが、私は藍田の車の向こう側に異変を察知して叫んだ。

「停めろ！」

美鈴が急ブレーキを踏み、私はシートの間から前へ飛び出しそうになった。慌てて両手をシートの背中に突っ張り、体を支える。

「クソ、奴だな」藤田がドアに手をかける。美鈴がヘッドライトをハイビームにすると、白い光の中に藍田の姿が浮かび上がった。その顔は不自然に蒼く、それと対照的に、泣き腫らしたように目は真っ赤だった。腰の辺りに人の顔が見える——四歳か五歳ぐらいの女の子が体を強張らせ、自分の首にかかった藍田の腕を必死で掴んでいた。その顔の前で、ナイフの刃が鈍く煌く。カズキの妹、ミナコではないか。そう考えると、私は頭から血液が引くのを感じた。

考えのないまま、車を飛び出した。美鈴が後に続く。藤田の気配はいつの間にか消えていた。すぐに仲村と松永が追いついて合流する。冴も車から下りたが、私たちには合流せず、アパートの脇の方に消えて行った。クソ、余計なことをしてくれるなよ。彼女の腕は信頼できるが、これだけ警察官がいる中で何かされたら、後で厄介なことになる。

「藍田！」怒鳴りつけると、藍田が体を震わせる。怒りではなく、怯えに体を支配されているようだった。次いで女の子に声をかける。「ミナコちゃんか？」

恐怖に歪んだ顔。今にも泣き出しそうだったが、わたしの呼びかけに辛うじて首を一度だけ振った。

「その子を離せ」声を殺して警告する。怒声は彼の動きを不安定にさせてしまいそうだった。「ナイフを捨てろ。そんなことをしても何にもならないぞ」

「消えろ！」かすれた声で藍田が叫ぶ。顔が歪み、今にも泣き出しそうだった。自分のやったこと、やっていることの重さが、急激に頭に沁みこんできた様子である。止められる。その自信はあったが、ミナコが急に泣き出した。思い切り体を捩り、首に巻きつく腕から逃れようと手をかけて暴れる。顔は真っ赤になって、髪を押さえていたカチューシャが地面に落ちた。藍田が慌ててミナコの体を引き上げると、スカートから伸びた白い両足が空中で蹴り上げられる。

「藍田、その子を離せ」言いながら素早く左右を見渡し、状況を把握した。藍田はレンタカーのボンネットの背後に立っている。背後はアパートで、窓の半分には灯りがついていた。私の左に美鈴、右に仲村と松永が控えている。

「いいから消えろ」藍田が強がったが、ミナコを抱き抱える左手は震えていた。右手に持ったナイフをミナコの首の辺りに押しつける。柔らかい肌が細長く凹んだ。五ミリでも動かせば皮膚が切れ、血が噴き出すだろう。大した怪我でなくてもミナコは騒ぎ出し、藍田は今以上のパニックに襲われるはずだ。吐く息が白く顔の前に立ち上る寒さなのに、私は背中にじっとりと汗をかいていた。

「分かった。消える。だけどその前にその子を解放してくれ」

「その手に乗るかよ」藍田がミナコを地面に降ろした。が、依然として腕はきつく首に絡みついている。ゆっくりと風景に変化が生じた。二階の一部屋の窓が暗くなる。一瞬間を置いて窓が細く開き、藤田が顔を覗かせた。隣で美鈴が体を硬くするのが分かる。彼女も気づいたのだ。どうする？　藤田が顔の右半分を覗かせた状態で、私にうなずきかけた。藍田に気づかれぬよう、ゆっくりと窓を開けていく。小さな手すりがあるだけだから、飛び越えるのは難しくないはずだ。どうする？　このまま膠着(こうちゃく)状態が長引けば、何が起きるか分からない。失敗の可能性があっても、ここは一気に決着をつけるべきではないか。熊谷は泡を吹いて怒るかもしれないが、手順に従ってばかりはいられない。

「嘘は言わない。その子を傷つけたくないんだ。解放してくれ。要求は呑む」

「下がれ」藍田が低く唸るように言った。「さっさと下がるんだよ！」

「分かった。言う通りにする」

私と美鈴は、同時に二歩下がった。藍田は当然それには満足せず、さらに声を荒らげてもっと下がるように命じる。私はその場に踏みとどまったまま、藍田の目を睨みつけた。怯えている。追いこまれ、逃げ場がなくなったことを十分理解している。「どけ！」と叫ぶ声は震えていた。

「分かった。分かったから、とにかくナイフを離せ」

「ふざけるな。これを離したら俺を逮捕する気だろうが」

「そんなことはしない」

視界の隅で藤田が動く。タイミングは……いつやっても同じだ。だったら早い方がいい。藍田に視線を据えたまま小さく首を縦に振って合図をした瞬間、藍田の視線が私から切れてちらりと横を見る。そちらに目をやると、冴がアパートの角に立っているのが分かった。何かを手に持っている。ほとんど暗闇の中なのではっきりとは分からないが、銃のように見えた。銃？　あり得ない。彼女が賭けに出たことが分かった。藍田の注意を散らし、私たちが動くスペースを作ってくれている。「動くな！」と冴が短く叫んだ。藍田の視線は完全に彼女に向いている。今や集中力は粉々になり、特に頭上に対しては完全に留守になっていた。藤田が身軽に手すりを飛び越え、三メートルの高さから藍田目がけて襲いかかる。体ではなく、ナイフを持った手を狙っていった。空気が動くのに気づいたのか、藍田が周囲を見回したが、手遅れだった。藍田の右足が藍田の右手を上から蹴飛ばし、ナイフが弾き飛ばされて車の下に転がる。藍田はそれでも倒れなかった。藤田が横に転がり落ちて短い悲鳴を上げる。私は最初の二歩でトップスピードに乗り、短い助走だけで、手を使わずにレンタカーのボンネットに飛び乗った。そのまま勢いを殺さず、高い位置から蹴りを見舞っていく。藍田が自分の顔を庇うためにミナコを離すのと、私の靴底が彼の胸を正面から蹴りつけるのと、ほぼ同時だった。藍田が吹き飛ばされ、アパートの窓に背中から激突して窓を砕き、細かいガラスの破片を浴びた。その部屋には人がいたようで、ガラスが割れる音に悲鳴が重なる。藍田の胸倉を摑んで部屋から引きずり出し、締め上げながら体を持ち上げた。腕にかかる負荷から、相手の足が宙に浮いたのを悟る。そのまま体を入れ替えてレンタカーのボンネットに背中から叩きつけると、白目をむいて気を失った。

冴が素早く駆け寄って、ミナコをきつく抱きしめる。美鈴が近づいて来たのを見て、彼女にそっと渡した。二人の視線が一瞬絡み合ったが、言葉はなかった。泣きじゃくるミナコを美鈴が抱き上げる。体のあちこちを撫でるようにしながら怪我を調べた。

「大丈夫です」大丈夫とは思えなかった。ミナコは周囲の空気を燃やし尽くそうかという勢いで泣き続けている。

「クソ、足首をくじいた」体を斜めにし、右足をわずかに浮かせた状態で藤田が立ち上がった。車のルーフに手をつき、ようやく一息つく。黙って手錠を渡してきたので、藍田の両手の自由を奪った。気を失っているのは明らかだったが、「暴行の現行犯で逮捕する」の一言は忘れなかった。

「殺したのか？」荒い息を整えながら藤田が訊ねる。

「まさか」

「殺しても構わなかったのに」

「馬鹿言うな」

仲村と松永がようやく近づいてきた。二人とも何をしていいのか分からない様子だったが、松永が一瞬早く正気に戻り、携帯電話を取り出して救急車の出動を要請する。その頃になってようやく、パトカーのサイレンの音が遠くから聞こえてきた。

「遅過ぎだ」サイレンを聞きつけた藤田が悪態をつき、痛みに顔をしかめた。「折れてるんじゃないか、これ」

「鍛え方が足りないんだ」

「刑事の仕事に降下訓練はないぜ。俺たちはパラシュート部隊じゃないんだ」

サイレンの音が大きくなる。しかし、ミナコはそれを打ち消さんばかりの大音声で泣き続けた。

「本当に大丈夫か？」ミナコを抱きかかえたまま優しく髪を撫でている美鈴に近づく。

「大丈夫です、取りあえずは」

「ガキってのは、泣くもんなんだよ。それが商売なんだから」後ろから藤田が声をかける。「だけど、ガキを泣かす奴は許さんぜ、俺は」

痛めていない左足を軸に、藤田が藍田に蹴りを見舞う。ボンネットの上に寝転がったまま垂れた藍田の左の足首辺りにヒットしたが、それは藤田の痛みを増幅させただけだった。その場に腰から倒れこみ、膝を曲げた格好で足首を抱えこんで悲鳴を上げる。それを見て、ミナコの泣き声が止まった。まだしゃくりあげてはいたが、笑おうとしている様子だった。

「俺はいろいろと役に立つ男だな」苦しい息の下、そう言って藤田が地面に大の字になる。確かにお前の言う通りだよ、相棒。俺以上の無茶をしたとしても、それは認められる。

冴の姿はいつの間にか消えていた。

6

意識を取り戻した藍田の最初の一言は「病院へ連れて行ってくれ」だった。右手と背中の痛みをしきりに訴えたが、どうにも大袈裟で、芝居であるのは明らかだった。それでも要求に従って病院へ運び、レントゲン検査を受けさせる。右手は捻挫、背中は軽い打撲という診断だった。小曽根署の制服警官二人に挟まれて病院の廊下を連行される藍田の背中に、足を引きずる藤田が、「足りなかったな、この野郎」と小声で吐き捨てる。

小曽根署の取調室に入ったのは午後八時過ぎ。藍田は右手の包帯をひっきりなしに擦り、上半身をしきりに捩りながら顔をしかめていた。

「痛むか？」

「当たり前だ。やり過ぎだよ。警察の暴力だ」口調は乱暴で、最初に会った時の憔悴しきった表情が演技だったことを類推させる。

「怪我は大したことはない。ここで取り調べを受けるぐらいは問題ないんだ。病院でも保証してくれたからな」

「セカンドオピニオンが欲しいね」

「ふざけてる場合じゃないぞ」

私がデスクの上に身を乗り出すと、藍田がそっぽを向き、背中をパイプ椅子に押しつけた。取調室には、私たちのほかに美鈴がいて、記録係を勤めている。藤田は足が痛いということを言い訳に——こちらも捻挫という診断だった——取り調べには参加しないと宣言していた。今ごろは食事を終えて煙草でもふかしているだろう。職務怠慢ではない。藍田と面と向かった時に、自分を抑えられる自信がないのだ。

「あんたは、ミナコちゃんに対する暴行の現行犯で逮捕された。これについては弁解の余地はない。俺たちの目の前で起きた事件だからな」

「逮捕された覚えはないね。何があったか、全然分からない。あんたらのせいで気を失ってたんだから」椅子の背に腕を引っかけ、斜に構えて私と向き合う。本当に腰が痛いなら、こういう姿勢はできないだろう。目を細めて睨みつけてきたが、瞳の中は空っぽだった。

「あんたが勝手に気を失ってただけだ」

「そっちが暴力を振るったんじゃないか」

「ミナコちゃんに対する暴力はどうなる？　何であんなことをしたんだ」

「あんたらが追いかけてきたからさ」

「そういう理屈は成立しない。あんたはえらく乱暴なんだな。昔からそうなのか？」

「ふざけるなよ」藍田が私に正対し、デスクに両肘を乗せると、顔を近づけてきた。むっとする汗の臭いと、にんにく臭が入り混じった口臭が眼前に漂い出す。息を止めながら私も身を乗り出すと、額と額の間隔が十センチにまで狭まった。

「今から取り調べを始める」

「勝手にしろ」

「名前は？」

「は？」

「名前と住所。そこから始まるんだよ」

急に力が抜けたように、藍田がだらりと椅子に身を沈めた。ほとんど聞こえないような声で名前と住所を告げる。

「もう一度」私の背後から、美鈴の冷徹な声が飛んだ。怒りが滲み出て、赤い色がついたようだった。わずかに声を大きくして、藍田がもう一度名前と住所を言った。

「最初にどうしても聴きたいことがある」

「何だよ」

「どうしてイシグロカズキを殺した」

　藍田の顎がだらりと垂れる。ファーストコンタクトで強烈な一撃を食らわす作戦だった。そのショックがこの男の防御壁を下げるのではないか——その思惑は一瞬成功したように思われたが、藍田はすぐに顎に力を入れて口をつぐんでしまった。怒りに燃えた目で私を睨みつけ、垂らした手の先で拳をきつく握り締める。

「何の話だよ」正面から私を睨みつけたまま、とぼける。

「お前が人を殺した話だ。しかも二人」

「ああ？　さっきから黙って聞いてりゃ、何を適当なことを言ってるんだよ。冗談じゃねえぞ」

「適当なこと？　何が適当なのか、説明できるか」

「そんな義務はないね」

「あんたは四日前から昨日まで、八王子にいた。レンタカーを借りたんだよな？　帰って来たのは昨日の朝だ。向こうで何をしてたんだ」

　藍田が腕組みをした。格闘の際にほつれたのだろうか、ジャケットの袖のボタンが一つ取れかけ、糸一本で辛うじてつながっている。不安定に揺れる様は、彼の心中を映し出しているようだった。

「あんたが借りた車の中に、八王子の地図が残ってた。病院に印がついてたんだが、あれは何なんだ」

「俺の地図じゃねえよ」

「あんたが車を返した後で見つかったんだよ。なあ、こういうことでいつまでも意地を張るなよ」

「そんなの、俺の勝手だ」

「俊君を殺したのは誰なんだ」

「イシグロの野郎に決まってるだろうが！」口から泡を飛ばしながら、藍田が両の拳をデスクに叩きつけた。それで右手に激しい痛みが走ったのか、左手で手首を握り締め、体を折り曲げる。頭をデスクにつけて、崩れ落ちそうになるのを支えた。

「イシグロは否認してる」

「……ふざけるな」搾(しぼ)り出すような声が下の方から聞こえてきた。

「イシグロは犯人を知ってる。ただ、誰だか言えないと言ってるそうだ。誰を庇ってるんだと思う？」

　藍田がのろのろと顔を上げた。目は充血し、涙で濡れた頬は引き攣っている。表情は消え、ぼんやりと左手で右の手首を擦るばかりだった。

「あんたはどうして離婚したんだ」

「奥さんに暴力を振るったんだよな。どうしてだ？　何が気に入らなかったんだ」

「そんなこと、関係ないだろう」

「そんなことを言う必要はない」

「その気になれば、それも立件できるんだよ。家庭内暴力は立派な犯罪だ。奥さんに――元奥さんに証言してもらえば、立件できるんだぞ」

「昔の話だ」辛うじて強気を取り戻し、刺すような視線を私に向ける。「別れた女のことなんか、関係ない」

「そうか。で、俊君と二人の生活は楽しかったか？　いろいろ大変だっただろうな」

「大変？　あんたに何が分かる」

「あんたじゃない。俊君が大変だっただろうって言ったんだよ」

「ああ？」

「あんたは、大きな問題を抱えてる。自分でどこまでそれを自覚しているかは分からないけどな。そうであっても、あんたがやったことが許されるわけじゃない」

「何言ってるんだよ。全然分からないな」藍田がそっぽを向いて舌打ちをする。

「自分の口から言う気はないのか」

「言うことなんか何もない」

「そうか」

　私は両手を組み合わせ、手首を支点にしてデスクの上で揺らした。拳の小指側をこつこつとデスクに打ちつける。深く息を呑み、藍田に最も衝撃を与える言葉は何だろう、と考えた。こねくり回すな。ストレートに行くのが一番だ、という結論に達する。のらりくらりと逃げる相手に対しては変化球も有効だが、言葉をつっかい棒に反発する人間には、剛速球しか通用しない。

「あんたは俊君を虐待していた。離婚が原因だったのか？　それとも、離婚する前からやってたのか？」

「冗談じゃない」藍田が鼻で笑う。「自分の子どもを虐待するような奴はクズだ。俺は違う」

「そうか」

「濡れ衣だ。だいたい、この話はどこに行き着くんだよ。さっぱり分からないな。俺が俊を虐待していた証拠でもあるのか」

　タイミングよく――実際には外で聞き耳を立てていたのだろう――藤田がドアを開けて入って来る。振り返ると、大袈裟に松葉杖を使っていた。病院では足を引きずってはいたものの、自分の足で歩いていたのに。二本の足と松葉杖が奏でる変拍子が止まり、藤田が私の横に立つ。一枚の写真をそっとデスクに置き、そのまま向きを逆にして藍田の方に滑らせた。一瞬写真を見下ろした藍田がすぐに顔を挙げ、戸惑いの表情を浮かべたまま私と藤田の顔を順番に見た。藤田は無言のまま、長い間藍田に険しい視線を浴びせていた。俺が何を考えてるか分かるか、と問いかけているのは私にも理解できる。藤田の静かな怒りが波になって室内を洗った。

一言も発しないまま、藤田が取調室を出て行った。私は再び身を乗り出し、写真を指で突いた。

「これが何か分かるか」

藍田が目を逸らす。

「よく見ろよ。自分の子どもの写真じゃないか」

写真は検視の途中で撮られたものだった。ぼろぼろになった衣服を脱がせ、上半身を写している。赤黒く腫れ上がった腕、血塗れになった頭部も映っており、正視できるような写真ではないが、見てもらわなくては話にならない。私は立ち上がり、藍田の後ろに立った。肩に両手をかけ、力を入れて強引に写真と正対させると、体の震えがはっきりと手に伝わってくる。

「腹を見ろ。腹の傷だ。この傷は、今回の事故でついたものじゃない。前からあった古い傷なんだ。こういう傷は、転んだぐらいじゃつかないそうだよ。誰かが俊君の腹に傷をつけた。誰がやったんだ？」

「知らねえよ」不貞腐れて言ったが、藍田の声は震えていた。私はボールを放り出すように藍田の頭から手を離すと、彼の正面の席に再び着いた。美鈴のデスクに乗った内線電話が鳴り出す。彼女は呼び出し音が一回鳴っただけで受話器を取り上げ、相手の言っていることに無言で耳を傾けていたが、ほどなく「分かりました」と言っただけで電話を切った。体を捻って私の方を向き、一度だけ小さくうなずく。うなずき返してから藍田に向き直った。

「あんたの家のトイレに血痕があった」それをもっと早く調べておけば。再び後悔の念が湧き上がる。少なくともミナコは怖い思いをせずに済んだはずだ。「その血痕の血液型が、俊君と一致した」

藍田の体が椅子の上でずり落ちた。足を長く伸ばす格好になり、靴の先が私の靴に触れる。苦しげに鼻を膨らませ、胸を大きく上下させて必死に酸素を取りこむ。額には汗が滲み、きつく結んだ唇は傍目に分かるほど大きく震えていた。無事な左手をデスクにおいて、辛うじて体を支えている。

「クソ」弱々しい悪態が口を突いて出る。落ちた、と私は確信した。その瞬間は刑事にとっての醍醐味であるはずなのに、何故か苦いものを呑みこんだように、私は喉の奥に痛みを感じていた。

「俺はそんなに乱暴な男じゃない」

「なかった、だろう」

私が訂正すると、藍田は力なく首を振った。私の言葉を否定しようとしているのか、何かを悔いているのか、判然とはしなかった。

「ガキの頃は気が弱くてさ。小学校の頃はずっと苛められてたんだぜ。中学生になっても友だちができなかった。ずっと一人でさ……高校を卒業してすぐにあそこの工場で働き始めたんだ。そのすぐ後でオヤジとオフクロが続けて死んで……女房に会うまでは地獄みたいな毎日だったよ」

「その大事な奥さんに、あんたは暴力を振るった」

「自分でも何であんなことをしたのか、分からない」藍田が左手一本で頭を抱える。右手の痛みが引かないと訴え、鎮痛剤を要求してきたが、私はそれを拒否した。頭がぼんやりした状態では調べにならない。結局藍田も、この状況を受け入れざるを得なかった。さっさと喋ってしまいたい、とつぶやくように言って。「最初は、殴った時の記憶もなかった。後で気がついて呆然として……泣いて謝ったよ。だけど、そのことでまたもやもやしてきて……自分の女房に頭を下げて泣くなんて、阿呆みたいじゃないか」

「会社で何か不満でもあったのか」

「いや」否定の言葉には力がなかった。

「工場に、日系の人たちがたくさん入ってきた。あんたは自分の立場が脅かされると思ったんじゃないか」

「そんなことはない。あいつらは出稼ぎだ。俺は一生ここにいる。立場が違う相手にびびってどうするんだよ」

「本当に？」

　小声で確認すると、また小さく首を振る。この男は今まで、自分の心の底を覗きこんだことがなかったのだろう。身近にいて毎日顔を合わせ、暴力を振るわれていた妻の方が分かっていたに違いない。

「奥さんが出て行って、あんたの暴力の矛先は俊君に向いた」

「俺は、あいつが可愛くて仕方なかったんだよ」両手を開いて顔の前に上げ、震えを抑えようとしながらじっと見詰めた。「だけど、一度手を上げると止まらなくなった。あいつは女房にそっくりなんだ。あいつを見てると、女房を殴ったことを思い出して……

なあ、これは虐待なんて大袈裟なことじゃない。躾だよ、躾。珍しくもない話だよな。特別なことじゃないだろう」

思いついた言い訳に必死にすがろうとしていたが、無理があるのは明らかだった。手の震えは止まらない。

「虐待された方には、いつでも特別なことなんだ。あんたも虐待することで心に傷を負ったかもしれないけど、俊君は体も傷ついたんだぞ」

「……分かってる」

「やり過ぎたんだな？」

「そう……そうだ。いつの間にか、あいつが許せなくなった。女房が出て行ったのも俊の責任だと思った。ガキなんか、余計な存在なんだよ。俺の人生に迷いこんできたゴミだ」

いくと思った。あいつさえいなくなれば女房も戻ってくるし、工場の仕事も上手く

狂った論理だ。しかしこの場で突っこみ続け、論理の破綻を証明することに意味はない。理解しようとする努力も無駄だ。調べは自らの感情や考えを抑えて進めるのが基本なのだから。しかし今回は、自分の中に湧き上がる怒りを抑えるのに大変な労力を要した。

「あいつは、このことを人に喋っていた。余計なことを……外に漏れたらどうなると思

う？　俺の人生は滅茶苦茶だ。だからあいつを……俊を……」殺すしかなかった。その言葉を呑みこんだ喉仏が大きく上下する。

「あんたがやったんだな？　帰りを待ち伏せして、轢き殺した」

「そうだよ」顔を上げる。涙と鼻水でぐしゃぐしゃになっていたが、目にはまだ鋭い光が宿っていた。普通なら、こういう状況はあり得ない。事実を認める時、容疑者はまず目から落ちるものだ。口先でどんなに強がっていても、目の光が弱くなり、視線が定まらなくなる。しかし今の藍田は、体全体がギブアップしていても、目だけが「参った」を拒絶しているようだった。

「自分で轢き殺しておいて、イシグロを犯人に仕立て上げた」汚い奴。卑怯者。罵詈雑言が危うく口を突いて出そうになる。

「いや……」うつむいて唇を噛んだが、否定できるだけの材料を持っていないことは分かっていた。

「あんたは、自分の銀行口座から二百万円を引き出している。それをイシグロに渡したんだろう。彼は小曽根から静岡に引っ越すつもりだった。金策に走り回ってたけど、ある日突然引っ越しの目処が立ったのは、その金のせいだろう」

「そこまで分かってるのかよ」言葉を切ると、喉の奥から獣のような唸り声が響いた。

「どうなんだ？　身代わりの報酬だったんだろう」

「あいつらは金さえ渡せば動く。二百万は大金だ。簡単に言うことを聞いたよ」

「それだけか？　殺人の共犯みたいなものじゃないか。いくら金を積まれたって、そう簡単にはイエスと言わないはずだ」

「あいつが日本に来た時から、俺は何かと面倒を見てたのさ。ガキが同い年だったしな。工場でも仕事を教えて、日本語を教えて……奴は俺に頭が上がらなかったんだ。日本に来たばかりの頃は、ホームシックや言葉の壁でノイローゼになりそうだったのを俺が助けてやったんだよ」

「あんたは、俊君が家に帰る時間をイシグロに教えた。そこで待機していたイシグロは、あんたが俊君を轢き殺した後、打ち合わせ通り車に乗って逃げた」

「ああ」

「彼の気持ちを考えたことがあるか？　いくら何でも、普通は躊躇うぞ」

「弱みを握られたら、人は何でもするんだよ」

「弱み？」

「奴は強盗をやったことがある」藍田の唇の端が上がった。初めて聴く情報に、わたしの自信は揺らぎ始める。チェックしなければならないが、この男が嘘をついているとは思えなかった。

「まさか。真面目な人だっていう評判じゃないか」

「真面目だからこそ、悪い友だちに誘われて断りきれなかったんじゃないのか。単に見張り役をしていただけだって言うんだけど、犯罪は犯罪だろう？　その時の仲間は全員、とっくにブラジルに帰ってる。日本に残ってるのはあいつだけだから、捕まれば罪を全部背負わされるかもしれない。俺は、あいつからそのことを聞いてたんだ。間抜けな奴だよな。俺を信用して、余計なことまで喋っちまったんだから」

「それでイシグロには海外逃亡を勧めたんだな？　国外に、ブラジルに逃げれば絶対に日本の警察には捕まらない。ほとぼりが冷めた頃に戻って来て、好きなところへ引っ越せばいいとでも言ったんだろう」

「何でそこまで分かるんだ？」

推理がぴたりとはまったが、私の心は冷え切っていた。彼の質問には直接答えず、質問で切り返す。

「どうしてカズキを殺した？」

「カズキは……俺が俊に手を上げていることを知っていた」

「二人は親友だったから」

「そう。あいつらは仲良くなり過ぎたんだ。俊も何でも喋りやがって……どんなことでも相談し合ってたんだよ、あの二人は。俊が死んだ後、カズキが知り合いのところへ引き取られた後で、俺は会いに行った。その時、奴の目を見て俺は全てを悟ったんだ。こいつは俺と俊の問題を知っているし、もしかしたらイシグロからも何か話を聞いているかもしれないってな」

「だから始末しようと思ったんだな」

「ああ」

「だけど、カズキが八王子にいることがどうして分かったんだ」

「違う。そもそも俺が連れて行ったんだよ。あいつはリュックだけ持って、駅でずっとうろうろしてた。どこかへ逃げようとしたんだろうな。俺は後をつけて、駅で声をかけた。いつもと同じ、『よう、どこまで行くんだ』って調子でね。あいつは最初、すごい目で俺を睨みやがった。だけど、『俊のことで話をしようぜ。本当のことを話す』って言うとついてきた。後は車に乗せて、八王子まで行ったんだ。小曽根から離れたところで何とかするつもりだったから。でも、八王子まで着いてから、逃げられたんだ」

「その後で、病院を捜した」

「そういうこと。あれはついてたよ。カズキは警察か病院にいると思ったんだけど、その勘が当たったんだ。見舞い客の振りをして病院を探し回って、五件目の病院であいつを見つけた。病院なんて、面会の時間は自由に出入りできるもんだからな。後は……」

藍田が顔の横で左手を回した。「それは、あんたらの方がよく知ってるだろう」

「あんたの口から聞かないと駄目なんだ」

「俺は……」藍田の唇がまたわななき始めた。今まで平然と滑らかに話していたのが嘘のように、言葉が喉に詰まる。彼を内側から支えていた何かが崩壊し、顔つきまで変わっていた。

この男が抱える闇の深さを、おそらく私は最後まで知ることがないだろう。人は誰でも闇を抱えている。ほとんどの人は、そこを覗きこまないで一生を終えることができるはずだ。藍田はおそらく、子ども二人を殺した後もその闇を正視しようとしなかったのだろう。何もなかったことにして、覗きこまずに済ませていたのだ。しかしこのタイミングで、ふいに闇の方が彼の前に姿を現した。避け得ない、目の前に。

藍田の全てが変わってしまった。この男はこれから残りの人生――それはおそらく、自分の意思によるものではなく、法と国家によって決められるものだろう――をずっと、闇の意味を考えながら生きていくことになるはずだ。

十一時近くになって取り調べを一旦終え、まず暴行事件での調書をまとめた。この件については、難しいことは何もない。何しろ私たちの目の前で起こったことなのだから。問題は二件の殺人事件だが、この件でも藍田はほどなく再逮捕されるだろう。既に西八王子署の捜査本部からは応援が駆けつけており、明日の朝一番で藍田を東京へ移送することになっている。応援の刑事たちは小曽根署の道場に一夜の宿を求めることになったが、私たちはホテルに引き上げることにした。特権だ、と熊谷は言ったものである。手柄を立てた時ぐらい、雑魚寝する必要はないさ、と。ホテルのあの狭い部屋で一晩を過ごすことが褒美だとは、とても思えなかったが。

体を伸ばしてやる必要があった。裏の駐車場ではなく、何となく署の正面玄関に出てしまう。階段に立ち、ぼんやりと空を見上げると、明るい塗料を撒いたように散る星が目に入った。空気は凍りついて重く、息をする度に肺に細かな針が刺さる。私たちは一階のロビーから漏れ出る光、それに「小曽根警察署」の看板に灯った灯りに照らされていたが、署の建物は暗闇に浮かぶ光の船のようなものだった。ほんの数十メートル歩けば、漆黒の闇が身を包むだろう。

「参ったな、今回は」溜息と一緒に台詞を吐き出し、私の左に立った藤田が煙草を銜える。ちらりと横を見ると、いつものように唇で軽く挟むのではなく、唇の奥まで差しこみ、歯で噛みしめていた。開いた唇の隙間から、フィルターが五ミリほどの厚さに押し潰されているのが見える。

「嫌な事件ですね」美鈴が同調して、私の右側で顔をしかめる。

「ガキの命を何だと思ってるのかね……ストレス解消か？　だったらマラソンでもやってろって言うんだ」藤田が吐き捨てる。ようやく煙草に火を点け、深々と煙を吸いこんだ。顎を上げ、夜空に向かって吐き出す。煙は一瞬強く吹いた風に流され、あっという間に見えなくなった。

「私、こういうのは初めてなんですよ」低い声で美鈴が打ち明けた。彼女の言う「初めて」がどういう意味なのかはすぐに分かったが、黙って独白するのに任せる。「少年関係では、いろんな事件に係わってきました。これが子どものやることかって思ったことも少なくありません。暴力沙汰も、薬も、恐喝も。何でもありなんですよ。大人と変わりません。大人よりひどいこともある。段々感覚が麻痺（まひ）してきますよね……それでも、子どもが殺された事件を捜査したことは一度もないんです。嫌ですね。こんな簡単な言葉でしか言えないのが辛いけど」

「ガキが絡んでると、自分の子どもの顔を思い出すもんだな」しゃがみこもうとして足首の痛みに邪魔をされ、藤田が慎重に階段に腰を下ろした。足を伸ばし、上体を前に倒して足首をそっと撫でる。

「私もそうです」美鈴が同調した。腕組みをし、真っ直ぐ正面の闇を見詰めながら。

「本当はそんなことじゃいけないのかもしれないけど……私生活と仕事は分けて考えるべきですよね。でも、どうしても自分の子どもの顔が目に浮かびます」

「何だか、娘に会いたくなった。しばらく会ってないんだ」

「会った方がいいですよ」

「そうだよな」

私は二人の会話に加わらず——加われず、黙って寒さに耐えていた。勇樹の顔を思い浮かべてみようともしたが、それはあまりにも失礼なことではないかと思った。事件と彼の顔を結びつけて考えてはいけない。そうでなくても勇樹は、命の危険に晒(さら)されたことがあるのだ。

「どうも、お疲れ様でした」声に振り向くと、仲村が遠慮するように立っていた。「今回は、本当に……」言葉を捜してうつむく。謝罪の台詞を吐かれる前に、私は「仕方ないですよ」と言った。仲村が驚いたように目を見開く。

「物証も目撃証言もあったわけだし、犯人があういう工作をしたら、簡単には見抜けない」

「それを言ったら責任を取れない。俺たちは真相を見逃していたんだ」

「真相」かすかにうなずいて繰り返す。

「結局我々は、単純に処理して失敗してしまったんですよ。あやうく藍田を逃がしてしまうところだった。あいつ、今日もレンタカーを借りて、どこかへ逃げるつもりだったんじゃないかな。鳴沢さんたちが気づかなければ、今ごろは行方不明になっていたかもしれない。結果的にはボロを出したんですけどね。だけど追い込まれたからって、何もカズキの妹を人質に取らなくてもいいのに」

いつもなら私は、真相に対して信仰に近い気持ちを抱く。あらゆる宗教を拒絶する私にとって、信仰という言葉自体は何の意味も持たないのだが、自分の仕事のある部分に対して、それに似たような感情を抱いているのは確かだ。だが今は、真相が分かったことに喜びを見出せない。誰も幸せにならないではないか。二つの家族という閉じた輪の中で事件は起き、完結してしまったのだ。真相を探り出すのは私の仕事であり生きる意味でさえあるのだが、それは誰か喜んでくれる人間、少しでも癒しを感じてもらえる人間がいてこそ意味が出てくる。今回は誰も喜ばない——そして私自身も、この仕事に何らかの意味を見出すことができそうになかった。

しかし、事件は完結していなかった。既に家族の枠をはみ出していることを、私は悟っておくべきだった。

「おい、あれ、何だ?」藤田がほとんど囁くような声で言った。彼の視線の先を追うと、署の前を走る道路に向けられている。

「随分たくさんいますよ」美鈴の声が緊張した。

「日系の連中だ」仲村の顔が青褪める。

「おいおい、大丈夫なのかよ」藤田が呻き声を漏らしながら立ち上がる。「連中、ここを襲撃するつもりなんじゃないか」

誰も何も言わなかった。藤田の言葉は、冗談と受け流せるほど軽くない。かすかな灯りの中に浮かび上がる顔を私はじっと見た。十……二十人ほどいるだろうか。表情までは窺えないが、怒りが熱波のように押し寄せてくる。これは、藤田の懸念を真面目に考えなければいけない。そう思った瞬間、グループの中にいる一人と目が合った。アキコ。ままならぬ日本語で、必死に私に訴えようとしていた女。その目には悲しみの色が窺えたが、私を認めた瞬間にほっとした表情を浮かべて頭を下げる。それで怒りのボルテージがわずかに下がったような感じがした。

集団の後方からやってきた誰かが大声で叫ぶ。大きく手を振り回し、怒鳴りつけるような声色だ。見ると島袋である。たちまち口論が始まったが——もちろんポルトガル語による言い合いの内容は私には分からない――結果は島袋の一方的な勝ちに終わったようだ。一塊になっていた人の輪が解け、暗闇の中、疲れた足取りで署を離れて行く。腰に手を当ててそれを見送っていた島袋が、やがてこちらに近づいて来た。歩きながら軽く頭を下げたが、顔を上げた時、そこには私が今まで見たことのない険しい表情が浮かんでいた。階段の下で立ち止まり、私ではなく仲村を見て話し出す。わずか数段の階段なのに、私たちの距離はひどく遠く思えた。

「分かりますよね？　要するに、皆怒ってるんですよ。マサ一人に責任を押しつけて、本当の犯人を見逃してたんですから。それにあの男は、自分たちの大事な子どもを殺した。今日のところは何とか説得して帰らせましたけど……私には皆の気持ちは分かる。もちろんこれからも、馬鹿なことは考えないように言い聞かせますけどね、はっきり言って抑え切れるかどうか、自信はない」

「……それは脅しですか」仲村の喉が闇の中で大きく上下した。

「まさか。とにかく、何もないことを祈ります」島袋が溜息をついた。「皆仲良く、この町で暮らしていかなくちゃいけないんだから。それを手助けするのが私の役目だけど、一人の力じゃどうしようもないこともありますよ」

「我々も努力します」緊張でしわがれた声で仲村が言った。島袋がかすかにうなずいてから、私に顔を向けた。

「鳴沢さん、あなたにはお礼を言うべきなんでしょうね。あなたがあの男を捕まえてくれなかったら、今ごろはどうなっていたか」

「皆知ってたんじゃないですか？　本当は何があったのか」

島袋が力なく首を横に振る。否定の仕草ではなかった。かすかに笑みを浮かべ、「ありがとう」と短く言って背を向ける。彼の背中を見送りながら、礼を言われることなどない、と思った。そもそもカズキを救えなかったのは私の責任なのだから。

暴動――たぶん、そんなことは起きないだろう。騒ぎを起こせば、自分たちの方が立場が弱いことを日系の人たちは理解しているはずだ。少しぐらい我慢を強いられても、元からここに住んでいる日本人と何とか友好的にやっていこうと考える人が大多数ではないか。もちろん、彼らを受け入れている地元の人たちも、無用な争いは望まないだろう。互いに少しずつ譲歩し、我慢して、無言の睨み合いはいつの間にか幕引きとなる。しかしその後には、全てが変わってしまっているはずだ。骨折が治ると骨は以前より強くなると言うが、この町はそういうわけにはいかない。微妙なずれは決して修正されることはなく、今後は何かしようとする度に微妙な歯車の軋(きし)みを感じるようになる。

その責任の一端を、私は無言で噛み締めていた。

　騒ぎが収まった後も、空気が帯電したような緊張感は残っていた。制服姿の小曽根署員が二人、立ち番につく。マスコミの連中もあらかた引き上げた午前零時過ぎ、一台の車が猛スピードで署に突っこんできた。警察官二人が慌てて飛び出そうとするのを制止する。

「いい」二人の怪訝な表情が目に入る。「俺の知り合いだ」

　冴が車を下りる。長い髪が風に流され、視界を塞いだ。それが気になるようで、歩きながら髪を一本に束ね、コートのポケットから取り出したゴムで縛る。さっと頭を振ると髪が馬の尻尾のように揺れ、細く白いうなじが露になった。私は署の玄関から離れて、途中で出迎えた。彼女が立ち止まる。警察に用があったのではなく、私に会いに来たのは明らかだった。

「君は、日系の人たちのコミュニティーに頼まれて仕事をしていた」私の言葉を無言で受け流す。否定しないことが肯定だと決めつけて、続けた。「カズを捜すこと……それと、コミュニティーの中では、藍田が自分の息子を殺してイシグロに罪をなすりつけようとしたことは噂になってたんだろう。君の仕事――二十五パーセントの仕事は、藍田が真犯人だと立証することだった」

「あなたとは同着になったわね」

「無茶するなよ。君は民間人なんだ。あんなところで何かあったら……」

「自己責任」ようやく口を開いた冴が、自分の鼻を指差す。「何かあっても誰も責任を取ってくれない。そんなことは分かってるんだから、あなたが心配することはないわ」

「一応、お礼は言わせてもらう。君が藍田の気を逸らしてくれたから、最後は上手くいった」

「私にはあれぐらいしかできなかったから」

「どうして先に言ってくれなかったんだ。君の持っている情報が分かっていたら、もっと早く藍田に辿り着けた」

「それは、無理」

「どうして。目的は同じじゃないか」

「そう。藍田を犯人だと立証することはね。でも、その先は……」

寒気に消えた冴の言葉の先が読めた。彼女の仕事は、摑まえた藍田を日系のコミュニティーに引き渡すことだったに違いない。先ほど署に押しかけた連中のような強硬派も少なくなかったはずだ。どうせ警察は当てにならないのだから、自分たちでリンチにかけてしまえ。日本人に馬鹿にされたままじゃ済まさない――そう考える人間がいてもおかしくはない。それが許されるかどうかは別にして。

　自分の想像を告げた。冴は肯定も否定もしなかった。できるわけがない。認めれば、それは彼女が意識して法律を破ろうと決意した証拠になる。もちろん彼女は、重大な一線を越えることはなかったのだが。

「目的は同じだったかもしれない。でも、その先にあるゴールは別だった」私が指摘すると、冴は素早くうなずいてから力のない溜息を漏らした。

「あなたと利害関係が対立しても、私は引けない。自分の仕事を大事に思っているから。そもそも仕事で会うべきじゃなかったわね、私たち」

「そんなことはない。俺の方で君に仕事を頼んだこともあるじゃないか」数年前のことだ。優美の身辺に這い寄る影の存在が気になり、彼女に身辺の警護を頼んだことがある。

「あの時、あなたは依頼人だった。でも今回は違う。一つの事件を……取り合ってるわけじゃないけど、結果的にそんな形になってしまったし、お互いに不快な思いもしたわよね。だから、私とあなたは事件を通じては会わない方がいいのよ。もちろんそれ以外では、接点はないでしょうけど」

「二度と会わない、ということか」

「そんなこと言うつもりはないわ。でもどこかで偶然会っても、私は素直に笑えないと思う」

その方が余程ひどいではないか、と言おうとしたが、彼女は苦しげな微笑みを浮かべるだけだった。二人の間に広がる溝の深さと幅を思う。跨ぎ越すことはできそうもなかった。たぶん、彼女の言うことは正しいのだろう。溝を挟んで語り合おうと思っても、互いの声は届かず、表情を知ることもできないだろう。

たぶん私は、自分の激しい面を彼女に投影していたのだ。歳月を経て、多少なりとも私は柔らかくなったと思うが、その分、厳しい部分の残骸を彼女の中に見ていたのかもしれない。しかし今、私たちの立場は明らかに違う。彼女には彼女の、私には私の倫理があり、それが相容れないことも多い。正面から衝突して、相手の首を食いちぎらない限り収まらないこともあるだろう。

大事な人を一人、失いかけていることを強く意識した。完全に失ったわけではないが、本当に心を開き合える日を迎えるための方策は思いつかない。

こうして私は、また宙ぶらりんになるのだ。全てが自分のせいだと分かっていても、それで恐怖や寂しさが消えるわけではない。

藍田の護送を応援の刑事たちに任せ、私と藤田、美鈴は三人で車に乗った。小曽根で最後の朝食は無言のまま進み、「食べられる時に食べておく」がモットーの藤田でさえ、いつもの食欲を見せなかった。

美鈴がハンドルを握り、藤田が助手席に、私が後部座席に座る。一人でシートを占領していても私の身長では狭苦しく、無意識のうちに体を斜めに倒さざるを得ない。前の座席で二人が交わす会話が子守唄のようになり、次第に眠気が体を覆う。しかしそれは、鳴り出した携帯電話の音に妨げられた。

「——はい」

「ああ、鳴沢さん」ほっとした口調で相手が切り出す。「弁護士の宇田川です。朝早くにすいませんね。今、大丈夫ですか」

「ええ。何度もすれ違いになって申し訳ない」

「いや、それはいいんですが」

「ご用件は何なんですか」

「それが非常に短い話でして。今までにも何度も喋るチャンスはあったんですが」

「そうやって喋ってると、話がどんどん長くなりますよ」

「失礼」一つ咳払いをして宇田川が本題に入った。「石井敦夫（いしいあつお）さんをご存じですね」

「ええ」悪夢のような記憶の中にある名前だ。かつてある事件で、私たちを振り回した元刑事。悪に走った事情は理解できないでもなかったが、私はやはり刑事として対処せざるを得なかった。一審で実刑判決を受けて控訴せず、今は服役中である。

「実は私、裁判で石井さんの弁護をしまして」

「そうですか」

「伝言をいただいてます」

「刑務所からですか？」

「ええ。いいですか？『お前は狙われてる。気をつけろ』ということなんですが」

「それだけ？」

「それだけです」

「それじゃ、何のことだか分からない」つい声を荒らげてしまった。「あなた、私を担いでるんじゃないでしょうね」

「まさか。そんなことをしても一文の得にもなりませんから」

「どういう意味なんでしょう」

「それは私には分かりません。心配なら、ご自分で確認してみてはいかがですか？刑務所は、親族以外でも面会できるようになりましたから、何か理屈をつければ……おっと、刑事さんにこんなことを言っても釈迦に説法ですね」

「……いや」彼に会うのは気が進まなかった。あまりにも辛くて。彼の方でも同じだろう。だから弁護士に伝言を頼んだに違いない。呼びつけることもできただろうに。

「折を見て手紙を書く、とも言ってましたよ」

「そうですか」

「あの、申し訳ないですが、私にはこれ以上情報がないんです。あくまで伝言をお伝えしただけですから」

「ありがとうございました」

訳が分からない。刑務所にいて、外界との接触を断たれている石井が発しようとしている警告とは何なのか。一つ分かっていることは、今は自分のことを心配している場合ではないということだ。電話を切り、シートに頭を預ける。

「どうした？」怪訝そうな声で藤田が訊ねる。

「いや、よく分からないんだ。忠告というか、そういうことみたいだけど」

深い睡魔は消え去り、考えなければならないことが次々と頭の中に流れこんできた。そのどれもが灰色の顔を持ち、私を打ちのめそうとしていた。

新装版解説

倉田裕子

書店を辞めてしばらくが経つ。なので「元」書店員となるが、売る側の立場から見た「刑事・鳴沢了」シリーズの話を少しさせて頂こうと思う。

店頭に立ち日々勉強中だった頃から、私は「刑事・鳴沢了」シリーズを知っていた。文芸書担当だったのだから、まあ当然だ。だからシリーズ第四作目となる『孤狼』の発売には、少なからず衝撃を受けた。ご存知とも思うが『孤狼』以降、シリーズ全てが「文庫」書き下ろしでの刊行となったのだ。書店員としてまだピヨピヨの私は、驚きと言うよりむしろ「?」という感情が勝っていたかもしれない。二〇〇五年の事だ。「本が売れない」「若者の小説離れ」という声が大きくなり始めたものの、まだ大らかだった頃と思う。その後一年、二年と過ぎるにつれ、危機感は加速度的に広がっていった。ネットの普及に電子書籍の台頭。そしてリーマン・ショック。使えるお金が減った時、まず削られるのが身近な娯楽なのかもしれない。小説、特にハードカバーの単行本は深刻だった。そして購入者には「やりくりして買うのだから失敗したくない」という心理が働き出す。誰かが太鼓判を押している話題の本ばかりが注目される様になり、悲しいかな「売れる本」と「売れない本」の二極化が進んでゆく。

そんな中、二〇一〇年頃には文庫書き下ろしの小説が各社から次々と発売され始める。小説の新しい道を探っているのだな、と感じた。簡単に見えるかもしれないが、作家や版元にとっては決して些事ではない。葛藤も有るだろう等と考えるうち、頭の中に数年前の『孤狼』がフラッシュバックした。こうなる事を見越していたのか。堂場先生と中央公論新社さんの慧眼と先見の明に驚くと同時に、「何とか小説を読んでもらおう」といち早く動かれていた事に胸が温かくなった。勇気を頂いた。「刑事・鳴沢了」シリーズは、書店員の私にとって思い出の本なのだ。

回想はこの位にして、ここから先は客観的に作品の魅力をお伝えしていければと思う。「刑事・鳴沢了」は外伝を含め全十一作のシリーズである。今作『疑装』は完結作『久遠』の一つ手前、第九番目の物語となる。『雪虫』以降、鳴沢の変遷を見守ってきたファンにとっては、彼の物語が進展する事を望みながらも、もう少しこのまま浸っていたい。そんなジレンマに襲われる立ち位置の作品だ。そう、『疑装』はクライマックスに向けた序章なのだ。物語に底流する「痛み」は、シリーズの中でも抜きん出ている。『疑装』の「痛み」は手強い。取り除けばポロリと剝がれ落ちる類いではなく、鳴沢や鳴沢を取り巻く世界、事件や社会的背景などが幾重にも折り重なった複合的なものだ。一枚剝がして済む話ではない。その「痛み」こそが『疑装』最大の魅力だと思う。

「痛み」が胸に迫る理由として、一つには鳴沢を取り巻く世界の不安定さが挙げられる。揺れ続ける不完全な世界が、現実味を伴い読者を引きずり込む。例えば物語の冒頭。保護された身元不明の少年は刑事課ではなく生活安全課に回される。家出と判断されたのだ。日常の一コマであり、そこにエラーは無い。が、物語が進み少年が事件の重要人物である可能性が高まるにつれ、読者は警察という盤石なはずの土台に揺れを感じ始める。震度で言えば一、二程度だろうか。

また外国人が人口の一割を占める小さな町で、ブラジル人男性が起こした交通事故。日頃のトラブルの多さから型通りの捜査で済ませた警察。が、絡み合う糸が解けるうち、読者は捜査のエラーを疑い始める。明確な悪は存在しなくても取り返しのつかない悪となり得てしまうのだ、と気付かされ一気に針が振れる。震度五だ。

こうして読者の足元をぐらつかせ、世界の不安定さを煽り、問いかけてくる。これでいいのか、と。安全なはずの病院から忽然と消えてしまった少年についても同様だ。全体ばかりで個が見えない世界は痛々しく、人知れず空洞化の進む大木を連想させる。

「痛み」が迫る理由の二つ目は、主人公・鳴沢了の魅力であると思う。

彼の世界はとても硬質だ。朝六時前に起床。四〇分のジョギングが日課。刑事として真実を追い求めるあまり時に「暴走」してしまう。帰宅後は厳しい筋トレを課し、「正しい食事」で健康管理も怠らない。腕には祖父の形見のオメガ。身長一八〇センチで趣味はオートバイ。「刑事として生まれた」と言い切る彼は、少し近寄りがたい印象だ。しかも知人から借りた家を汚さぬ様、ベッドを使わずソファで寝起きする繊細さも併せ持つ。何かおやつにガリガリ君とか食べてたら軽蔑されそうだ。だがこれは単に「鳴沢の情報」であり、彼の内面ではない。読み進めるうち、読者は彼の内面、その優しさに触れてゆく。

アメリカに住む恋人・優美とは過去の事件が影を落とし、現状距離を置いている。お互いを思うがゆえに失敗を恐れ、歩を進められないでいる日々。じれったい限りだ。ただ優美と、十歳になる彼女の息子・勇樹は鳴沢のモノローグに度々登場し、彼のナイーブな優しさを垣間見せてくれる。また何より今回の事件は、勇樹と同じ年頃の少年を放っておけない鳴沢の優しさから始まり、点が結ばれてゆくのだ。

帰宅するも保護された身元不明の少年の事が気にかかり、自宅から病院へオートバイを走らせる鳴沢。食欲旺盛な少年に肉まんを差し入れるが、少年の食べる早さに「慌てて自分の分を確保」する。優しく人間味溢れる鳴沢の姿に、つい微笑んでしまう。私はこの場面がとても好きだ。本屋に入り、店番をする「老婆の繰言から逃げ出すタイミングを得て胸を撫で下ろす」くだりも面白い。子供とお年寄りには勝てないね、とまた微笑む。

結局、鳴沢の本質はその優しさに有るのではないだろうか。弱者のために刑事となり、職務を全うするために体を鍛え、体を維持するために健康管理を怠らない。その結果がストイックに見えるだけであり、誰かを「救いたい」という一念は、むしろ貪欲と言えるのかもしれない。

今作でも、たとえ管轄外であろうが周囲から敵意を向けられようが遠巻きにされようが、信念を曲げず食らい付いていく貪欲な刑事魂を見せてくれる。頭が下がる思いだ。「ありがとう」と言いたくなる。「刑事として生まれた男」は、大木の葉一枚を救うために全力をつくす。自然、応援せずにいられないのが鳴沢了なのだ。

ふと、想像してしまう。鳴沢が身近に実在したらどんなだろう。

愛想は無いが実は優しい堅物の正義漢。標準サイズの机と椅子に収まると、身長一八〇センチの大きな背中が少し窮屈そうだ。意外と神経質で、引き出しの中には除菌シートが束で並んでいるかもしれない。「鳴沢せんぱ〜い」と肩をたたき、人差し指でつっかえ棒なんてしたらどんな顔するだろう。何だかんだ、許してくれそうな気がする。その後しばらくは口をきいてくれなくなるかもしれないが。

「もし鳴沢が身近に居たら」の空想はとても楽しいので、ぜひ一度お勧めしたい。要は鳴沢は愛すべき魅力的な主人公である、という事だ。

さて「痛み」が胸に迫る理由の三つ目として、物語が多層的かつ多角的な構造となっている事を挙げたい。マンション内部の各フロアを、ぐるりと色々な場所から眺めるイメージだろうか。

鳴沢周辺の話に関してはシリーズなので当然とも言えるが、加えて『疑装』の事件には、実に様々な要素が盛り込まれ層を成している。デリケートな外国人問題、閉鎖的なコミュニティ、それぞれの抱える事情。今作の犯人は許しがたい「悪」なのだが、それだけで片付けられないやりきれなさを感じる。私達の現実も『疑装』同様、単純にはできていない。例えば食べ物を万引きした子供が居たとする。この子を警察に引き渡せば一件落着だろうか。なぜ万引きしたのか、親が与えていないのか、金銭的な問題だろうか、親は失業中かもしれない。そうであれば、何故失業したのだろうか。潜り込んで要因を取り除いていかない限り、解決は難しい。でなければ子供は、次からはもっとうまい方法でやろう、と考え始めるかもしれない。

子供の頃、このたとえに似た話を父からされた事を思い出す。

戦国時代のドラマで戦う武将を見て、どちらが悪い人なのかと尋ねると「どちらも悪いし、どちらも悪くない」と父は答えた。よく理解できずにいると、こんな問いかけをしてきたのだ。「身寄りの無い兄妹がいて、病気の妹のために兄はパンを盗みました。兄を取り逃した店員は店をクビになりました。この兄は悪い事をしたと思う？」。何と答えたかは記憶にないが、難しいなと思った事はよく覚えている。

視点の問題なのだ、と今なら分かる。善か悪かは見方によって逆転し得る。先の例えで、深く潜り込まなければ解決は難しいと書いたが、同時に異なる角度から見てみる事も必要に違いない。

今作の魅力を紐解くにあたり「鳴沢を取り巻く世界」「鳴沢了の魅力」「物語の構造」を私なりに解釈させて頂いた。空洞化の進む大木の中、奔走する鳴沢が見る風景を、私達は追体験するのだ。

ちなみに身寄りの無い兄妹の話には続きが有る。「別の日、兄はやはり妹のためリンゴを盗みました。今度は誰にも見つかりませんでした。兄は悪い事をした？」。

大人になって随分経つが、今でも考えてしまう。

彼なら、どう答えるだろうか。

（くらた・ゆうこ　元書店員）

この作品はフィクションで、実在する個人、団体等とは一切関係ありません。

本書は『疑装　刑事・鳴沢了』（二〇〇八年二月刊、中公文庫）を新装・改版したものです。

中公文庫

新装版（しんそうばん）
疑装（ぎそう）
——刑事（けいじ）・鳴沢了（なるさわりょう）

2008年2月25日　初版発行
2020年9月25日　改版発行

著　者　堂場瞬一（どうばしゅんいち）

発行者　松田陽三

発行所　中央公論新社
〒100-8152　東京都千代田区大手町1-7-1
電話　販売 03-5299-1730　編集 03-5299-1890
URL http://www.chuko.co.jp/

DTP　ハンズ・ミケ
印　刷　三晃印刷
製　本　小泉製本

Published by CHUOKORON-SHINSHA, INC.
Printed in Japan　ISBN978-4-12-206934-3 C1193

各書目の下段の数字はISBNコードです。978－4－12が省略してあります。

中公文庫既刊より

と-25-15
蝕罪 警視庁失踪課・高城賢吾 堂場瞬一
警視庁に新設された失踪事案を専門に取り扱う部署・失踪課。実態はお荷物署員を集めた窓際部署だった。そこにアル中の刑事が配属される。〈解説〉香山二三郎
205116-4

と-25-16
相剋 警視庁失踪課・高城賢吾 堂場瞬一
「友人が消えた」と中学生から捜索願が出される。親族以外からの訴えは受理できない。その真剣な様子にただならぬものを感じた高城は、捜査に乗り出す。
205138-6

と-25-17
邂逅 警視庁失踪課・高城賢吾 堂場瞬一
大学職員の失踪事件が起きる。心臓に爆弾を抱えながら鬼気迫る働きを見せる法月。その身を案じつつも捜査を続ける高城たちだった。シリーズ第三弾。
205188-1

と-25-19
漂泊 警視庁失踪課・高城賢吾 堂場瞬一
ビル火災に巻き込まれ負傷した明神。鎮火後の現場からは身元不明の二遺体が出た。傷ついた仲間のため、高城は被害者の身元を洗う決意をする。第四弾。
205278-9

と-25-20
裂壊 警視庁失踪課・高城賢吾 堂場瞬一
課長査察直前に姿を消した阿比留室長。荒らされた部屋を残して消えた女子大生。時間がない中、二つの失踪事件を追う高城たちは事件の意外な接点を知る。
205325-0

と-25-22
波紋 警視庁失踪課・高城賢吾 堂場瞬一
異動した法月に託されたのは、五年前に事故現場から失踪した男の事件だった。調べ始めた直後、男の勤めていた会社で爆発物を用いた業務妨害が起こる。
205435-6

と-25-24
遮断 警視庁失踪課・高城賢吾 堂場瞬一
六条舞の父親が失踪。事件性はないと思われたが、身代金要求により誘拐と判明、高城達は仲間の危機に立ち上がる。外国人技術者の案件も持ちこまれ……。
205543-8

と-25-28
牽制　警視庁失踪課・高城賢吾
堂場瞬一
娘・綾奈を捜し出すと決意した高城とサポートする仲間たち。そこに若手警察官の失踪と入寮を控えた高校球児の失踪が立て続けに起こる。
205729-6

と-25-29
闇夜（あんや）　警視庁失踪課・高城賢吾
堂場瞬一
葬儀の後、酒浸りの生活に戻った高城は、幼い少女の失踪事件の現場に引き戻される。被害者の両親をかつての自分に重ねあわせ、事件と向き合おうとするが……。
205766-1

と-25-30
献心　警視庁失踪課・高城賢吾
堂場瞬一
娘の死の真相を知る――決意した高城に、長野が新たな目撃証言をもたらす。しかし聴取後、目撃者が高城たちに抗議してきて……。人気シリーズついに完結。
205801-9

と-25-43
バビロンの秘文字（上）
堂場瞬一
カメラマン・鷹見の眼前で恋人の勤務先が爆破。彼女が持ち出した古代文書を狙う、ＣＩＡ、ロシア、謎の過激派組織――。世界を駆けるエンタメ超大作。
206679-3

と-25-44
バビロンの秘文字（下）
堂場瞬一
激化するバビロン文書争奪戦。鷹見は襲撃者の手をかいくぐり文書解読に奔走する。四五〇〇年前に記された、世界を揺るがす真実とは？〈解説〉竹内海南江
206680-9

と-25-36
ラスト・コード
堂場瞬一
父親を惨殺された十四歳の美咲は、刑事の筒井と移動中、何者かに襲撃される。犯人の目的は何か？　熱血刑事と天才少女の逃避行が始まった！〈解説〉杉江松恋
206188-0

さ-65-1
フェイスレス　警視庁墨田署刑事課特命担当・一柳美結
沢村鐵
大学構内で爆破事件が発生した。現場に急行する墨田署の一柳美結刑事。しかし、事件は意外な展開を見せ、さらなる凶悪事件へと……。文庫書き下ろし。
205804-0

さ-65-2
スカイハイ　警視庁墨田署刑事課特命担当・一柳美結2
沢村鐵
巨大都市・東京を瞬く間にマヒさせた〝Ｃ〟の目的、正体とは⁉　警察の威信をかけた天空の戦いが、いま始まる‼　書き下ろし警察小説シリーズ第二弾。
205845-3

各書目の下段の数字はISBNコードです。978－4－12が省略してあります。

さ-65-3
ネメシス　警視庁墨田署刑事課特命担当・一柳美結3
沢村鐵
人類救済のための殺人は許されるのか⁉　日本警察、そして一柳美結刑事たちが選んだ道は？　空前のスケールで描く、書き下ろしシリーズ第三弾‼
205901-6

さ-65-4
シュラ　警視庁墨田署刑事課特命担当・一柳美結4
沢村鐵
八年前に家族を殺した犯人の正体を知った美結は、復讐鬼と化し、警察から離脱。人類最悪の犯罪者と対峙する日本警察に勝機はあるのか⁉　シリーズ完結篇。
205989-4

さ-65-5
クランⅠ　警視庁捜査一課・晴山旭の密命
沢村鐵
渋谷で警察関係者の遺体を発見。虚偽の検死をする美人検視官を探るために晴山警部補は内偵を行うが、そこには巨大な警察の闇が――！　文庫書き下ろし。
206151-4

さ-65-6
クランⅡ　警視庁渋谷南署・岩沢誠次郎の激昂
沢村鐵
同時発生した警視庁内拳銃自殺と、渋谷での交番巡査銃撃事件。警察を襲う異常事態に、密盟チーム「クラン」がついに動き出す！　書き下ろしシリーズ第二弾。
206200-9

さ-65-7
クランⅢ　警視庁公安部・区界浩の深謀
沢村鐵
渋谷駅を襲った謎のテロ事件。クランのメンバーは「神」と呼ばれる主犯を追うが、そこに再び異常事件が――書き下ろしシリーズ第三弾。
206253-5

さ-65-8
クランⅣ　警視庁機動分析課・上郷奈津実の執心
沢村鐵
包囲された劇場から姿を消した「神」。その正体を暴く鍵は意外な人物が握っていた。警察に潜む悪との戦いは佳境へ！　書き下ろしシリーズ第四弾。
206326-6

さ-65-9
クランⅤ　警視庁渋谷南署巡査・足ヶ瀬直助の覚醒
沢村鐵
警察閥の大量検挙に成功した「クラン」。だが「神」の魔手は密盟のトップ・千徳に襲いかかり――。迫り来るクライマックス、書き下ろしシリーズ第五弾。
206426-3

さ-65-10
クランⅥ　警視庁内密命組織・最後の任務
沢村鐵
非常事態宣言発令より、警察の指揮権は首相へと移った。「神」と「クラン」。最後の決戦の行方は――。シリーズ最終巻、かつてないクライマックス！
206511-6